浮梁古代诗文选注

韩晓光 著

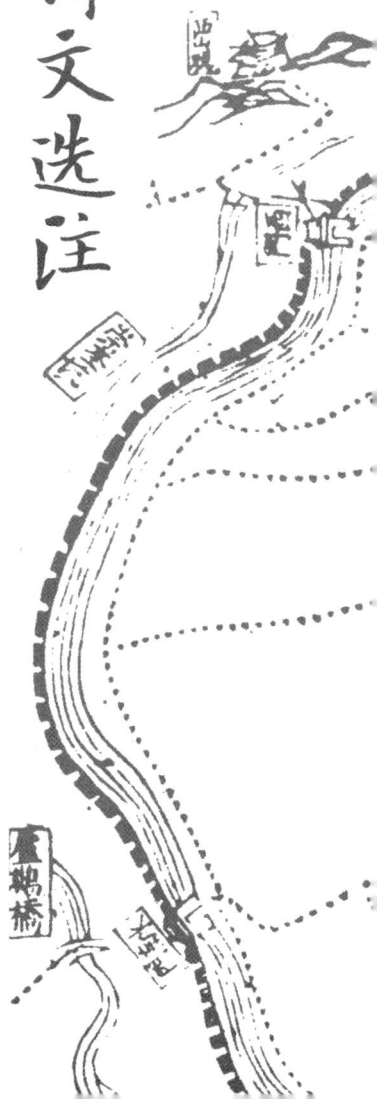

百花洲文艺出版社
BAIHUAZHOU LITERATURE AND ART PRESS

图书在版编目（CIP）数据

浮梁古代诗文选注 / 韩晓光著. -- 南昌：百花洲文艺出版社, 2019.12
ISBN 978-7-5500-3501-0

Ⅰ.①浮… Ⅱ.①韩… Ⅲ.①古典诗歌－诗歌欣赏－中国②古典散文－
文学欣赏－中国 Ⅳ.①I206.2

中国版本图书馆CIP数据核字（2019）第263837号

浮梁古代诗文选注

韩晓光　著

出 版 人	章华荣	
责任编辑	胡青松	
书籍设计	黄敏俊	
制　　作	何　丹	
出版发行	百花洲文艺出版社	
社　　址	南昌市红谷滩新区世贸路898号博能中心20楼	
邮　　编	330038	
经　　销	全国新华书店	
印　　刷	江西华奥印务有限责任公司	
开　　本	850mm×1168mm　1/16　印张　19.5	
版　　次	2019年12月第1版第1次印刷	
字　　数	150千字	
书　　号	ISBN 978-7-5500-3501-0	
定　　价	48.00元	

赣版权登字　05-2019-335

写在前面的话

德教欣看四海敷，党庠术序遍生徒。

曾闻十室有忠信，敢道山城学者无。

——［清］沈嘉徵《昌江书院》

风景悠悠缅古初，村村杉竹护精庐。

篮舆悄向门前过，十户人家九读书。

——［清］凌汝绵《昌江杂咏》

以上引的两首诗描写的都是浮梁古代崇文重教的良好风气。浮梁是千年古县，也是钟灵毓秀的一方沃土。历代文风鼎盛，俊才辈出。据史籍记载，浮梁自古"士趋诗书、矜名节"，历代"衣冠人物之盛甲于江右。"千百年来，浮梁先贤创作出了许多脍炙人口的诗文。这些诗文有的描写秀丽的山川风物，有的歌咏杰出的风流才俊，有的弘扬优良的传统文化，有的抒发深挚的人文情怀。这些优美的篇章既是前辈乡贤的心血结晶，同时也是浮梁"人杰地灵"的生动写照，是值得我们珍视的一份宝贵的文化遗产。

青年时期，初中刚毕业的我，作为一名知青下放农村，在浮梁乡间劳作、生活了整整七个春秋。这七年的乡村生活虽历尽艰辛，但却在我内心深处凝成了一种化不开的乡土情结，同时也对我这一生的价值观与行为方式产生了极为深刻的影响。不知不觉间我已深深地爱上了浮梁这方热土。回城四十多年来，几乎每年我都要去浮梁各个乡村走走看看，让自己身心徜徉于优美的田园风光与浓郁的人文气息之中。浮梁几乎每个乡村都留下了我的足迹。在这不断行走的过程中，我的心中也常常感受到一种难以言喻的精神滋养。

从高校讲台退休之后的这几年，我有幸参与《浮梁历史文化》与《景德镇文化研究》的编撰工作，有机会阅读了许多有关浮梁历史文化的文献资料，也接触了许多对地方文化颇有研究的专家学者，从而开拓了眼界，也加深了学养。于是心中便萌生出一个念头，这就是为浮梁历史文化研究尽一点绵薄的心力。近年来，我陆续发表了几十篇有关浮梁历史文化的文章，创作了一百多首描写浮梁人文风物的诗歌。2012年，在浮梁历史文化研究会金秋来会长的大力支持下，编选并出版了《浮梁古代诗歌选》。该书出版后得到了不少读者的鼓励；但也有读者提出希望我能为浮梁古代诗文作品作一些注释与简析，以便于更好地阅读鉴赏。于是从前年开始，我便着手进行本书的编撰工作。历暑经冬，焚膏继晷。孜孜矻矻，不敢懈怠。如今书稿甫成，即将付梓，心中感到一丝欣慰。

这本小书的出版，先后得到了原景德镇高专党委书记范希贤先生的热心帮助与江西出版集团总经理朱民安先生的大力支持。正是因为有了他们真诚的关心与扶植，该书才得以顺利地与读者见面。在此，谨向他们致以我最诚挚的敬意与谢意。在本书编撰过程中，还先后得到了吴逢辰、林进军、冯云龙等先生的热情帮助，在此一并表达我衷心的感谢！

"江山代有才人出，各领风骚数百年"，随着时代的发展，社会的进步，如今浮梁这座千年古邑也焕发出了青春的风采。政治经济、文化教育、城市建设等各个方面都发生了翻天覆地的变化。继承先贤优良传统，弘扬浮梁历史文化，已成为每一位当代浮梁人义不容辞的历史责任。今年适逢浮梁复县三十周年，我怀着极为诚挚的心情，愿以此书作为一瓣心香，敬献给浮梁——我心中的第二故乡！愿她的明天更加美好！

韩晓光

2019年金秋于品竹轩

目录

文选

诗选

附录

文选

夫子庙记

凌玉鼎

作者简介

凌玉鼎，浮梁人，唐代开元年间曾任殿中侍御史。生平事迹不详。

原文

读太史公书，称夫子为至圣①夫子。自周迄唐，越千余年十余朝矣。自王侯公卿大夫以至于贤人君子莫不仰其道而想见其人。在道亨②世治之时为可尊，即扰攘倥偬③之秋亦知圣人当敬而当法。非以夫子之言为可法，夫子之行为可宗，夫子之道貌德容为可淑，即至于车服礼器亦可以仪型④也哉！唐兴，诏皇太子释奠⑤于国学，诸州县孔子庙主献于有司。盖夫子俨然衮冕临于其上，而生徒登降揖让列于其前。将有所观感而趋于正谊明道之功，绝夫奇邪诡僻之诱。教化以是而立，人才以是而成。上之宣猷⑥于王室，次亦垂誉于乡间，则庙貌之巍然翼然，信乎为教之宏而治之著者矣！新昌邑治之南向，有孔子庙，久之废弛。柳侯国钧改新庙祀，聚绅士乡耆议之。己捐百缗⑦以先厥事，更属多士⑧同襄厥成。于是敛钱千缗，鸠工⑨千计。度材于北山之阳，陶甓⑩于东冈之麓。不劝而赴,工未期月而告竣。圣象庄严,聿⑪有加焉。于是年八月丁未,行礼于阶下。柳侯之绩也。予乡以侯之大政不可不书,请记于予,以诏来者。予谓汉绍秦而又天下,高帝祀孔子于阙里⑫。追孝武彪章⑬六经⑭,而太史公复推崇孔氏,阐扬圣学。伟哉,治化之隆也!诚见圣人之道如天之运行而不息,为百王之师法,成国家之贤才于无穷。则继此而王者,可以知矣!高山在望,宁止心窃向往之而已乎?谨为记,以锓于石⑮。大唐开元二年冬殿中侍御史凌玉鼎撰。

注释

①至圣:指道德智能最高的人。《礼记·中庸》:“唯天下之至圣,为能聪明睿知,足以有临也。”旧时亦以专指孔子。司马迁《史记·孔子世家论》:“自天子王侯,中国言六艺者折中于夫子,可谓至圣矣!”[宋]王应麟《困学纪闻·考史六》:“宋祥符元年,幸曲阜,谒文宣王庙,谥玄圣文宣王;五年,改谥至圣。”

②道亨:儒道顺利施行。

③倥偬:困苦窘迫。《楚辞·刘向〈九叹·思古〉》:“悲余生之无欢兮,愁倥偬于山陆。”王逸注:“倥偬,犹困苦也。”《后汉书·张衡传》:“诚所谓将隆大位,必先倥偬之也。”李贤注引《埤苍》曰:“倥偬,穷困也。”[清]龚自珍《江左小辨序》:“使倥偬拮据,朝野骚然之世,闻其逸事而慕之,览其片楮而芳香悱恻。”

④仪型:楷模;典范。[宋]苏轼《次韵张安道读杜诗》:“简牍仪型在,儿童笺刻劳。今谁主文字,公合把旌旄。”[明]薛蕙《送杨石斋》:“事

业存钟鼎，仪型照简编。”

⑤释奠：古代在学校设置酒食以奠祭先圣先师的一种典礼。《礼记·王制》：“出征执有罪，反释奠于学，以讯馘告。”《礼记·文王世子》：“凡学，春官释奠于其先师，秋冬亦如之。凡始立学者，必释奠于先圣先师。”郑玄注：“释奠者，设荐馔酌奠而已。”［宋］欧阳修《大理寺丞狄公墓志铭》：“乃修孔子庙，作礼器，与其邑人春秋释奠而兴于学。”

⑥宣猷：明达而顺乎事理。《诗经·大雅·桑柔》：“维此惠君，民之所瞻。秉心宣猷，考慎其相。”《广雅·释诂》：猷，顺也。秉心宣猷，言其持心明且顺耳。”［宋］曾巩《节度加宣徽制》：“夫德茂者，其赏异；功隆者，其报殊。是畴其底绩之勤，锡以宣猷之号。”

⑦缗：本义指古代穿铜钱的绳子，此处为成串的铜钱，每串一千文。［清］邵长蘅《青门剩稿》：“钱千万缗。”

⑧多士：众多的贤士。也指百官。《书·多方》：“猷告尔有方多士，暨殷多士。”《诗经·大雅·文王》：“济济多士，文王以宁。”［晋］卢谌《答魏子悌》：“多士成大业，群贤济弘绩。”［唐］白行简《李娃传》：“当砻淬利器，以求再捷，方可以连衡多士，争霸群英。”

⑨鸠工：聚集工匠。［唐］黄滔《泉州开元寺佛殿碑记》：“乃割俸三千缗，鸠工度木。”［清］蒲松龄《聊斋志异·布客》：“赳日鸠工建桥。”

⑩陶甓：烧制陶砖瓦。

⑪聿：古汉语助词，用在句首或句中。《诗经·大雅·文王》：“无念尔祖，聿修厥德。”

⑫阙里：孔子故里。在今山曲阜城内阙里街。因有两石阙，故名。孔

子曾在此讲学。后建有孔庙,几占全城之半。《孔子家语·七十二弟子解》:"颜由,颜回父,字季路,孔子始教学于阙里,而受学,少孔子六岁。"

⑬彪章:本义是指文采美盛。[明]王世贞《艺苑卮言》卷六:"兴起学士,挽回古文,五色错以彪章,八音和而协美。"此处为倡导弘扬之义。

⑭六经:《诗》《书》《礼》《易》《乐》《春秋》的合称。始见于《庄子·天运篇》。是指经过孔子整理而传授的六部先秦古籍。

⑮镵于石:在石上刻字。[明]方孝孺《蜀鉴》序:"俾臣序之,将重镵而传于世。"

简析

这是作者应约为浮梁新修的夫子庙撰写的一篇记文。文章先从大处落笔,叙写自周迄唐越千余年,历代王朝尊奉孔子,弘扬儒学的悠久传统。再进一步阐扬其深远意义:"教化以是而立,人才以是而成。上之宣猷于王室,次亦垂誉于乡闾……信乎为教之宏而治之著者矣!"然后再叙写因浮梁夫子庙久已废弛,时任县令柳国钧倡导重修,聚绅士乡耆商议,并带头捐资。鸠工庀材,不到一个月新修夫子庙工程就告竣。其功绩甚伟,"不可不书……以诏来者"。文章最后再次阐扬重修夫子庙,尊崇儒学的深远意义:"圣人之道如天之运行而不息,为百王之师法,成国家之贤才于无穷。则继此而王者,可以知矣!高山在望,宁止心窃向往之而已乎?"文章立论高远而不空疏,叙事简明而不琐屑。前后互为呼应,行文开合有致,是一篇较为典范的记文。

爱山楼①记

彭汝砺

作者简介

彭汝砺，字器资，祖籍江西袁州，饶州鄱阳（今江西鄱阳滨田村）人，生于宋仁宗康定二年（1041），卒于宋哲宗绍圣二年（1095）。宋英宗治平二年（1065）乙巳科状元。彭汝砺读书为文，志于大者；言行取舍，必合于义；与人交往，必尽诚敬；而为文命词典雅，有古人之风范。著有《易义》《诗义》《鄱阳集》等。

原文

人情得所乐则喜，然皆累于物②。狥③名者劳，狥利者忧，驰骋田猎者危，乐酒者荒，溺色者亡。山水可以无累矣，而好之者鲜④，知所以好之者尤鲜。樵夫野老，出作入息，日夕于是，焉知所以好之？佛老之宫⑤，深据险阻，得其形势，乌知所以好之？屏山在饶浮梁东南，其秀丽出数十重，其广绵亘数百里。其洞出于郁⑥者为集仙，其门容众一旅⑦。屈折行百步，若寒溪⑧。而人以烛。既达，空洞深沉如大厦，其鳞石如金刊木，机巧殆尽其妙。溪横其前，其静若鉴⑨，可见其发毫；其声若珮玉⑩，中律吕⑪。外舅⑫宁公宅于是。始诛茅而为庵，凌空而为桥。日与佳客游，以为未足，乃面一山之胜而作楼百尺。既落成之，四顾踌躇⑬。山连如珠，或枯或菀⑭，如云湧而水波兴焉，如新决聚讼⑮而车徙趣焉。其崇卑险易，回环屈折，草木荣落，参差错然不齐。日星风云，雾雨霜雪，昼夜四时之气象，消息合散⑯于须臾。绘画之工，以微尘为墨曾不得其仿佛；论述之士，辨周万物亦不能道其绪余⑰。公方玩千里于一席，览胜概⑱于樽俎⑲，几尽之矣。不亦善乎？公曰："吾见其高明而有容，广大而无隅，登日出云，甘雨沾濡，草木润泽，徧满昆虫。"予曰："嗟夫！是知所以好之者钦。"公名锡，字初祐甫，子洵今为靖安军节度推官。

注释

①爱山楼：位于浮梁东南屏山。为北宋状元彭汝砺岳父宁锡所建。今已无存。

②累于物：为外物所牵累。

③狥：同"徇"。追求、谋求。

④鲜：少。

⑤佛老之宫：佛家道家的庙宇。

⑥郁：草木茂盛。

⑦旅：军队编制单位，五百人为一旅。《说文·部》："军之五百人为旅"。也有说两千人的，《国语·齐语》："故二千人为旅"。

⑧潠：音xùn，本意为口中喷出水或液状物。《后汉书·郭宪传》："宪在位，忽回向东北，含酒三潠。"

⑨鉴：铜镜。

⑩珮玉：用作佩饰之玉。《礼记·玉藻》："君子在车，则闻鸾和之声，行则鸣佩玉。"《左传·哀公二年》："大命不敢请，佩玉不敢爱。"

⑪律吕：古代校正乐律的器具。用竹管或金属管制成，共十二管，管径相等，以管的长短来确定音的不同高度。从低音管算起，成奇数的六个管叫作"律"；成偶数的六个管叫作"吕"，合称"律吕"。后亦用以指乐律或音律。《国语·周语下》："律吕不易，无奸物也。"[汉]马融《长笛赋》："律吕既和，哀声五降。"[唐]翁洮《和方干题李频庄》："犹凭律吕传心曲，岂虑星霜到鬓根。"

⑫外舅：岳父。《尔雅释亲》："妻之父为外舅，妻之母为外姑。"

⑬踌躇：本意为迟疑不决。此处为很满意、很开心之意。

⑭菀：草木茂盛的样子《诗经·大雅·桑柔》："菀彼桑柔。"传："菀，茂貌。"

⑮聚讼：指众人争辩，是非难定。众人争辩，是非难定。[南朝·宋]范晔《后汉书·曹褒传》："谚曰：'作舍道边，三年不成。'会礼之家，名为聚讼，互生疑异，笔不得下。"

⑯消息合散：或消亡，或生息，或聚首，或离散。

⑰绪余：抽丝后留在蚕茧上的残丝。借指事物之残余或主体之外所剩余者。《庄子·让王》："道之真以治身，其绪余以为国家，其土苴以治天下。"[宋]洪迈《夷坚丙志·河北道士》："门人数十，皆得其绪余。"

⑱胜概：美好的境界。[唐]李白《夏日陪司马武公与群贤宴姑熟亭序》："此亭跨姑熟之水，可称为姑熟亭焉。嘉名胜概，自我作也。"[清]魏源《武夷九曲诗》之三："精舍第五曲，亦复少胜概。"

⑲樽俎：古代盛酒肉的器皿。樽以盛酒，俎以盛肉。后来常用做宴席的代称。[汉]刘向《新序·杂事一》："仲尼闻之曰：'夫不出于樽俎之间，而知千里之外，其晏子之谓也，可谓折冲矣。'"[宋]王安石《寄郎侍郎》："久愿作公樽俎客，恨无三亩斫蓬蒿！"

简析

这篇文章是彭汝砺为其岳父宁锡所建的屏山爱山楼写的一篇记文。文章开篇就"人情之所好""皆累于物"展开议论："狗名者劳，狗利者忧，驰骋田猎者危，乐酒者荒，溺色者亡。"从而提出只有"山水可以无累矣，而好之者鲜，知所以好之者尤鲜"的观点，为后文岳父宁公建爱山楼一事埋下伏笔。接下来尽情地描述爱山楼周遭山、水、洞、桥，日、星、风、云，雾、雨、霜、雪的无穷胜概。再自然而然地写到"公方玩千里于一席，览胜概于樽俎，几尽之矣。"并水到渠成地发出对宁公修建爱山楼一事的由衷赞叹："嗟夫！是知所以好之者欤。"指出宁公是一个不仅不累于外物，寄情于山水，而且是一个能够"知所以好之者"。行文如波澜起伏而又峰回路转，引人入胜。

上神宗皇帝论新法疏

程　筠

作者简介

程筠，字德林，号葆光，北宋饶州浮梁人。嘉祐年间进士及第。初任县令之时，曾支持王安石的变法，但后来在从政实践中又对新法的弊端进行了改革。后升任陈留知府，又升户部郎中，知真州。绍圣元年（1094）任提举开封界常平公事。

原文

臣闻：致国家富强者，经国①之法也。使其法行于天下而人乐从者，治民之道也。政行于上，令宜于下，阅议②大猷③驾古人而上之，此乃百世所当由，万姓所共趋之道，而岂一二人独虑臆见之所谓道者乎？此制置三司④檄⑤至臣邑，举行新法。臣初奉命，恐后惧稍迟缓，干⑥旷职⑦之诛⑧。及布⑨之民间，率多⑩不以为便。臣于是不敢不强于民，民亦不敢不强为臣应。臣中夜思维，深求作法之故，觉科条琐悉，将至追责纷繁。臣待罪⑪一邑，从一邑而推之天下之郡邑，谅人情亦必与臣邑不殊。虽陛下庙谟⑫大臣硕画⑬，臣究无以得乎制法之至善，行之而可以立效者也。古人理财，有圜府⑭泉布⑮之流通，即后来有铸山煮海^⑯，阡陌地力之经理，亦取天地所有之利以为利，未闻多方取民谋生之利以为利也。议者以此法一行，则府库充盈，度支^⑰不匮，且可以养百万之师徒^⑱，挞^⑲四裔之叛逆。丰亨豫大^⑳之朝而成绥靖^㉑之治。宁^㉒非臣子之所当为而为之者哉。然思致此犹必有其道也。有谓非常之事，难舆虑始。以臣之愚揆^㉓之，簿书滋多，生理日瘁，为之未得其术，上理终扞格^㉔而难成。夫高谭^㉕尧舜而所行之事出于桑孔^㉖之所未为；皇皇庙堂之所求，为乎夷吾^㉗卫鞅^㉘之所不屑，而顾可强民出其筐箧^㉙以从吾之法欤？况小民之所有，累于毫末，而富室尤为吝啬以厚其家。必欲取之，其弊有不可胜言者矣。陛下仁庇群生，明照幽隐，乞更进廷臣讲求理财之术，更有嘉谟^㉚生灵之福。即收还已行之诏，亦与他法反汗^㉛之举不侔。若必以为经济之具致治之本在是焉，陛下何可以天纵^㉜之圣明而甘处于三代^㉝以后乎？臣念法之行也，得其道则民欢欣鼓舞而从之行之；非其道即严刑峻罚而犹不能强之。则为国者不可去道以为法亦明矣。臣职位贱微，然与斯民甚近。虽天威上临，臣为民请命，谨冒死陈言，上干宸听^㉞。倘蒙俞旨^㉟，恩加望外。若因被谴，臣愿所甘。无任^㊱惶悚^㊲屏营^㊳之至。

注释

①经国：治理国家。《国语·周语下》："将民之与处而离之，将灾是备御而召之，则何以经国？"

②闳议：闳，宏大。闳议，指高明卓越的议论。指高明卓越的议论。《史记·司马相如列传》："必将崇论闳议，创业垂统，为万世规。"

③大猷：猷，计谋，谋划。大猷即谓治国大道。

④制置三司：宋官署名。熙宁二年（1069）置。掌筹划国家经济，改变旧法，制定并颁布新法，由参知政事王安石、知枢密院事陈升之主持，次年，并归中书省。

⑤檄：古代官府往来文书的下行文种名称之一。［宋］文天祥《指南录后序》："制府檄下。"

⑥干：触犯，冒犯，冲犯。

⑦旷职：旷废职守。《汉书·元后传》："臣久病连年，数出在外，旷职素餐。"颜师古注："空废职任，徒受禄秩也。"

⑧诛：责罚，谴责。《论语·公冶长》："于予与何诛？"

⑨布：宣布、实施。

⑩率多：大多。［唐］封演《封氏闻见记·贡举》："杨绾为礼部侍郎，奏举人不先德行，率多浮薄。"

⑪待罪：古代官吏任职的谦称，意谓不胜其职而将获罪。［汉］司马迁《报任少卿书》："仆赖先人绪业，得待罪辇毂下，二十余年矣。"

⑫庙谟：朝廷的谋略。《后汉书·光武帝纪赞》："明明庙谟，赳赳雄断。"

⑬硕画：远大的谋划。［晋］左思《魏都赋》："硕画精通，目无匪制。"

⑭圜府：古代主管货币、金融的机构。罗敦曧《文学源流》："铸币藉以黄金刀布，亦圜府之旧章。"

⑮泉布：货币的别名。历史上定名为布泉的钱币有两种，一种为王莽时期所铸，另一种为北周武帝所铸。泉与布在中国古代同时都作为货币使用。因此，人们便将货币统称为泉布。［宋］陈造《长卢寺》："居人祷蚕麦，行客

乞泉布。"

⑯铸山煮海：比喻开发自然资源。《史记·吴王濞列传》："吴有豫章郡铜山，濞则招致天下亡命者盗铸钱，煮海水为盐。"谓开采山中铜矿以铸造钱币，烧煮海水而获得食盐。后用"铸山煮海"比喻善于开发自然资源。

⑰度支：本为官名，掌管全国财赋的统计与支调。这里指全国财赋的统计与收支。

⑱师徒：士卒。亦借指军队。《左传·成公二年》："畏君之震，师徒挠败。"［唐］张九龄《敕平卢诸将士书》："近日安禄山无谋，率尔轻敌，驰突不顾，遂损师徒。"

⑲挞：本义是用鞭子或棍子打。这里引申为攻打、征讨。

⑳丰亨豫大：形容富足兴盛的太平安乐景象。语出《周易·丰》："丰亨，王假之。"《周易·豫》："豫大有得，志大行也。"［宋］魏了翁《代南叔兄上费参政》："自丰亨豫大之名立也，而财用日耗。"

㉑绥靖：保持地方平静；安抚平定。《汉书·王莽传上》："遂制礼作乐，有绥靖宗庙社稷之大勋。"

㉒宁：难道。

㉓揆：揆度，大致估量现实状况。《易·系辞》："初率其辞而揆其方。"

㉔扞格：互相抵触抵触，格格不入。［宋］苏轼《策略五》："器久不用而置诸篚笥，则器与人不相习，是以扞格而难操。"

㉕谭：同"谈"。

㉖桑孔：汉代著名理财家桑弘羊与孔仅的并称。《宋史·李韶传》："就使韩白复生，桑孔继出，能为陛下强兵理财，何补治乱安危之数，徒使国家

角不题之名。”

㉗夷吾：管仲（前725—前645），姬姓，管氏，名夷吾，字仲，谥敬，被称为管子，颍上（今安徽省颍上县）人，东周春秋时代齐国的政治家，哲学家，军事家，周穆王的后代。有“春秋第一相”之誉，辅佐齐桓公成为春秋时期第一霸主。

㉘卫鞅：商鞅（约前395—前338），战国时代政治家、改革家、思想家，法家代表人物，卫国（今河南安阳市内黄梁庄镇一带）人，卫国国君的后裔，姬姓公孙氏，故又称卫鞅、公孙鞅。后因在河西之战中立功获封商于十五邑，号为商君，故称之为商鞅。商鞅通过变法将秦国改造成富裕强大之国，史称“商鞅变法”。

㉙筐篚：本义为盛物竹器。方曰筐，圆曰篚。《诗经·小雅·鹿鸣序》：“鹿鸣，燕群臣嘉宾也，既饮食之，又实币帛筐篚，以将其厚意。然后忠臣嘉宾，得尽其心矣。”这里引申为财产。［晋］葛洪《抱朴子·安贫》：“筐篚实者，进于草莱；乏资地者，退于朝廷。”

㉚嘉谟：犹嘉谋。［汉］扬雄《法言·孝至》：“或问忠言嘉谟，曰：‘言合稷契谓之忠，谟合皋陶谓之嘉。’”

㉛反汗：指翻悔食言或收回成命。《汉书·刘向传》：“《易》曰：‘涣汗其大号。’言号令如汗，汗出而不反者也。今出善令，未能逾时而反，是反汗也。”

㉜天纵：指上天所赋予，才智超群（多用做对帝王的谀辞）。《论语·子罕》：“固天纵之将圣，又多能也。”

㉝三代：对中国历史上的夏、商、周三个朝代的合称。“三代”一词最早

见于春秋时期的《论语·卫灵公》："斯民也，三代之所以直道而行也。"

㉞宸听：谓帝王的听闻。[清]蒲松龄《聊斋志异·续黄粱》："臣凤夜祗惧，不敢宁处，冒死列款，仰达宸听。"

㉟俞旨：表示同意的圣旨。[宋]司马光《辞枢密副使第三札子》："臣前者两次曾辞免枢密副使，未奉俞旨。"

㊱无任：敬词，意思是表达不尽。旧时多用于表状、章奏或笺启、书信中。[唐]张九龄《请御注〈道德经〉及疏施行状》："凡在率土，实多庆赉；无任忻戴忭跃之至。"

㊲惶悚：惶恐。[南朝·宋]鲍照《谢假启》之二："执启涕结，伏追惶悚。"

㊳屏营：惶恐，彷徨。《国语·吴语》："王亲独行，屏营彷徨于山林之中，三日乃见其涓人畴。"

简析

北宋时期，大臣王安石在宋神宗的支持下发动了一场旨在改革北宋建国以来积弊的变法运动。变法取得的成果是有目共睹的，但它最终以失败而告终。一方面是由于王安石刚愎自用，用人失察，另一方面也与和变法中出现的种种弊端是分不开的。在实施新法的过程中，许多有名的大臣，如司马光、苏东坡、范纯仁等都提出过批评。元丰年间，程筠在地方上任县令，一开始他也是新法的积极支持者和推行者。当发现新法的一些弊端时，他也对不适应之处进行了一些改进。但当他发现新法在实施过程中，竟然"多方取民谋生之利以为利"时，他毅然决然地挺身而出，上疏神宗皇帝，对新法的弊端进行了批评。他的同年好友苏轼曾赋诗称赞他："君为县令元丰中，吏贪功利以病农。君欲言之路无从，移书谏臣以自通，元丰天子为改容。"在这篇上疏中，一开篇作者就提出一个鲜明的观点：使国家富强的，是"经国之法"；而能"使其法行于天下而人乐从者"，才是"治民之道"。这个"道"是"百世所当由，万姓所共趋"之道。接着他又进一步提出："法之行也，得其道则民欢欣鼓舞而从之行之；非其道即严刑峻罚而犹不能强之。则为国者不可去道以为法亦明矣。"他认为"法"重在功利，"道"重在民心。因此他旗帜鲜明地倡导重道轻法的政治理念，这也充分体现了他重视民心向背的执政思想。

在中国传统的政治理念中，民本思想可谓源远流长。《战国策·赵策》中赵威后在回答齐使的责问时就曾明确地提出"苟无民，何以有君"的观点。孟子在其《孟子·尽心下》中也说过："民为贵，社稷次之，君为轻"。唐太宗更是多次强调"君者，舟也；庶民者，水也。水则载舟，水则覆舟"的执政思想。这种执政思想对缓和阶级矛盾，促进社会安定，推动历史前进具有一定的积极意义。在程琳《上神宗皇帝论新法疏》中，这一理念始终贯穿于全篇。文章一开始，作者就提出"经国之法"必须是"行于天下而人乐从者"，是"万姓共趋之道"。接着，又针对新法与民争利的弊端明确指出："古人理财……亦取天地所有之利以为利，未闻多方取民谋生之利以为利也。"反对"强民出其筐箧以从吾之法"；认为"法之行也，得其道则民欢欣鼓舞而从之行之"。在文章最后，作者更坚定地表示自己要"为民请命"，"冒死陈言"，即使因此被谴也心甘情愿，毫无

怨言。这种以民为本的执政情怀与坚持真理的斗争精神都是值得提倡
的。

　　新法是在神宗皇帝的支持下才得以全面实施的。因此要力纠新法
之弊，最有效的办法就是说服神宗皇帝从根本上真正认清利弊，从而
审时度势，做出正确的决策。然而皇帝是天纵圣明，至高无上，要想
让皇帝接受自己的建议，就必须一方面要有理有据，另一方面要表达
得体。否则不但事与愿违，甚至招来杀身之祸。作者在疏中观点是十
分明确的：新法的实施导致"为之未得其术，上理终扞格而难成。其
弊有不可胜言者矣"。态度也是十分坚定的："收还已行之诏。"但
表达方式则十分得体。他先从历史的角度提出："治民之道"应是
"百世所当由，万姓所共趋之道"，而古人理财，应是"取天地所有
之利以为利，未闻多方取民谋生之利以为利"。再从现实的角度进行
分析：新法的实施"科条琐悉，将至追责纷繁"，"簿书滋多，生理
日瘁"，从而导致"其弊有不可胜言者矣"。然后抓住皇帝欲"驾古
人而上之"的心理，再进行利害对比："得其道则民欢欣鼓舞而从之
行之；非其道即严刑峻罚而犹不能强之。"之后再提出设问："陛下
何可以天纵之圣明而甘处于三代以后乎？"最后反复表明自己为民请
命，"冒死陈言……若因被谴，臣愿所甘"的拳拳忠悃之心。文章自
始至终明之以至理，动之以真情，晓之以利害，因此具有很强的感染
力和说服力。

浮梁州重建庙学记

邓文原

作者简介

邓文原（1258—1328），字善之，一字匪石，人称素履先生，绵州（今四川绵阳）人，又因绵州古属巴西郡，邓文原也被称为"邓巴西"。其父早年避兵入杭，遂迁寓浙江杭州，或称杭州人。邓文原擅行、草书。传世书迹有《临急就章卷》等。与赵孟頫、鲜于枢齐名，并称"元初三大书法家"，尤以擅章草而闻名。著有《巴西集》传世。

原文

圣天子即位之元年，春三月，汴梁郭侯由江浙行中书省①都事②出守浮梁。莅事之始，祖③见于先圣。顾瞻庭宇褊陋④弗葺，惧无以昭来格⑤而岁承祀。且曰：在汉文翁⑥治成都修学宫，由是蜀士比⑦齐鲁，而翁亦书最循吏⑧。矧⑨番⑩故多儒先⑪，岂下汉蜀郡哉！政新令孚⑫，多士⑬劝相，鸠工庀具⑭，廓弘厥规。始是年六月，暨十一月庙成。斋、庐、堂、垣、门、序、庖、湢⑮，悉隆旧观。乃卜日率僚吏诸弟子员行释菜⑯礼，以告成事。既又聘耆德⑰为弟子师。公退则躬加饬励而稽考其惰勤。由是编民佐吏咸竞于学，而来者未有止也。越二年，冬十一月，制诏天下郡县兴其贤者能者充赋⑱有司，敦尚德行经术而黜浮华之士。此三代学校选举遗制，而后世鲜克⑲师古驯⑳。至于风俗靡弊，致治亡繇㉑。今圣天子孝崇继述，丕阐㉒文教，轶迈㉓往圣，敷告㉔万方。士莫不澡刷㉕以自振。属㉖文原忝教胄子㉗，而番士㉘方玉甫等以书来，曰：郭侯嘉惠于学，愿有纪也。文原窃惟古之学者，自二十五家之间以里居之选有道德者为左右师。自是而升之党庠、术序、国学㉙。虽教成有渐，然其道必原于经术。传曰：时教必有正业。言非是则愞邪诐僻，王政所不容。是以教化一而风俗淳。周衰经术已不逮古。若晋韩起㉚、吴季札㉛因适鲁而始知《易象》《春秋》与周乐，乃不若楚左史倚相㉜能读《三坟》《五典》《八索》《九丘》㉝也。吴晋犹尔，当时诸侯之国其昧于经者有矣！秦祸㉞有所自来，盖至秦而后极。汉兴至建武几八十载，始克罢黜百家，表章㉟六经。当儒道湮厄㊱已久，奋然欲辟邪说以达仁义之途其难如此，而卒未得儗㊲古者得人之盛。然经籍之不坠系汉儒是赖。俗儒卑陋而莫之省㊳，幸稍自振者则又溺于章句训诂，不能悉心澄虑，上求圣王所以糸主宰㊴而廸民彝㊵者，遂使儒者名为穷经而实用不着，识者隐忧焉。辟诸㊶百穀草木，德行其本也，经术则沃土之所封植，甘霖之所膏润，而霜露又以阆㊷深而积厚，然后以华，以衍，敷毞㊸旁达。此词章之昭晰而不可掩者。然耍要其质文㊹之相宣，体用㊺之备具，皆天下之实理，岂有假借炫饰于外也哉！夫学以为已，而效可及于天下。一有悦世取宠之私，则所施必悖。士之游息㊻蕴修于此者，尚庶几夙夜交儆㊼以毋负菁莪㊽丰芑㊾之泽。是亦郡太守承流宣化[50]者之望也。侯名郁，字文卿，喜读书。于《易》尤研赜[51]。其守浮梁，尝新三皇殿，建舟梁，均赋役，汰烦冗，雪滞冤，为政号称廉能云。

注释

①行中书省：元朝（中统、至元年间）开始实施的直属中央政府管辖的一级行政区，民间简称“行省”或“省”。在当时主要作为军事管理，掌管所辖省内的钱粮、兵甲、屯种、漕运及其他军政事务。

②都事：官名。元中书省左右司、枢密院、御史台、宣政院以及各行中书省均设，秩正七品或从七品。

③祖：本义为祖庙、祖先。《尚书舜典》：“受终于文祖。”此处引申为祭拜义。

④褊陋：狭小偏僻。《孔丛子·连丛子上》：“下国褊陋，莫以虞心，故乃闢四封以为薮，围境内以为林。”［宋］苏轼《燕若古知渝州制》：“巴峡之崄，邑居褊陋，负山临谷，以争寻常。”

⑤来格：来临、到来。格，至。《书·益稷》：“戛击鸣球，搏拊琴瑟以咏，祖考来格。”《三国志·魏志·刘馥传》：“阐弘大化，以绥未宾；六合承风，远人来格。”

⑥文翁：名党，字仲翁，庐江舒县（今安徽省舒城县）人，西汉循吏。汉景帝末年为蜀郡守，兴教育、举贤能、修水利，政绩卓著。

⑦比：等同。《孟子·滕文公上》：“子比而同之，是乱天下也。”《战国策·燕策》：“比诸侯之列，给贡职如郡县。”

⑧循吏：语于《史记·循吏列传》，后为《汉书》《后汉书》直至《清史

稿》所承袭，成为正史中对那些重农宣教、清正廉洁、所居民富、所去见思的州县级地方官的称谓。

⑨矧：音shěn，况且。

⑩番：“鄱”之古字。

⑪儒先：儒生。《史记·匈奴列传》：“匈奴俗，见汉使非中贵人，其儒先，以为欲说，折其辩。”裴骃集解：“先，先生也。《汉书》作‘儒生’也。”〔宋〕陈与义《怀天经智老因访之》：“西庵禅伯还多病，北栅儒先只固穷。”

⑫孚：为人所信服。〔明〕宗臣《报刘一丈书》：“此世所谓上下相孚也。”

⑬多士：古指众多的贤士。也指百官。《诗经·大雅·文王》：“济济多士，文王以宁。”〔晋〕卢谌《答魏子悌》诗：“多士成大业，群贤济弘绩。”

⑭鸠工庀具：亦写作“鸠工庀材”。鸠，聚集；庀，准备、具备。意思是招集工匠，准备材料。〔唐〕李方郁《修中岳庙记》：“岂可不成耶？遂鸠工庀材，四旬而就。”

⑮湢：音bì，先秦时期称浴室的专用词语。〔宋〕高承《事物纪原》：“高辛氏始造为湢，此沐浴之始也。”

⑯释菜：亦作“释采”。古代入学时祭祀先圣先师的一种典礼。《礼记·月令》：“〔仲春之月〕上丁，命乐正习舞，释菜。”郑玄注：“将舞，必释菜于先师以礼之。”《新唐书·儒学传上·孔颖达》：“帝幸太学，观释菜；命颖达讲经。”〔明〕归有光《顾夫人八十寿序》：“公予告家居，率乡人子弟释菜于学宫。”

⑰耆德：年高德劭、素孚众望者之称。《书·伊训》："敢有侮圣言，逆忠直，远耆德，比顽童，时谓乱风。"［唐］韩愈《论孔戣致仕状》："忧国忘家，用意深远，所谓朝之耆德老成人者。"

⑱充赋：是指被官吏荐举给朝廷。有司是指官吏。

⑲鲜：少。克：能。《诗经·大雅·荡》："荡荡上帝，下民之辟。疾威上帝，其命多辟。天生烝民，其命匪谌。靡不有初，鲜克有终。"

⑳古训：训，通"训"，是指古代人遵行和推崇的准则、古代流传下来的典籍或可以作为准绳的话。《诗经·大雅·烝民》："古训是式，威仪是力。"郑玄笺："故训，先王之遗典也。"

㉑亡繇：亡，通"无"，繇，通"由"。找不到门径；无法办到。［汉］班固《汉书·刑法志》："虽后欲改过自新，其道亡繇也。"

㉒丕阐：大显。《宋史·礼志十七》："偃革息民，恢儒建学。声明丕阐，轮奂一新。"

㉓轶迈：超过。黄人《〈清文汇〉序》："矧今朝文治，轶迈前古，撰著之盛，尤奄有众长。"

㉔敷告：布告，宣告。《晋书·刘曜载记》："可敷告天下，使知区区之朝思闻过也。"

㉕澡刷：洗刷。［唐］陆龟蒙《〈白鸥〉诗序》："俦侣不得命啸，尘埃不得澡刷，虽蒙人之流赏，亦天地之穷鸟也。"引申为砥砺。［宋］苏舜钦《高山别邻几》："器成必刊琢，德盛资澡刷。"

㉖属：恰好遇到。

㉗胄子：古代称帝王或贵族的长子。［晋］潘岳《世祖武皇帝诔》："胄

子入学，辟雍宗礼。"这里指国子学生员。《隋书·高祖纪下》："而国学胄子，垂将千数，州县诸生，咸亦不少。"［唐］杜甫《折槛行》："青衿胄子困泥涂，白马将军若雷电。"

㉘番士：番，"鄱"之古字，番士即鄱阳的读书人。

㉙党庠、术序、国学：古代从地方到中央的各级学校。《学记》："古之教者，家有塾、党有庠、术有序，国有学"。意为：古时候的教育，家设"私塾"，党（五百家）设"庠"，术（一万两千五百家）设"序"，国设"太学"。

㉚韩起：姬姓，韩氏，名起，谥号宣，史称韩宣子。韩献子韩厥之子，春秋时期晋国卿大夫，六卿之一。

㉛季札：吴王寿梦少子，与孔子齐名的圣人，同时也是孔子最仰慕的圣人。封于延陵，称延陵季子。季札、孔子被称为"南季北孔"。

㉜左史倚相：姜姓，丘氏，名倚相，春秋时楚国左史，左丘明的祖父，丘穆公吕印的后代。熟谙楚国历史，精通楚国《训典》，能读古籍《三坟》《五典》《九丘》《八索》。常以往事劝谏楚君，使之不忘先王之业。楚灵王及楚平王期间，颇受楚国君臣尊敬。楚人遇有疑难常向其请教，誉之为良史、贤者。

㉝《三坟》《五典》《八索》《九丘》：非常著名的四部古书名，已经遗佚。［汉］孔安国《尚书传序》："伏羲、神农、黄帝之书，谓之以三坟；少昊、颛顼、高辛、唐、虞之书，谓之五典；八卦之书，谓之八索；九州之志，谓之九丘。丘，聚也。言九州所有，土地所生，风气所宜，皆聚此书也。"

㉞祸：同"祸"。秦祸指秦代焚毁百家典籍。

㉟表章：同"表彰"。《汉书·武帝纪赞》："卓然罢黜百家，表章《六

经》。"［宋］叶绍翁《四朝闻见录·洛学》："时上方崇厉苏氏,未遑表章程氏也。"

㊱湮厄:沉沦,困厄,艰难。［唐］白居易《送毛仙翁》诗:"何当悯湮厄,授道安虚扉。"［宋］王禹偁《殿中丞太常少卿桑公神道碑铭》："太平兴国初,太宗皇帝亲试举人,拔孤贫湮厄之士。"

㊲儗:音nǐ,古通"拟",比拟。

㊳省:审视、明察。《尔雅》:"省,察也。"《礼记·乐记》:"省其文采。"《论语》:"退而省其私。"

㊴主宰:居支配地位者;统治者。［清］刘鹗《老残游记》第十一回:"天既好生,又是世界之主宰。"

㊵民彝:彝同"彜",民彝即人伦。旧指人与人之间相处的伦理道德准则。《书·康诰》:"天惟与我民彝大泯乱。"

㊶辟诸:"辟"通"譬","辟诸"即"譬之于"。

㊷閟:音bì,关闭。《说文》:"閟,闭门也。从门,必声。与闭略同。"

㊸敷艴:语出［宋］郭茂倩《乐府歌辞》:"人祇艴,敬孝敷。神光动,灵驾翔。芬九垓,镜八乡。福无届,祚无疆。"敷,普遍。《诗经·周颂·般》:"敷天之下。"艴,通"畅"。旺盛。《汉书·郊祀志》:"草木艴茂。"

㊹质文:语出《论语·雍也》:"质胜文则野,文胜质则史,文质彬彬,然后君子。"意思是"质朴超过了文采,就会粗野;文采超过了质朴就浮华。文采和质朴相辅相成,配合恰当,这才是君子。"也用以指人的内在品德与言谈举止。

㊺体用:体用是中国哲学的一对范畴,指本体和作用。一般认为,"体"

是最根本的、内在的、本质的，"用"是"体"的外在表现、表象。

㊻游息：游玩与休憩。《孔丛子·嘉言》："子，吾心也。子以齐为游息之馆，当或可救，子幸不吾隐也。"［汉］扬雄《逐贫赋》："贫遂不去，与我游息。"

㊼交儆：交相儆戒。《国语·楚语上》："左史倚相曰：唯子老耄，故欲见以交儆子。"［清］钱大昕《廿二史考异·宋史一》："彼乃君臣交儆之词，此则专责臣下。"

㊽菁莪：指育材。语出《诗经·小雅·菁菁者莪序》："菁菁者莪，乐育材也，君子能长育人材，则天下喜乐之矣。"［明］刘基《送赵元举之奉化州学正》诗："泮水紫芹香可揽，倚看待佩乐菁莪。"

㊾丰芑：语出《诗经·大雅·文王有声》："丰水有芑，武王岂不仕；诒厥孙谋，以燕翼子，武王烝哉。"指帝王慎选储君，教育子孙。后也用以指一般人对子孙的教育培养。［元］吴莱《遣儿谔初就学》："丰芑务诒谋，宋苗宁揠长。"［明］章懋《芙蓉书屋》："回视昔年读书处，溪上芙蓉即丰芑。诒谋万卷书传香，更有凤毛为世瑞。"

㊿宣化：宣扬教化。

(51)研赜：意思为研究精深。［宋］张师正《括异志·张白》："〔白〕遂辟谷不食，以养气全神为事，道家之书，无不研赜。"

简析

元代初年，郭郁由江浙行中书省都事出任浮梁县令。到任伊始，见庙学"褊陋弗葺，惧无以昭来格而岁承祀"，于是便"鸠工庀具，廓弘厥规"，逾时半载，重新修葺，"斋、庐、堂、垣、门、序、庖、湢，悉隆旧观"。修成之后，又"聘耆德为弟子师。公退则躬加饬励而稽考其惰勤"。在他的努力倡导之下，一时浮梁学风鼎盛，"编民佐吏咸竞于学，而来者未有止也"。为表彰郭公的功德，邓文原应约写下了这篇记文。文章中，作者提出"道必原于经术"的观点，强调学者应以德行为本，做到"质文之相宣，体用之备具"，而不可"假借炫饰于外"，存"悦世取宠之私"。这些观点在今天仍有一定的现实意义，值得我们思考和借鉴。

送郭文卿赴浮梁知州序

邓文原

作者简介

参见《浮梁州重建庙学记》作者简介。

原文

人之所遇，有意所甚欲而不可强致者，岂特富贵利达哉！虽交游会合亦然。然余征诣^①京师为词林^②，属留十年，汴梁郭文卿由中书掾佐宣徽幕^③。荐绅间往往言文卿雅尚儒术，其为吏持三尺法^④，而无舞智深文^⑤以徼^⑥荣宠，且劝余与文卿友，而余竟不获一接言论以自快。及文卿再调都事^⑦江浙省，凡南来者道文卿之善如京师时。前年冬，余还钱塘，居相邻，始得以暇日抵掌^⑧论说古今，酾酒酬谑意欢甚。追惟南北十年会合之艰犹若此，则夫疲筋力、善造请^⑨以希富贵利达者可必得邪！文卿受易于真定^⑩侯先生，不间寒暑风雨，每读书至夜分乃寐。昔汉儒说易，皆祖田何^⑪，然学者有醇驳^⑫。尝爱邴曼容^⑬师鲁伯^⑭，鲁伯师施雠^⑮。史称曼容之兄汉与两龚^⑯齐名，而曼容名过于汉，为吏不肯过六百石^⑰。然则曼容学《易》，于进退得失^⑱之道深有得哉！昔余杜门教授生徒以自给，一旦被征命适万里，交游虑余有不释然者。

余谓友人胡牧仲曰：世之仕者或以出处易其守，至于困戾颠踣^⑲为俗姗笑^⑳。今吾此行，是在《周易·履之讼》曰^㉑："素履往无咎"。牧仲喜曰：士患不知道耳。知之则居陋巷不为忧，任卿相不为荣。造乎性命之精而安于所遇者也！吾子其慎诸！今余委琐^㉒无似，滥缀^㉓通籍^㉔，牧仲斯言不敢忘也！朝廷命文卿守饶之浮梁行有日矣！用敢以余所得者为文卿赠，以为何如也？文卿上奉七十之亲，以孝闻。其学如百川东注，不进不止，才猷^㉕且将大用。教子弟奕奕有诗礼风，是皆有足喜者。余既序次其说，善诗者复歌以继之。

注释

①征诣：召往。《史记·平津侯主父列传》："其赐弘后子孙之次当为后者爵关内侯，食邑三百户，征诣公车，上名尚书，朕亲临拜焉。"［唐］梁肃《〈李泌文集〉序》："肃以监察御史，征诣京师。"

②词林：翰林或翰林院的别称。［宋］王应麟《玉海·圣文五·康定赐翰林飞白书》："至和元年九月，王洙为学士，仁宗尝以涂金龙水笺为飞白'词林'二字赐之。"［元］卢亘《送侍讲学士邓善之辞官归钱塘》诗之二："昭昭日月揭，胡为厌词林？"严复《救亡决论》："至于成贡士，入词林，则其号愈荣，而自视也亦愈大。"

③佐宣徽幕：宣徽，宣徽院，官署名。唐后期设置，有南、北二院，以宦官充宣徽使与副使，无固定职掌。五代及北宋沿置，元代为正八品。幕：同"幕"。佐幕，指在幕府中担任职务。［唐］李频《春日鄜州赠裴居言》："虽将身佐幕，出入似闲居。"

④三尺法：指法律。古代以三尺竹简书法律，故称。《史记·酷吏列

传》：“君为天子决平，不循三尺法，专以人主意指为狱。狱者固如是乎？”裴骃集解引《汉书音义》：“以三尺竹简书法律也。”《明史·翟銮传》：“不合三尺法，何以信天下。”［清］吴伟业《感事》：“老知三尺法，官为五铢钱。”

⑤舞智深文：舞智，玩弄心计。深文，谓制定或援用法律条文苛细严峻。《史记·酷吏列传》：“〔张汤〕与赵禹共定诸律令，务在深文，拘守职之吏。”［宋］苏舜钦《上集贤文相书》：“既起大狱，不关执政，使狡吏穷鞫，搒掠以求滥，事亦既无状，遂用深文。”

⑥徼：通“邀”，求取。《国语》：“弗使血食，吾欲与之徼天之衷。”［汉］王符《潜夫论》：“乃义士且以徼其名，贪夫且以求其赏尔。”

⑦都事：官名。元中书省左右司、枢密院、御史台、宣政院以及各行中书省均设，秩正七品或从七品。

⑧抵掌：击掌。指人在谈话中的高兴神情。亦因指快谈。就是击掌。《战国策·秦策一》：“〔苏秦〕见说赵王于华屋之下，抵掌而谈。”［唐］韩愈《送穷文》：“抵掌顿脚，失笑相顾。”

⑨造请：登门晋见。《史记·酷吏列传》：“公卿相造请禹，禹终不报谢，务在绝知友宾客之请，孤立行一意而已。”［北齐］颜之推《颜氏家训·治家》：“邺下风俗，专以妇持门户，争讼曲直，造请逢迎……此乃恒代之遗风乎？”［宋］刘克庄《贺新郎·郡宴和韵》：“老去把茅依地主，有瓦盆盛酒荷包饭。停造请，免朝见。”

⑩真定：正定的旧称。《史记·孝武本纪》载：“天子封其弟于真定，以续先王祀，而以常山为郡。”正定地处冀中平原，古称常山、真定，历史上曾与北京、保定并称“北方三雄镇”，百岁帝王赵佗、常胜将军赵云故里，中国

民间艺术之乡，河北省会石家庄的北大门。

⑪田何：西汉今文易学的开创者。田氏易学派创始人，字子庄（庄，一作装）。淄川（今属山东淄博）人，徙杜陵（今陕西西安东南），号杜田生。专治《周易》。西汉立为博士的今文易学，都出于他的传授。

⑫醇驳：精纯与驳杂。［清］钱谦益《序》：“古之人，其胸中无所不有，天地之高下，古今之往来，政治之污隆，道术之醇驳，苞罗旁魄，如数一二。”［清］黎庶昌《序》：“铢黍之得，毫厘之失，皆辨析之，醇驳较然。”

⑬邴曼容：邴丹，字曼容，汉琅邪人，曾事琅邪鲁伯为师学习《易》。他养志自修，为官清廉，以此受到时人的尊敬，声望很高。后因用为指称品格高尚的清正官吏之典。［宋］辛弃疾《瑞鹧鸪·乙丑奉祠归，舟次余干赋》词：“江头日日打头风，憔悴归来邴曼容。”

⑭鲁伯：汉琅邪人，精治《易》学，声名颇著。

⑮施雠：汉沛人，字长卿。从田王孙学《易》，宣帝时博士。甘露中，曾于石渠阁参与五经同异之议。授《易》于张禹、鲁伯，并再传彭宣、毛莫如等，于是《易》有“施氏之学”。平帝时又有戴宾、刘昆，刘授弟子施氏《易》有五百余人。施雠著《章句》二篇，经晋“永嘉之乱”散失。［清］马国翰《玉函山房》辑有《施氏经句》一卷。

⑯两龚：汉龚胜和龚舍的合称。《汉书·两龚传》：“两龚皆楚人也，胜字君宾，舍字君倩。二人相友，并著名节，故世谓之楚两龚。”《三国志·魏志·袁涣张范传论》：“袁涣、邴原、张范躬履清蹈，进退以道，盖是贡禹、两龚之匹。”［宋］辛弃疾《念奴娇·赋傅岩叟香月堂两梅》词：“看取香月

堂前，岁寒相，楚两龚之洁。"[清]顾炎武《寄问傅处士土堂山中》诗："太行之西一遗老，楚国两龚秦四皓。"

⑰为吏不肯过六百石：语出《汉书·两龚传》："琅邪邴汉亦以清行征用，至京兆尹，后为太中大夫。……汉兄子曼容，亦养志自修，为官不肯过六百石（六百石是汉代官吏俸禄的一个等级，职务约为中下级小官），辄自免去。"

⑱进退得失：即知进退，明得失。

⑲颠踬：挫折困顿。[宋]欧阳修《卫尉卿祁公神道碑铭》："今有人负材与能，昂立人上，与时争高下，不肯分寸屈其心，而卒困厄颠踬，怏怏不得志。"[明]胡应麟《诗薮·古体下》："太白《蜀道难》……等，无首无尾，变幻错综，窈冥昏默，非其材力学之，立见颠踬。"

⑳姗笑：讥笑，嘲笑。《汉书·诸侯王表》："〔秦〕姗笑三代，荡灭古法。"颜师古注："姗，古讪字也。讪，谤也。"[宋]叶绍翁《四朝闻见录·覆谥》："〔公〕自童至耄，动以礼法，而跅弛捐绳墨者，姗笑以为诞。"《明史·张元祯传》："馆阁诸人悉后辈，见元祯言论意态，以为迂阔，多姗笑之。"[清]蒲松龄《聊斋志异·胭脂》："日登公堂，为千人所窥指，恐娶之为人姗笑。"

㉑《周易·履之讼》曰：履之讼卦，即履卦第一爻动变卦讼卦。《易·履》："初九：素履往，无咎。象曰：素履之往，独行愿也。"王弼注："履道恶华，故素乃无咎。"高亨注："素，白色无文彩。履，鞋也。'素履往'比喻人以朴素坦白之态度行事，此自无咎。"后用以比喻质朴无华、清白自守的处世态度。《三国志·魏志·管宁传》："虽有素履幽人之贞，而失考父

兹恭之义,使朕虚心引领历年,其何谓邪?"[宋]叶适《台州高君墓志铭》:"父融,有素履,起家衡州司户参军。"[清]方文《王抑之招集斋中有赠》:"我虽长贱贫,未敢惩素履。"

㉒委琐:谓品格才智卑下。[宋]范成大《次诸葛伯山瞻军赠别韵》:"嗟余独委琐,无用等木屑。"王闿运《罗熙赞传》:"常患诸军多轻佻委琐之将,以战事为儿戏。"

㉓滥缀:自谦之词,意为才不称职。

㉔通籍:做官。"籍"是二尺长的竹片,上写姓名,年龄,身份等,挂在宫门外,以备出入时查对。"通籍"谓记名于门籍,可以进出宫门。因此后来便称做官为"通籍"。[唐]杜甫《夜雨》:"通籍恨多病,为郎忝薄游。"《明史·袁洪愈传》:"洪愈通籍四十余年,所居不增一椽,出入徒步。"《官场现形记》第十九回:"兄弟从通籍到如今,不瞒老哥讲,顶戴换过多次,一顶帽子,却足足戴了三十多年。"

㉕才猷:才能谋略。[唐]钱起《巨鱼纵大壑》诗:"喻士逢明主,才猷得所施。"[元]费唐臣《贬黄州》第三折:"我空有凌云志气,治世才猷,怎生施展也呵!"《清史稿·选举志三》:"次用策论,使通达古今之事变,以察其才猷。"

简析

这是一篇邓文原写给浮梁知州郭郁(字文卿)的赠序。文章一开篇就从人之交游遇合"不可强致"着笔,叙述两人虽"南北十年会合之艰"然终究"得以暇日抵掌论说古今,酾酒酣谑意欢甚"的经历,以强调两人之间意气相投的君子之交绝非那些"疲筋力、善造请以希富贵利达者"所能比拟。然后又由郭郁学《易》的经历论及《易》中所蕴含的"进退得失之道",从而进一步阐发"居陋巷不为忧,任卿相不为荣。造乎性命之精而安于所遇者"的人生理念。文章夹叙夹议,言简意赅。篇幅虽短,然而却写得波澜起伏,峰回路转,堪称大家手笔。

长芗书院记

嵇　厚

作者简介

嵇厚，生卒年与字、号均不详。祖籍为宋代谯郡（今安徽亳州）嵇山。其父嵇安精于骑射，南宋诏授其为承节郎，任制将沿海巡检使，统领义兵。嵇厚曾任元朝镇国上将军、江东道、山西道宣慰使。

元代元贞二年（1296），时为长芗书院山长的凌颖山请求时为江东宣慰使的嵇厚修缮书院。为此，嵇厚作《长芗书院记》一篇，以记其事。

原文

有宋庆元之初，浮梁之镇市①长芗书院②，先监务李韩思所建者也。历时既久，今山长凌子秀、直学朱继曾率士新之③。驱车千里，愿记其事于予。

夫天子爱育人才，储之非一朝一夕之间，训之非一郡一邑之地。所以，坐庙堂而论天下事者，则真儒；列庶官而司牧④黎民者，皆端士⑤。此治效比隆于三代⑥，而大化⑦之成矣。然古今治乱相寻⑧，贤圣之道忽晦而忽明；师儒之业有通而有塞。其故何耶？原于不能多方造就之，而作之之术未弘也。往者，隋唐之际，尝建学于州县，置学官生员。逮庆历之间，诏郡国立学。即五季之乱⑨极矣，而文宣王庙祀不废。自我元受命以来，学校之设遍于都邑。然人知学宫为重，而不知书院与学宫相表里，尤为人才之本也。学有专官，论其秀者为博士弟子。惟本州之人士肄业于斯。吉凶乡射⑩宾燕⑪之时，惟本学之人士行礼于斯。若书院则不然。即乡塾之髦士⑫，皆得进而问业焉。临州远邑之学者皆得聚而考道焉。且天下学宫著在成宪⑬。若书院，惟大贤得以建制，惟名儒得以主持，非其人不能创，创亦不能久焉。故学宫与书院，有国者之所并重，而不能轩轾⑭者也。人未尝无美质，未尝非良才，但患禄位富厚之态淆于中，或饥寒穷愁之故累于外，致剥其初性，而汩汩⑮其天理。遂使一时政治追汉唐盛时不可得，况欲进此而上哉。倘广历之泽遍，而长养成就之计深。凡为子弟者，以身不出于选举俊造之途为可耻。为知父师者，以吾之诲迪之勤，非本于诗书礼乐之间为可惧。则从此而登于禹汤文武之隆，不犹骋六骥⑯于康衢⑰也哉。藉渐摩⑱无术，振作无由。上欲士于乡，不足当弓旌来贲⑲之典。欲居之于位，尚令人主有借才异代之思。嗟乎！菁莪⑳极朴之风，未尝不存，何可不广为人才地乎？予列职江东，佐上兴起文治为务。尝恐忝居大任，为所学羞。今长芗书院之立，堂庑斋舍使俾焕然。诚继李君之功远也。予闻大江以右，书院为盛。予记之，亦望尝为天下爱育人才之区，而为天下之所宗仰也欤。

注释

①镇市：即镇市都，浮梁旧时所辖五十六个都之一。

②长芗书院：长芗书院始建于南宋庆元三年（1197），为景德镇监镇季齐愈（一作李齐愈）援白鹿洞书院制度创建。长芗，景德镇旧地名，清代属浮梁县兴西乡，至县治三十里，今为景德镇市昌江区所辖。据考证，长芗书院旧址位于昌江区吕蒙乡官庄村以东。南宋王象之《舆地纪胜》载，长芗书院有夫子庙、屋四十间、田二百亩。宋末毁，元元贞二年（1296）山长凌子秀、直学朱继曾请于江东宣慰使嵇厚于旧址新建。嵇厚作《长芗书院记》。元延祐间（1314—1320）浦江吴莱任山长。元泰定二年（1325）进士方回请于总管段廷珪，与训导臧履、直学闵济重修。明洪武初举朱伯高为山长、张京伯为直学。明洪武四年（1371）朱伯高受荐为府学教授，书院遂废。2016年4月23日，在风光秀丽的景德镇禅师山中，中断了六个半世纪的长芗书院开始复建，重启讲坛。

③率士新之：率领士子们重新修葺。

④司牧：管理，统治。《左传·襄公十四年》："天生民而立之君，使司牧之，勿使失性。"《三国志·魏志·夏侯玄传》："古之建官，所以济育群生，统理民物也，故为之君长以司牧之。"〔宋〕王禹偁《贺南郡大赦表》："伏惟尊号皇帝陛下，司牧黎元，敦崇孝治，言有父也。"

⑤端士：正直的人。《大戴礼记·保傅》："于是皆选天下端士，孝悌闲博有道术者以辅翼之，使之与太子居处出入，故太子乃目见正事，闻正言，行正道，左视右视前后皆正人，夫习与正人居，不能不正也。"《三国志·魏志·赵王干传》："训以恭顺之至言，辅以天下之端士。"明归有光《〈山斋先生文集〉序》："嗟乎，直臣端士，世不可一日无！"

⑥三代：夏商周三个朝代。

⑦大化：广大的教化。

⑧相寻：接连不断。[南朝·梁]江淹《效古》之一："谁谓人道广，忧慨自相寻。"《北史·源贺传》："陈将吴明彻寇淮南，历阳、瓜步相寻失守。"

⑨五季之乱：五代十国是个大混乱大破坏时期，上有暴君，下有酷吏，再加上常年战争征赋不断，名都长安和洛阳都曾被毁，昔人称唐宋之间五代时期的五个短命的政权后梁、后唐、后晋、后汉与后周为"五季"。季，末世也。在五代时期唐代名城长安、洛阳、扬州，尽于五代化为灰烬。所以称五代时期为"五季之乱"或称"五代之乱"。

⑩乡射：古代射箭饮酒的礼仪。乡射有二：一是州长春秋于州序（州的学校）以礼会民习射，一是乡大夫于三年大比贡士之后，乡大夫、乡老与乡人习射。《史记·太史公自序》："北涉汶泗，讲业齐鲁之都，观孔子之遗风，乡射邹峄。"《南史·蔡廓传》："三吴旧有乡射礼，元嘉中，羊玄保为吴郡行之，久不复修。"[清]赵翼《题黄陶庵手书诗册》："是时明社将为墟，方赴鹿鸣乡射耦。"

⑪宾燕：语出《诗经·小雅·鹿鸣》："我有旨酒，嘉宾式燕以敖。"燕，通"宴"。后即以"宾燕"谓宴请宾客。[北魏]郦道元《水经注·济水二》："又北，引水为流杯池，州僚宾燕，公私多萃其上。"[唐]韩愈《郓州溪堂》："公以宾燕，其鼓骇骇。"[宋]洪适《望海潮·题双岩堂》词："宾燕奉觥筹，妙绮笺琼藻，声度歌喉。"

⑫髦士：英俊之士《诗经·小雅·甫田》："攸介攸介，烝我髦士。"毛传："髦，俊也。"[南朝·梁]江淹《杂体诗·效陆机》："朱黻咸髦士，长缨皆俊民。"[唐]韩愈《荐士（荐孟郊于郑馀庆也）》："俗流知者谁，指注竞

嘲傲。圣皇索遗逸，髦士日登造。"[唐]韦应物《答王郎中》："髦士久台阁，中路一漂沦。归当列盛朝，岂念卧淮滨。"

⑬成宪：原有的法律、规章制度。《书·说命下》："监于先王成宪，其永无愆。"[宋]王安石《庙议》："求之前载，虽或有然，考合于经，乃无成宪，因情制礼，实在圣时。"[明]张居正《辛未会试程策》之二："成宪具存，旧章森列。"严复《原强》："祖宗之成宪俱在，吾宁率由之而加实力焉。"

⑭轩轾：语出《诗经·小雅·六月》："戎车既安，如轾如轩。"比喻高低、优劣、抑扬。《明史·万士和传》："士和曰：'朝廷设二使，如左右手，非有轩轾。'"[清]魏源《栈道杂诗》之七："在山不知高，轩轾任持载。"[清]谭嗣同《仁学》十二："故地球体积之重率，必无轩轾于时；有之则畸重而去日远，畸轻而去日近，其轨道且岁不同矣。"

⑮汩：弄乱；扰乱。《书·洪范》："我闻在昔，鲧洪水，汩陈其五行。《庄子·达生》："与汩俱出。"

⑯六骥：相传羲和为日御，驾六龙，故亦以"六骥"比喻日光、光阴。《史记·李斯列传》："夫人生居世间也，譬犹骋六骥过决隙也。"[金]边元鼎《和致仕李政奉韵》："车马年年陌路尘，安知六骥过窗频。"

⑰康衢：四通八达的大路。《列子·仲尼》："尧乃微服游于康衢。"《晋书·潘岳传》："动容发音，而观者莫不抃舞乎康衢，讴吟乎圣世。"《文选·班固》："殷说梦发于傅岩，周望兆动于渭滨。齐宁激声于康衢，汉良受书于邳垠，皆俟命而神交。"[唐]元稹《哀病骢》："曾听禁漏惊衙鼓，惯踏康衢怕小桥。"

⑱渐摩：浸润；教育感化。语本出《汉书·董仲舒传》："渐民以仁，摩民以谊。"颜师古注："渐谓浸洞之，摩谓砥砺之也。"

⑲弓旌来贲：弓和旌，古代征聘之礼，用弓招士，用旌招大夫。《左传·昭公二十年》：昔我先君之田也，旌以招大夫，弓以招士。《孟子·万章下》：敢问招虞人何以？曰：以皮冠，庶人以旃，士以旗，大夫以旌。后遂以弓旌泛指招聘贤者的信物。贲，拿东西给人。

⑳菁莪：语出《诗经·小雅》，《菁菁者莪》篇名的简称。指培育人材。[晋]孙楚《故太傅羊祜碑》："虽《泮宫》之咏鲁侯，《菁莪》之美育才，无以过也。"[宋]朱熹《白鹿洞赋》："乐《菁莪》之长育，拔隽髦而登进。"[明]刘基《送赵元举之奉化州学正》："泮水紫芹香可揽，倚看待佩乐菁莪。"

简析

此文为嵇厚应约为长芗书院写的一篇记文。作者先从"夫天子爱育人才，储之非一朝一夕之间，训之非一郡一邑之地"着笔，然后指出"古今治乱相寻，贤圣之道忽晦而忽明；师儒之业有通而有塞"的根本原因在于"不能多方造就之，而作之之术未弘也"。即士子求学的渠道受到了限制，创办教育的措施还不够得力。同时他还指出人们在观念上也存在偏见，即"然人知学官为重，而不知书院与学官相表里，尤为人才之本也"。接下来他将官办的"学官"与民间的"书院"进行了比较："学有专官，论其秀者为博士弟子。惟本州之人士肄业于斯。吉凶乡射宾燕之时，惟本学之人士行礼于斯。若书院则不然。即乡塾之髦士，皆得进而问业焉。临州远邑之学者皆得聚而考道焉。"指出书院办学的方式更灵活，生源更广泛。由此水到渠成地提出结论："故学宫与书院，有国者之所并重，而不能轩轾者也。"在揭示出办书院的重要性之后，作者进一步指出"予闻大江以右，书院为盛。"从而对新建的长芗书院表达了自己殷切的期望："亦望尝为天下爱育人才之区，而为天下之所宗仰。"文章议论风生，说理剀切，寄慨遥深，读罢让人不由得在内心引起深深的共鸣。

送惠安张尹述职序

蔡　清

作者简介

蔡清（1453—1508），字介夫，别号虚斋，明福建晋江人。三十一岁中进士，累官至南京文选郎中、江西提学副使，著名的理学家。他治学严谨，在床边设案置烛台，凡与学生讲论的问题，临寐前反复思考，若有所得即起床，点灯记录备忘。因积劳成疾，年五十六岁而逝。有《易经蒙引》传世。

原文

意气磊落^①之士，更事^②多非其所优，其优于此者，又往往于大家风韵有欠焉。清尝以事而旁窥，夫今之从政君子其有能越是范围之外者，盖亦有数也已。惠安为吾泉剧县^③，上按藩省而下引郡治及漳汀诸要郡，实公车使节所必经之地。外此庶务又不可胜举，而编民之以里^④计者，才三十有五而止。以三十五里之民，而供是公私种种之务，诚亦有未易办^⑤者矣。浮梁张侯德威，以辛丑名进士出宰是县。至未及期，公私庶务了办如响^⑥，一县精神为之焕然一新。下至公宇邮舍桥梁道路之类，亦皆以次兴举无遗。而又知兴学校，表先哲^⑦，重人材，迄今四载之内，成绩彬彬焉。暇则与二三名胜相与周旋于诗书俎豆⑧之间。或登高远眺，把酒雅歌，潇然若在事外者。且夫侯之进士，从文字议论间得耳，况素磊落若不屑世务者。一旦作县，乃绰有余力，若此稚腐书生诚不识其何术也？其岂非以磊落之资而兼夫实用之才者耶？以故守镇按节及藩宪诸公每至其境，目其规为⑨，咸啧啧慰喜，遇以殊礼⑩。而参会⑪考论⑫一时作县人物，辄以侯居最焉。是岂偶然哉？今兹当述职北上，清辱知素深，方将策款段⑬往饯之行，以疾未果。而泉中缙绅与侯交雅者，顾命清言以为侯行赠。精神忽忽，固谢弗获。嗟乎！侯于作县办矣，清兹所言赘矣。独有一说可以为侯是行赠者。我国家治平百年，万品滋阜，是以上下之间不觉其日趋于巧便侈靡。夫巧便侈靡之风行而天下民力将弊，此亦君侯辈之尤也。以吾德威之才行器业，其骎骎⑭当路而非久为惠安人士所借留者，众举知之矣。病蹇寒生，正未知后会果在何日。惟侯益加自爱，尚思以其所以振一县之治者，进而与天下士大夫审图之。今日要务毋又在于培养天下富厚之力而于文物之近末者姑少缓乎哉！夫天下者，一县之积也。卿相事业惟优于作县者最办。吾知侯将自是升矣，故为此赠。

注释

①磊落：形容胸怀坦荡。[汉]阮瑀《筝赋》："慷慨磊落，卓砾盘纡，壮士之节也。"[南朝·梁]刘勰《文心雕龙·明诗》："慷慨以任气，磊落以使才。"[唐]韩愈《与于襄阳书》："世之龊龊者既不足以语之，磊落奇伟之人又不能听焉。"[宋]欧阳修《祭石曼卿文》："其轩昂磊落，突兀峥嵘，而埋藏于地下者，意其不化为朽壤，而为金玉之精。"

②更事：经历世事。《汉书·平帝纪》："及选举者，其历职更事有名之士，则以为难保，废而弗举，甚谬于赦小过举贤材之义。"〔宋〕陆游《春雨绝句》之六："更事老翁顽到底，每言宜睡好烧香。"〔清〕魏源《圣武记》卷二："三桂年老更事多，欲出万全，不肯弃滇、黔根本。"

③剧县：政务繁重的县分。汉时有剧县、平县之称。《汉书·游侠传·陈遵》："乃举遵能治三辅剧县，补郁夷令。"《后汉书·安帝纪》："自今长吏被考竟未报，自非父母丧无故辄去职者，剧县十岁平县五岁以上，乃得次用。"〔唐〕无可《书事寄万年厉员外》："帝城皆剧县，令尹美居东。"

④里：古代一种居民组织，历代规制不一。先秦以二十五家为里。《尚书大传》："八家为邻，三邻为朋，三朋为里。"《论语·撰考文》："古者七十二家为里。"《公羊传·宣公十五年》："一里八十户。"《管子·度地》："百家为里。"

⑤办：做成；做好；能做到。《资治通鉴》："船、粮、战具俱办。"《后汉书·彭宠传》："趣为诸将军办装。"

⑥了办如响：办事能有效落实，犹如有回声应响一般。

⑦先哲：尊称已经死去的有才德的人。

⑧俎豆：俎和豆。古代祭祀、宴飨时盛食物用的两种礼器。引申为祭祀和崇奉之意。《庄子·庚桑楚》："今以畏垒之细民而窃窃焉欲俎豆予于贤人之间，我其杓之人邪！"〔汉〕班固《窦车骑北伐颂》："援谋夫于末言，察武毅于俎豆。"〔唐〕柳宗元《游黄溪记》："以为有道，死乃俎豆之，为立祠。"

⑨规为：谋度所为之事。《礼记·儒行》："儒有上不臣天子，下不事诸

侯……不臣不仕，其规为有如此者。"孔颖达疏："谓不与人为臣，不求仕官，但自规度所为之事而行。"[宋]司马光《策问》之三："法施于民则祀之，有功于民则祀之，圣人规为必不妄也，子大夫其懋明之。"

⑩殊礼：特别的礼遇。《汉书·王莽传上》："高皇帝褒赏元功，相国萧何邑户既倍，又蒙殊礼，奏事不名，入殿不趋。"《魏书·外戚传下·胡国珍》："葬以殊礼，给九旒銮辂，虎贲、班剑百人，前后部羽葆鼓吹，辒辌车。"[清]恽敬《辨微论》："〔建安〕十七年而加殊礼，十八年而受九锡。"

⑪参会：参酌综合。[宋]赵与时《宾退录》卷一："天台桑泽卿编《兰亭博议》一书甚详，与时参会众说，芟繁撮要，记其本末如此。"[明]胡应麟《少室山房笔丛·艺林学山四》："余久畜兹疑，未能解脱，一旦参会群籍，不觉洞然。"[清]叶廷琯《吹网录·立忠王璵为太子》："温公于此事，虽略纪柳所纪书之，尚未能为肃宗道出隐衷，由未参会孙氏之说耳。"

⑫考论：考查论证。《书序》："以所闻伏生之书，考论文义。"[汉]王充《论衡·自纪》："幽处独居，考论实虚。"[晋]袁宏《后汉纪·顺帝纪下》："近儒术，考论经书，辅佐日月，宜有至效。"

⑬款段：马行迟缓貌，借小马或驽马。《后汉书·卷二四·马援传》："士生一世，但取衣食裁足，乘下泽车，御款段马，为郡掾史，守坟墓，乡里称善人，斯可矣。"[唐]李白《江夏赠韦南陵冰》："昔骑天子大宛马，今乘款段诸侯门。"[清]蒲松龄《聊斋志异·神女》："嘱坐待路隅，款段而去。"

⑭骙骙：《广雅》："骙骙，疾也。"形容马跑得很快的样子。《诗·小雅·四牡》："驾彼四骆，载骤骙骙。"[三国·魏]阮籍《咏怀八十二首》：

"皋兰被径路,青骊逝骎骎。"亦用于比喻事业进展得很快。[清]刘鹗《老残游记》:"然后由欧洲新文明进而复我三皇五帝旧文明,骎骎进于大同之世矣。"

简析

浮梁人张德威以进士出宰福建泉州惠安,"至未及朞"而政绩斐然。"公私庶务了办如响,一县精神为之焕然一新。下至公宇邮舍桥梁道路之类,亦皆以次兴举无遗。而又知兴学校,表先哲,重人材,迄今四载之内,成绩彬彬焉。"张侯又是一位襟怀磊落的雅士。"暇则与二三名胜相与周旋于诗书俎豆之间。或登高远眺,把酒雅歌,潇然若在事外者。"正如作者所称颂的:"其岂非以磊落之资而兼夫实用之才者耶?"适逢张侯即将述职北上之际,作者因抱疾未能为之饯行,于是写成作品序文以赠之。在文中他对此去前程无量的张侯提出了一点殷切的希望:"今日要务毋又在于培养天下富厚之力而于文物之近末者姑少缓乎哉!"期盼张侯今后身居高位时不仅要革除"巧便侈靡之风"以致力于"培养天下富厚之力";而且更要重视文明教化,转变社会风气。言简意赅,语重心长,寄慨深远。充分体现了作者民胞物与的家国情怀与友人相互砥砺的真挚情感。

刻汪方伯青峰存稿序

金　达

作者简介

金达（1506—1577），字德孚，号星桥。江西浮梁人。明嘉靖三十五年（1556）诸大绶榜进士第三人，会元。授翰林院编修。金达平生为文操笔立书，雄伟典丽，进士高第后，所撰写的奏章大多寓意深刻，言辞得体。官南京国子监司业。卒年七十一岁。著有《星桥集》等。

原文

呜呼！予尚忍序廷节之文耶！予与廷节俱为张氏甥，少时相携读书外家^①，俱见器^②于外家之识者。后廷节未弱冠^③领乡荐^④，名在高等，擢戊戌进士。一时声称藉甚，而予落落垂翅^⑤几二十年，予自谓与廷节若风马牛不相及^⑥耳。嘉靖丙午，予幸举于乡。次年试春官^⑦未第，乃顺就教职。时廷节为光禄寺丞，止予勿就^⑧。庚戌予未第，廷节止予益力。至癸丑年，予重违母命，决志受官，冀得寸禄以为母养也。廷节乃咨嗟垂涕，谓予志未伸，又劝予归为后图。越三年，丙辰廷节参浙藩，得予南宫报^⑨，喜动颜色，重劳报者。惠书于予曰："使

公不听柏言，不知今日在何处叹苜蓿阑干⑩也。敢为公贺。"是岁，予
以母忧归。廷节之广东任，乃枉顾⑪予，出所为诗文示予。予把玩数
日，见其有得于道，深为敬服。约后来乞身山中，勉相劘切⑫，以肆力
于文词，用以鸣世。孰意含沙射影⑬，实繁有蜮，廷节竟韬晦⑭以先归
哉！予自史馆迁南雍，不见廷节数十年，亦谓前约之可践也。又孰意
天不愁遗⑮，夺我知己，廷节遽即世⑯哉！予尚忍序廷节之文耶？廷节
尝与予扬榷古今⑰得失，咸甜之嗜，不见殊异。廷节所脍炙⑱者，予率
以为然；使予不当于心，廷节业已弹射⑲之矣。予又见廷节之论文曰：
"天地者，文章之苑也。禹迹满天下而《禹贡》成；马迁游遍山川而
《史记》成。"故廷节凡所经历有名胜，辄豪思迅发，词藻立就。今
观其作，虽落笔纵横，直出胸臆，然其体裁步骤咸不出大家范围。骚
可方之屈宋，文逼真先秦，古诗驾汉魏，近体将于盛唐譬之。哲匠⑳造
车，不假人授。圆融合作，动皆可观。要其自得者居多也。呜呼！廷
节往矣，有此亦足传矣！然予失所匡掖夹辅㉑，予惧之卒罔有闻，予而
忍序廷节之文耶？且廷节往为相国夏桂翁所知，岁时庆贺候问及为干
请有言，多廷节为之属稿。而缙绅士大夫闻廷节名者，多愿折节㉒与之
友，求言者益众。在广浙经略议论凡几千万言，悉皆关于世务。兹虽
俱缺佚不存，所存者多应酬文字，乃廷节自以为空言者。九原㉓有知，
目宁瞑哉！是故予于是又重为廷节扼腕㉔而咨嗟也。廷节侄思聪、男
思恭，搜集其存者梓刻以行，属予序之。予追忆夙昔㉕之契㉖，不觉泪
簌簌下。乃述其不忍序之故，畀㉗以弁诸首㉘。若夫懿德懋勋，详见予
传。兹不赘云。

注释

①外家：泛指母亲和妻子的娘家。《东观汉记·吴汉传》"〔吴汉〕尝出征，妻子在后买田业。汉还，让之曰：'军师在外，吏士不足，何多买田宅乎！'遂以分与昆弟外家。"《晋书·魏舒传》："〔魏舒〕少孤，为外家宁氏所养。宁氏起宅，相宅者云：'当出贵甥。'外祖母以魏氏甥小而慧，意谓应之。"［清］汤之旭《皇清州同知尹思袁公（袁可立曾孙）墓志铭》："忆旭髫年时，常往来外家，见外王父文学公，陈设先代彝器，凡图书鼎，盎皆前人赏鉴，遗风流韵，手泽犹存。"

②见器：被……器重、赏识。

③弱冠：男子二十岁称弱冠。这时行冠礼，即戴上表示已成人的帽子，以示成年，但体犹未壮，还比较年少，故称"弱"。《元史·王利传》："利自幼颖悟，弱冠，与魏初同学，遂齐名，诸名公交口称誉之。"［唐］杜甫《进三大礼赋表》："臣生长陛下纯朴之俗，行四十载矣。与麋鹿同群而处，浪迹于陛下丰草长林，实自弱冠之年矣。"［明］《袁节寰晋大司马奉命乘传锦还序》："我大司马节寰先生（袁可立），少具异骨，弱冠起家，为名御史。"

④乡荐：唐宋时应试进士，由州县荐举，称"乡荐"。［唐］顾云《上池州卫郎中启》："自随乡荐，便托门墙。"［宋］徐铉《稽神录·赵瑜》："瑜应乡荐，累举不第。"后世称乡试中试为领乡荐。［明］孔贞运《明兵部尚书节寰袁公墓志铭》："戊子，公（袁可立）病疫浸剧，愦愦中见金甲神乘赤马入城隍庙，跽进戊子科乡试，录公。从旁睨之，见其名高列，下注联捷数字。病已，果于是年领乡荐。"

⑤垂翅：失意、萎靡、落败之意。《后汉书》卷十七《冯异传》："始虽垂

翅回溪，终能奋翼皂池，可谓失之东隅，收之桑榆。"[唐]钱起《送员外侍御入朝》："自怜江上鹤，垂翅羡飞鸣。"[清]黄景仁《怀方仲介闽中》："蹉跎各垂翅，霜雪渐盈头。"

⑥风马牛不相及：表示两事物毫无关联，语出《左传·僖公四年》："四年春，齐侯以诸侯之师侵蔡。蔡溃。遂伐楚。楚子使与师言曰：'君处北海，寡人处南海，唯是风马牛不相及也。不虞君之涉吾地也，何故？'"[明]汤显祖《南柯记》第二九出："太子，君处江北妾处江南，风马牛不相及也，不意太子之涉吾境也，何故？"[宋]杨万里《新喻知县刘公墓表》："士大夫儋爵赋禄，任民之安危福祸而漠然，塞耳关口，视若风牛马不相及。"

⑦春官：礼部的别称。[唐]杜甫《奉留赠集贤院崔于二学士》："天老书题目，春官验讨论。"[明]归有光《亡友方思曾墓表》："既一再试春官不利，则自叱而疑。"[清]况周颐《蕙风词话》卷五："九上春官不第，键户箸书，足不入城市。"

⑧止予勿就：劝阻我不要去就教职。

⑨南宫报：科考高中报捷。

⑩ 首蓿阑干：典出五代·王定保《唐摭言》卷十五："薛令之，闽中长溪人，神龙二年及第，累迁左庶子。时开元东宫官僚清淡，令之以诗自悼，复纪于公署曰："朝旭上团团，照见先生盘。盘中何所有？首蓿长阑干。余涩匙难绾，羹稀箸易宽。何以谋朝夕？何由保岁寒？"常用以形容小官吏与私塾教师清苦冷落的生活。[清]郑燮《将之范县拜辞紫琼崖主人》："阑干首蓿尝未少，琬琰诗篇捧去新。"

⑪枉顾：屈尊看望。称人来访的敬辞。[唐]王昌龄《灞上闲居》："轩

冕无枉顾，清川照我门。”［元］袁士元《谢樊天民见访》：“归来自愧穷途客，枉顾多劳长者车。”［清］蒲松龄《聊斋志异·画皮》：“敝庐不远，即烦枉顾。”鲁迅《书信集·致孙伏园》：“倘蒙枉顾，自然决不能稍说魇话。”

⑫劘切：切磋交流。［唐］刘禹锡《送周鲁儒赴举》诗序：“居五六日，复袖来，益引古事以相劘切。”［明］方孝孺《与郑叔度书》：“效古君子交友之义，务为箴规劘切。”［清］戴名世《李潮进稿序》：“陈君曾起，秦君龙光，两人皆毗陵之秀也，李君相与往复劘切。”

⑬含沙射影：传说一种叫蜮的动物，在水中含沙喷射人的影子，使人生病。比喻暗中攻击或陷害人。［晋］干宝《搜神记》卷十二：“其名曰蜮，一曰短狐，能含沙射人，所中者则身体筋急，头痛、发热，剧者至死。”［南朝宋］鲍照《代苦热行》：“含沙射流影，吹蛊痛行晖。”

⑭韬晦：把锋芒收敛起来，把踪迹隐蔽起来。指深藏不露。《旧唐书·宣宗纪》：“常梦乘龙升天，言之于郑后，乃曰：‘此不宜人知者，幸勿复言。’历大和、会昌朝，愈事韬晦。群居游处，未尝有言。”［明］李贽《杨修》：“修亦每于操前驰骋聪明，则修之不善韬晦，自宜取败。”［清］蒲松龄《聊斋志异·云萝公主》：“既归，益自韬晦，读书不出，一跛妪执炊而已。”

⑮天不慭遗：天老爷不愿意留下这个老人。语出《诗经·小雅·十月之交》“不慭遗一老，俾守我王”。［汉］蔡邕《陈太丘碑》：“天不慭遗一老，俾屏我王。”《南齐书·褚渊传》：“诏曰：‘南康公渊，履道秉哲，鉴识弘旷。天不慭遗，奄焉薨逝，朕用震恸于厥心。’”［明］张岱《祭外母刘太君文》：“乃天不慭遗一老，镜石先生痛罹水阨。”

⑯即世：去世。《左传·成公十三年》：“无禄，献公即世。”［唐］杜甫

《哭王彭州抡》："夫人先即世，令子各清标。"[清]叶廷琯《吹网录·柳边纪略》："迨后先子即世，归葬中原。"

⑰扬榷古今：略举大要，扼要论述。扼要论述古代和现代的事情。

⑱脍炙：本义为细切的肉和烤熟的肉。亦泛指佳肴。常用以比喻美好的诗文或事物为人称赞。[宋]司马光《司马温公诗话·寇莱公诗》："〔寇准诗〕为人脍炙。"[明]叶盛《水东日记·文章正宗叙论》："书信往来，虽不关大体，而其文卓然为世脍炙者，亦缀其末。"[清]褚人获《坚瓠九集·成语破》："浙江陈炜，字本叔，时艺脍炙一时。"[清]王夫之《姜斋诗话》卷三："滕王阁连甍市廛，名不称实；徒以王勃一序，脍炙今古。"

⑲弹射：指出缺点错误。《三国志·蜀书·孟光传》："吾好直言，无所回避，每弹射利病，为世所讥嫌。"《吴书·张温传》："弹射百僚，核选三署，率皆贬高就下，降损数等。"

⑳哲匠：高明技术的工匠。[唐]黎逢《水化为盐赋》："伊昔煮海为盐，以禀乎天……是知水化之利可贵，哲匠之谋可研。[唐]刘禹锡《予自到洛中与乐天为文酒之会联句》："洪炉思哲匠，大厦要群材。"[宋]范仲淹《金在镕赋》："熠耀腾精，乍跃洪炉之内，纵横成器，当随哲匠之心。"

㉑匡掖夹辅：匡掖，扶助，扶持。[清]王浚卿《冷眼观》第二十回："张巡捕虎威那里，虽也曾去过几次，但其人利重于身，难期匡掖。"夹辅，辅佐。《左传·僖公四年》："五侯九伯，女实征之，以夹辅周室！"《三国志·魏志·齐王芳传》："大将军、太尉奉受末命，夹辅朕躬。"[宋]沈初《周以宗强赋》："任先宗子，协图夹辅之勋；本固王家，益植太平之趾。"[明]徐复祚《一文钱》："我想做人家虽要家主勤俭，也须妻儿奴仆夹辅才好。"

㉒折节：屈己下人。《管子·霸言》："折节事彊以避罪，小国之形也。"［宋］王安石《给事中孔公墓志铭》："而宰相使人说公稍折节以待迁，公乃告以不能。"［明］陈继儒《珍珠船》卷一："李遵勖为驸马都尉，折节待士。"［清］陈梦雷《绝交书》："老年兄以桑梓钜望，道貌冲和，折节下交，每以远大相许。"

㉓九原：九泉，黄泉。《旧唐书·李嗣业传》："忠诚未遂，空恨于九原。"［宋］苏轼《亡妻王氏墓志铭》："君得从先大人于九原，余不能，呜呼哀哉！"［金］元好问《赠答刘御史云卿》诗之三："九原如可作，吾欲起韩欧。"［清］龚自珍《乙酉除夕梦返故庐见先母及潘氏姑母》："醒犹闻絮语，难谢九原心。"

㉔扼腕：用一只手握住另一只手腕、表示振奋、惋惜、愤慨等情绪。《战国策·燕策三》："樊於期偏袒扼腕而进曰：'此臣之日夜切齿腐心，乃今得闻教！'"《韩非子·守道》："人臣垂拱于金城之内，而无扼腕聚唇嗟唶之祸。"晋·王隐《晋书·刘锟传》："臣所以泣血宵吟扼腕长叹者也。"［宋］朱熹《晦庵集》："枉费从旁观之，令人扼腕。"

㉕夙昔：泛指昔时，往日。［汉］桓宽《盐铁论·箴石》："故言可述，行可则。此有司夙昔所愿睹也。"［唐］权德舆《酬李二十二兄主簿马迹山见寄》："远郊有灵峰，夙昔栖真仙。"［明］方孝孺《与郑叔度书》之八："离居日久，病身不能动，求如夙昔相聚讲习之乐，宁可得耶！"［清］纪昀《阅微草堂笔记·滦阳消夏录四》："然数百年来，相遇如君者，不知凡几，大都萍水偶逢，烟云倏散，夙昔笑言，亦多不记忆。"

㉖契：相契。交情很深。

㉗畀：给与。《诗经·鄘风·干旄》："彼姝者子，何以畀之。"《左传·僖

公二十八年》：“分曹卫之田以畀宋人。”

㉘弁诸首：（把要说的话）放在书籍的开头。

简析

这是金达为汪柏《青峰存稿》作的序言。两人既是表兄弟又是知己之交。汪柏去世之后，其“侄思聪、男思恭，搜集其存者梓刻以行，属予序之”。这本应是责无旁贷之事，可是作者却在文中一而再再而三地反复慨叹：“予尚忍序廷节之文耶！”这究竟是为什么呢？这是因为两人多年来不但在情感方面相知相契，而且在文章方面也同样“咸甜之嗜，不见殊异。廷节所脍炙者，予率以为然；使予不当于心，廷节业已弹射之矣”。可谓莫逆之交。友人遽然辞世，作者心中极为悲恸，睹物思人，痛失知己，一时不忍下笔为序。另一方面，也是更为重要的方面是，作者平日对汪柏诗文“深为敬服”。在文中他评价道：“今观其作，虽落笔纵横，直出胸臆，然其体裁步骤咸不出大家范围。骚可方之屈宋，文逼真先秦，古诗驾汉魏，近体将于盛唐譬之。哲匠造车，不假人授。圆融合作，动皆可观。要其自得者居多也。呜呼！廷节往矣，有此亦足传矣！”但让作者深为遗憾的是，这些令他深为敬服的文字却已“兹虽俱缺佚不存”，而“所存者多应酬文字，乃廷节自以为空言者。九原有知，目宁瞑哉！”。这才是让作者扼腕叹息而不忍为之作序的真正原因所在。

文章纡徐婉转，一唱三叹，既深切地表达出了作者对挚友遽然辞世的难言悲痛，又含蓄地流露出对挚友“不出大家范围”的文章成就被埋没而感到深深的惋惜之情。读罢令人不得不为之动容。

节寿记

汪　柏

作者简介

汪柏，字廷，江西浮梁人，明代嘉靖十七年（1538）进士，授大理评事、升广东道副使，浙江布政使。有《青峰集》传世。

原文

嘉靖己未季冬之甲午，为楮溪黎孺人胡氏悬帨[①]之辰，盖六旬也。孺人嫁一年而寡，遗腹生子某。当是孺人年方十九，子呱呱在抱，若草露水泡须臾尽尔。孺人矢志不嫁，辛勤孤苦，卒能鞠[②]其子至成立。余四十年，生二孙，而孺人始六旬。寿不足多瑰[③]，视一时有如孺人苦节者乎？即有苦节如孺人有十九而寡者乎？有植遗腹者乎？虽史传所载亦不数数然[④]也。伟哉！假令孺人一移足则孤不立，黎氏之孤危于一发而孺人植[⑤]之。古之伟男子以死易，立孤难，宁死而委其难者于人。而孺人以孱弱妇女，旁无兼莩[⑥]之助，而能为伟男子所不能为之事，岂不尤伟哉！孺人既立其孤以成，又见诸孙，又享高年，自今以往熙熙然蔗境[⑦]矣！亦天之所以报孺人也。青峰子[⑧]曰：予曾祖母张生予祖，三月而寡；外曾祖母程孺人郑既寡三月，遗腹生吾祖母之弟。于是相慕为婚姻。其新寡时，年皆十九，与孺人同二母皆寿至七八十。程氏子孙颖异俊秀，济济庠序⑨。而予兄弟子侄近三十人，皆二母之遗也。盖贞烈之节天之所植。寿其身，繁其子孙，固天道与？则孺人之寿与福殆无涯也已。予族弟某之子与孺人之孙姻娅有连，求言为寿。遂直述其事为《节寿记》以贻。知异日有司以闻朝廷，行旌闾⑩之典，庶其有征⑪乎！

注释

①悬帨：古时称女子诞生。帨，古代女子常用的佩巾。语出《礼记·内则》："子生，男子设弧于门左，女子设帨于门右。"［明］吴承恩《寿胡内子张孺人六帙序》："胡西畹内子张孺人寿晋六袠，三月十日是维悬帨之辰。"［清］方授《夜悲歌》之五："夜悲歌，歌未止，悬弧悬帨今何似？屈指九月及于今，何事呱呱竟弗子！"

②鞠：生育抚养。《尔雅·释言》鞠，生也。《扬子·方言》："养也。楚韩郑之间曰鞠。"《诗经·小雅》："母兮鞠我。"

③多瑰：这里是指年寿高而珍奇。

④数数然：数，音shuò。这里是指数量多。

⑤植：这里是指抚养。

⑥蒹莩：蒹，蒹葭，即芦苇。莩，芦苇内层的薄膜。形容非常微薄。

⑦蔗境：典出《晋书》卷九十二《文苑列传·顾恺之》："恺之每食甘蔗，恒自尾至本。人或怪之，云：渐入佳境。"后因以"蔗境"喻先苦后乐，有后福。常用来比喻人晚年生活逐渐转好。［宋］刘辰翁《双调望江南·寿谢寿朋》词："欲语会稽仍小待，不知文举更堪怜。蔗境在顽坚。"［宋］赵必豫《水调歌头·寿梁多竹八十》词："百岁人有几？七十世间稀。何况先生

八十，蔗境美如饴。"

⑧青峰子：作者自号"青峰子"。

⑨庠序：古代的地方学校。后亦泛称学校。《孟子·梁惠王上》："谨庠序之教，申之以孝悌之义。"《汉书·董仲舒传》："立大学以教于国，设庠序以化于邑。"《旧唐书·儒学传上·萧德言》："自隋氏版荡，庠序无闻。"

⑩旌闾：旌表门闾。旧时朝廷对所谓忠孝节义的人，赐给匾额，挂于门廷之上，或树立牌坊，以示表彰。《宋书·孝义传·余齐民》："齐民越自氓隶，行贯生品，旌闾表墓，允出在兹。"[唐]元稹《献事表》："其余涤瑕缓死，薄赋恤人，赐帛耆年，旌闾孝悌，修废学，建义仓，莫不曲被殊私，覃于有截。"

⑪庶其有征：或许有所征兆吧。

简析

楮溪黎孺人胡氏"嫁一年而寡，遗腹生子"。当时"年方十九，子呱呱在抱，若草露水泡须臾尽尔"。她"矢志不嫁，辛勤孤苦，卒能鞠其子至成立"。四十余年来历尽艰辛，抚养儿孙成立，而今年届六旬，终于熙熙然渐入蔗境。值其寿诞之辰，作者写下这篇《节寿记》为之庆寿。文章中对孺人苦节鞠孤之品行作出了高度的颂扬："虽史传所载亦不数数然也。""孺人以孱弱妇女，旁无兼荸之助，而能为伟男子所不能为之事，岂不尤伟哉！"在当时的历史条件下这种评价是毫不为过的。文章最后作者阐明了此文的写作动机，他希望通过自己的"直述其事为《节寿记》"，能于异日让有司以闻朝廷，从而为黎孺人胡氏行旌闾之典，使老孺人的感人事迹得以广为传扬。文章夹叙夹议，言简意赅。文中多用设问、感叹句，情感充沛，启人深思，令人读罢为之动容。

寄曹北崖书

汪　柏

作者简介

参见《节寿记》作者简介。

原文

《贞节传》承命①月余矣，几欲奋精神，囊群书，窃子长②之余绪③以发其潜德之幽光④。举笔慨然叹息，不成一字者久矣。非故欲高人作奇涩语，多费此光阴也。盖此心有物室其中，每观《贞节录》及志乘奇迹，未尝不汗背⑤刺心。呜呼！吾得罪于天地间甚矣！而况持其区区之文章，以荣耀他人作《贞节传》耶？几欲对北崖道羞而不言者久矣！然北崖将归矣！其拘吾文之日益迫矣！吾既不能作又不道其意，则北崖将视生为何状耶？呜呼！吾得罪于天地间甚矣！吾兹不言罪将益重，与其不言而重其罪，孰若言于北崖，藉北崖之力以纾⑥此罪哉？吾曾祖母张氏十七适吾曾祖，十九岁而吾曾祖亡。吾祖才生三月，啮指而誓⑦，卒以植其孤。寒潭秋月⑧，士夫⑨匙⑩之，家微力薄，值吾祖又早世，吾父辈又患难百状，无力气，不足以发明之。虽有江左士夫诸巨笔文章，一火于丁卯，再火于癸未，而囊箧⑪所藏者，付之灰烬矣！任是责者，非我而谁？而吾又落落失魄，不能卓立于人之中，以交诸士夫以鸣我曾祖母之大节，徒区区于人间乞食，且夕死有余辜。呜呼！吾得罪于天地间甚矣，吾意将欲附之志乘⑫而力不及，欲剖此心腹于北崖，而惭且死者几矣！北崖将欲拂其心⑬责之作《贞妇传》乎？将欲扶之翼之⑭收之在人数中耶？北崖勉而为天下良史，其泽林下之人，嘘死灰之气，于是乎有望，不识何如？伏惟鉴其衷，纾其罪，恕其小者，成其大者不宣⑮。

注释

①承命：受命。语出《左传·僖公十五年》："苟列定矣，敢不承命。"［唐］岑参《酬成少尹骆谷行见呈》："何幸承命日，得与夫子俱。"《东周列国志》第八十二回："（王孙）骆承命，驰车往迎公孙圣，圣闻其故，伏地涕泣。"［清］采蘅子《虫鸣漫录》卷一："奴承命代主理家事，岂敢有违。"

②子长：司马迁（前145—？），字子长，夏阳（今陕西韩城南）人。西汉史学家、散文家。继承父业，著述历史。他以其"究天人之际，通古今之变，成一家之言"的史识创作了中国第一部纪传体通史《史记》。

③余绪：留传给后世的部分。［北齐］颜之推《颜氏家训·勉学》："或因家世余绪，得一阶半级，便自为足，全忘修学。"［明］冯梦龙［清］蔡元放《东周列国志》第八十回："勾践泣谓群臣曰：'孤承先人余绪，兢兢业业，不敢怠荒。今夫椒一败，遂至国亡家破，千里而作俘囚。此行有去日，无归日矣！'群臣莫不挥涕。"

④潜德之幽光：潜德，谓不为人知的美德；幽光，潜隐的光辉。潜德之幽光是指有道德而不向外人炫耀，就像隐藏起来的光辉。

⑤汗背：冷汗从背上渗出，形容内心极其羞惭。

⑥纾：缓解、排除。《左传·成公十六年》："可以纾忧。"《左传·僖公二十一年》："是崇瞫济而修祀纾祸也。"〔宋〕文天祥《指南录·后序》："众谓予一行为可以纾祸。"

⑦啮指而誓：啮指，咬破指头。表示决心，发誓。《史记·田叔列传》："赵王啮指出血，曰：'先人失国，微陛下，臣等当虫出。公等奈何言若是！'"〔宋〕孙光宪《浣溪沙》词："啮指暗思花下约，凭阑羞睹泪痕衣。"〔明〕李东阳《读唐诗三十一首》之二："〔徐世绩〕又忍弃其流涕啮指之言，以成武氏之祸。"

⑧寒潭秋月：比喻清白高尚的节操。

⑨士夫：士大夫；读书人。〔汉〕王符《潜夫论·交际》："夫处卑下之位，怀《北门》之殷忧，内见谪于妻子，外蒙讥于士夫。"汪继培笺："士夫，谓士大夫。"〔宋〕罗大经《鹤林玉露》卷一："至于荷艳桂香，妆点湖山之清丽，使士夫流连于歌舞嬉游之乐，遂忘中原，是则深可恨耳！"〔元〕曾瑞《醉太平·失题》曲："相邀士夫，笑引奚奴，涌金门外过西湖，写新诗吊古。"〔明〕黄道周《节寰袁公传》："丙丁之间，天子贤达士夫无出其（袁可立）右者。"〔明〕杨慎《升庵诗话》卷十四："近日士夫争学杜诗，不知读书果曾破万卷乎？"

⑩韪：是，对。《说文》："韪，是也。"《左传·隐公十一年》："犯五不韪。"《左传·昭公二十年》："君子韪之。"〔明〕王铎《太子少保兵部尚书节寰袁公神道碑》："考功苏继欧覆疏韪公（袁可立），得驰驿。后加太子少保，公辞。"

⑪囊箧：袋子与箱箧。古代读书人多用以装书籍文稿。［唐］柳宗元《与友人论为文书》："间闻足下欲观仆文章，退发囊箧，编其芜秽，心悸气动。"《新唐书·萧隐传》："书成不可露贵，必贮以囊箧。"

⑫志乘：志书。［清］章学诚《文史通义·和州志政略序例》："夫州县志乘，比于古者列国史书，尚矣。"［清］恽敬《碧玉说》："敬前在广州，问碧玉楼之故，有言明宪宗以聘先生者。及至新会，考之志乘，无其说。"

⑬拂其心：违逆其心意。《汉书·杜钦传》："臣窃有所忧，言之则拂心逆指，不言则渐日长，为祸不细。"［晋］葛洪《抱朴子·博喻》："洁操履之拘苦者，所以全拔萃之业；纳拂心之至言者，所以无易方之惑也。"《新唐书·元稹传》："其小人则择利曰：'吾君所恶者拂心逆耳，吾将苟顺是非以事之。'"［宋］李纲《论节义》："节义之士，平居事君，苦言逆耳，至计拂心，人主类多不能堪之。"

⑭扶之翼之：扶持、帮助。

⑮不宣：不一一细说。旧时书信末尾常用此语。［唐］陈子昂《为苏令本与岑内史书》："谨奉启不宣，某再拜。"［宋］杨万里《与张严州敬夫书》："不肖之身，愿为君民爱之重之！不宣。"

简析

这篇文章是作者写给曹北崖先生的书信。从信的内容来看，应当是曹北崖先生一个多月前曾嘱托作者写作《贞节传》，作者也几次"奋精神，囊群书"，但却久久"不成一字"。不仅如此，作者还一次次说："吾得罪于天地间甚矣！""未尝不汗背刺心。""而惭且死者几矣！"语气极为沉痛感人。这究竟是为什么呢？原来作者是

"此心有物窒其中"。这"窒心之物"就是作者的曾祖母婚后两年就守寡，当时幼子尚在襁褓中。她"啮指而誓，卒以植其孤"。其清操高节犹如"寒潭秋月"，得到士大夫一致的称颂。可是曾祖母的"大节"由于种种原因而一直未能揄扬。作者"意将欲附之志乘而力不及，欲剖此心腹于北崖，而惭且死者几矣！"，因此他衷心希望"藉北崖之力以纾此罪哉！"，请求被誉为"天下良史"的北崖先生能为文揄扬曾祖母的清操高节，实现自己多年的夙愿。这封书信行文纡徐深婉，情感真挚剀切，其虔心孝亲之深情感人肺腑。

龙缸记

唐 英

作者简介

唐英（1682—1756），字俊公（又作隽公），又字叔子，自号蜗寄老人。沈阳人，隶汉军正白旗。十六岁"供役于养心殿"，四十三岁任内务府员外郎，四十七岁以内务府员外郎衔驻景德镇厂署，督理窑务。在他二十余年的任职期间，恪尽职守，兢兢业业，为景德镇的陶瓷生产与陶瓷文化作出了极其卓越的贡献，世称"唐窑"。督陶之余著有《陶冶图说》《陶人心语》等传世。

原文

青龙缸，邑志载前明神宗间造。先是累弗成，督者益力。火神童公①悯同役之苦，激而舍生乃成。事详神小传。此则成后落选之捐器②也，弃置僧寺墙隅。余见之，遣两舆夫③舁④至神祠堂西，饰高台，与碑亭对峙以荐⑤之。或者疑焉，以为先生好古耶？不完矣！惜物耶？无用矣！于意何居？余曰：否，否。夫古之人之有心者之于物也，凡闻见所及，必考其时代，究其疑识⑥，追论其制造之原委，务与史传相合，而一切荒唐影响之说不得而附和之。或以人贵，或以事传，或以良工见重。每不一致，要不敢亵昵⑦云尔。故子胥之剑⑧陈之庙堂，扬雄⑨之匦⑩置之墓口，甄邯⑪之威⑫斗殉之寿藏⑬。盖其人生所服习⑭，死所裁决⑮，虽历久残缺而神所凭依将在是矣！况此器之成，沾溢者神膏血⑯也。团结者神骨血也。清白翠璨者，精神忱猛气也。其人则神，其事则创，其工则往古奉御⑰之所遗留，而可不加之贵重乎？由志所云，万历己亥到今雍正庚戌相去凡一百三十二年。其不沦于瓦砾者，必有物焉实呵护之。余非有心人也，神或召之耳。故记之。缸径三尺，高二尺强，环以青龙，四下作潮水纹，墙口俱全，底脱。

注释

①火神童公：童宾（1567—1599），字定新，明代浮梁里村人。幼年读书，秉性刚直，因父母早丧，遂投师学艺，执役窑业。

②捐器：弃置的器物。

③舆夫：车夫或轿夫。《新五代史·杂传四·朱瑾》："〔朱瑾〕少倜傥，有大志，兖州节度使齐克让爱其为人，以女妻之。瑾行亲迎，乃选壮士为舆夫，伏兵器舆中。"〔清〕恽敬《纪言》："往岁，贝子舆夫与守备争，殴之，伤额，乡人杖舆人四十。"

④舁：抬。

⑤荐：祭祀。

⑥疑识：费解的款识。〔明〕杨慎《升庵诗话·铜釭晓虹》："器物疑识有王氏铜釭烛锭。釭与缸同，如汉赋'金釭衔璧'，唐诗'银釭斜背解明珰'之类也。"

⑦亵昵：过分亲近而态度轻佻。〔明〕冯梦龙《智囊补·上智·选押伴

使》："白沙陈公甫，访定山庄孔易，庄携舟送之，中有一士人，素滑稽，肆谈亵昵，甚无忌惮。"茅盾《林家铺子》："张寡妇转过身来，找寻是谁唤她；那警察却用了亵昵的口吻叫道：'不要性急！再过一会儿就进去！'"

⑧子胥之剑：亦名"属镂"，古代名剑。春秋时吴国大夫伍子胥所带宝剑，系吴王夫差所赐。

⑨扬雄：字子云，汉族。西汉官吏、学者。西汉蜀郡成都人。扬雄少年好学，口吃，博览群书，长于辞赋。年四十余，始游京师长安，以文见召，奏《甘泉》、《河东》等赋。成帝时任给事黄门郎。王莽时任大夫，校书天禄阁。扬雄是继司马相如之后西汉最著名的辞赋家。所谓"歇马独来寻故事，文章两汉愧扬雄"。扬雄曾撰《太玄》等，将源于老子之道的玄作为最高范畴，并在构筑宇宙生成图式、探索事物发展规律时，以玄为中心思想，是汉朝道家思想的继承和发展者，对后世意义可谓重大。

⑩匜：中国先秦时代礼器之一，用于沃盥之礼，为客人洗手所用。周朝沃盥之礼所用水器由盘、盉组合变为盘、匜组合。

⑪甄邯：甄邯，字子心，中山无极（今河北省无极县）人，孔光婿。汉平帝初进侍中奉车都尉，封承阳侯，拜光禄勋。王莽居摄初为太保后承，始建国初拜大司马，封承新公。文昭甄皇后就是甄邯之后。

⑫威：烙斗。《汉书·王莽传下》载：王莽篡位后制威斗，"威斗者，以五石铜为之，若北斗，长二尺五寸，欲以厌胜众兵"。后以"威斗"指新莽显示威风之物。后用为赏赐大臣的殉葬品。《南史·何承天传》："此亡新威斗，王莽三公亡，皆赐之。一在冢外，一在冢内。"

⑬寿藏：亦称生圹。生前预筑的坟墓。《后汉书·赵岐传》："年九十余，

建安六年卒,先自为寿藏。"李贤注:"寿藏,谓冢圹也。称寿者,取其久远之意也;犹如寿器、宫器之类。"

⑭服习:熟悉。《左传·僖公十五年》:"古者大事,必乘其产,生其水土,而知其人心,安其教训,而服习其道。"《东周列国志》第三十回:"其马生在本土……服习道路,故遇战随人所使,无不如意。"章炳麟《中华民国解》:"三荒服若回部、西藏犹有耕稼,蒙古犹有游牧。满人则于此亦未服习,斯所谓惰民者。"

⑮裁决:经过考虑,作出决定。[明]冯梦龙《东周列国志》:"国有大政,先告仲父,次及寡人。有所施行,一凭仲父裁决。"田北湖《与某生论韩文书》:"苟非好学深思,心知其意,使儒墨之是非曲直,了然于心中,不足以持其平而救其蔽,驯致降伏,受我裁决也。"

⑯膏血:人的脂血。[唐]孟郊《蚊》:"但将膏血求,岂觉性命轻?"[宋]王安石《上时政疏》:"天下之民固已膏血涂草野,而生者不能自脱于困饿劫束之患矣。"[清]刘光第《万寿山》:"膏血为涂丹,皮骨为版筑。"

⑰奉御:奉皇帝之命。

简析

万历二十七年(1599),太监潘相任江西矿使兼理景德镇窑务,督造大器青龙缸,久不成功。潘相便对窑户进行"例外苛索",派役于民并对瓷工进行鞭笞以至捕杀。瓷工衣食不得温饱,还要受到迫害,处境十分凄惨。童宾目睹同役瓷工的苦况,非常愤慨,竟以自己身体为烧瓷的窑柴,纵身火内以示抗议。据说次日开窑一看,所烧炼的龙缸果然成功了。童宾投窑焚身后,余骸葬在凤凰山。童宾之死,激起了工匠们的义愤，全镇起来暴动，焚烧税署和官窑厂房，潘相只身逃走。事后，封建官府为了缓和人心，在瓷工和镇民的强烈要求下，不得不为那因大众利益而牺牲自己生命的童宾立祠在御器厂的东侧，并号之为"风火仙"，祠名"佑陶灵祠"，清代督陶官唐英为之手书"佑陶灵祠"瓷制匾额，并先后写下了《火神传》与这篇《龙缸记》。文中所记的龙缸是当年明神宗年间"落选之捐器也，弃置僧寺墙隅"。唐英将它"舁至神祠堂西，饰高台，与碑亭对峙以荐之"。此举也引起了有些人的疑问："先生好古耶？不完矣！惜物耶？无用矣！于意何居？"对此唐英作了两个层面的回答。一是"古之人之有心者之于物也，凡闻见所及，必考其时代，究其疑识，追论其制造之原委，务与史传相合，而一切荒唐影响之说不得而附和之。或以人贵，或以事传，或以良工见重。每不一致，要不敢亵昵云尔"。阐明了对古代遗物悉心考证的必要性。二是就此龙缸而言，"况此器之成，沾溢者神膏血也。团结者神骨血也。清白翠璨者精神忱猛气也。其人则神，其事则创，其工则往古奉御之所遗留，而可不加之贵重乎？"字里行间洋溢着对童宾舍生取义壮举的景仰与赞颂之情。文章的题旨于此也得以充分的体现。区区数百字，因物及人，因事寄慨，言简意赅，情蕴深长。

重修新桥碑记

唐 英

作者简介

参见《龙缸记》作者简介。

原文

新桥在浮梁县西乡，地名罗家滩，去景德镇十里，为两京七省孔道，界连鄱阳、都昌。窑户陶工，多出二邑。故往来于此桥者，踵相接也。其水通昌江，委折①一百七十余里，凡远近诸山所产柴炭泥釉，舟楫装载，直达景镇。古所谓陶于河滨，此河实为窑民所利赖，乃要津②也。土人相传，向无桥，以舟渡。有鄱邑周蓝田者，岁暮晚归，大为舟子所窘，后起家，遂独力建此，故名曰新桥。盖康熙壬子岁也。桥制如虹，高而曲，下有鱼门③，三十尺之樯④行之无碍。独以地处万山中，当夏秋之际，霆霖⑤骤暴，汇集之水，发于列岫间，挟盛气而贾余勇，溃乱激射，冲荡凌滑，易令桥塌。壬申年，金沙寺僧紫云募修，更名续功桥。戊戌年，僧观如再修。迨今乾隆甲子，又二十有七年矣。先是以水发冲突，塌其鱼门之二，义济庵僧胜惟发愿募修，工未竟化去。续有行脚僧自修者，发愿未坚，寻攫其募资以去，工迄于无成。断桥涨水，行人苦之。乙丑春，余道经于此，地之长老好义者，愿实力成之，余因以五十金为助。工竣，来请余记。余窃谓古者桥以梁水，王政之所有事，故刺单公者曰："川梁隳，讥国。"侨者曰："徒杠^⑥缺，是长民者之责也。"余则奉使劳臣，无民社^⑦之寄，非过为此出位之思，盖以余驻节^⑧兹土者，十有八年，往者未经此桥，自乾隆四年改榷浔关，奉旨春秋两巡镇厂，斯桥为必由之路，且走足鳞次^⑨，日递送御器，倘渡艋舴^⑩，则风波恣横，晓夜阻滞，遗误堪虞。是此桥之成，不独行旅者肩负多涉济之利，而于国事亦且有补。余故乐得而将伯^⑪之，其好义长老及桥旁居人出资者，凡若干，皆宜书。

注释

①委折：蜿蜒曲折。

②要津：重要的津渡。亦比喻要害之地。［唐］刘禹锡《偶作》："万里长江水，征夫渡要津。"《旧五代史·唐书·明宗纪二》："襄州地控要津，不可乏帅，无宜兼领。"

③鱼门：桥下让鱼群、船只经过的孔道。

④樯：本义为船上的桅杆。此处代指船舶。

⑤霪霖：久下不停的雨。［唐］林宽《苦雨》："霪霖翳日月，穷巷变沟坑。"［元］曾瑞《折桂令·闺怨》曲："秋霄淡淡轻阴，暮景萧条，疏雨霪霖。"［清］曹寅《和耦长西堂坐雨》："好雨不期至，霪霖愁过时。"

⑥徒杠：可供徒步行走的小桥。《孟子·离娄下》："岁十一月，徒杠成；十二月，舆梁成，民未病涉也。"朱熹集注："杠，方桥也。徒杠，可通徒行

者。"

⑦民社：指州、县等地方。亦借指地方长官。[宋]张孝祥《后土东岳文》："下臣蚍蜉，天子使守民社。服事之始，敢敬有谒。"[明]冯梦龙《醒世恒言·三孝廉让产立高名》："二弟年富力强，方司民社，宜资庄产，以终廉节。"[清]钱谦益《浙江台州府黄岩县知县周玄昭受文林郎制》："具官某起自贤书，遂膺民社。"[清]蒲松龄《聊斋志异·公孙夏》："此市侩耳，何足以任民社！"

⑧驻节：旧指高级官员驻在外地执行公务。在当地住下。节，符节。[宋]曾巩《送陈世修》："归路赏心应驻节，客亭离思暂开樽。"[明]杨一清《将至宁夏》："奉诏西征驻节时，元戎奏凯已先期。"[清]戴名世《〈课业初编〉序》："黄岩在宋时，为朱子驻节之地，一时学者翕然从之，名儒前后相望。"

⑨鳞次：指像鱼鳞那样密密排列。此处指过桥的频率很高。

⑩艋舺：即舴艋。《广雅·释水》："舴艋，舟也。"《南齐书·张敬儿传》："部伍泊沔口，敬儿乘舴艋过江，诣晋熙王燮。"

⑪[唐]皮日休《送从弟皮崇归复州》："车螯近岸无妨取，舴艋随风不费牵。"[宋]李清照《武陵春》："只恐双溪舴艋舟，载不动许多愁。"[清]厉鹗《东城杂记·东里草堂》："葫芦盛酒待明月，舴艋载琴当上流。"

⑫将伯：语出《诗经·小雅·正月》："将伯助予。"原意为请求人帮助自己。[清]蒲松龄《聊斋志异·连琐》："将伯之助，义不敢忘。"此处引申为提供帮助。

简析

古时景德镇瓷器多由水路运往外地，离镇十里之遥的罗家滩为两京七省孔道，其新桥为来往必经之要冲。此桥自康熙年间建成以来几经兴废。乾隆年间，"地之长老好义者，愿实力成之"。唐英主动捐资五十金以襄此义举。在这篇记文中他详细记述了新桥几毁几兴的历程，并着重阐发了重修新桥的重要意义："此桥之成，不独行旅者肩负多涉济之利，而于国事亦且有补。"文章叙事条理清晰，议论要言不烦，微言中似含有深旨。如："余窃谓古者桥以梁水，王政之所有事，故刺单公者曰；'川梁䜴，讥国。'侨者曰：'徒杠缺，是长民者之责也。'"对地方"长民者"委婉地提出了批评。从中也体现出作者虽身为"奉使劳臣，无民社之寄"，但仍然心系地方民生与朝廷使命的挚切情怀。

可姬小传

唐　英

作者简介

参见《龙缸记》作者简介。

原文

可姬张姓，余箕帚①妾也。雍正壬子随宦江西之景德镇，甲寅七月廿日产子于珠山之阳，阅五日以疾殇，年甫二十有三。曷传乎②？哀有子也。名其子曰珠山，志地灵也。可③之云者，非名非字，宜于主人可之之辞也。姬生右燕之通州，幼孤，其大父母戏以男畜之，年十三犹顶冠蹑履携之游日下④，见者莫为之辨。逾年，始穿耳束发，卸丈夫冠履。年十六始归予，发髫髻⑤未盈握也。先是其大父某应役于仓场府某公，倚任之后，某公获罪，某亦系缧⑥三载，家业荡然，资生莫措，姬慨然谓某曰："儿受鞠育恩，今乃知所报，鬻儿济度，此其时也。"某失声痛号曰："死则死耳，忍鬻汝耶？"姬曰："聚而死，孰若散而生，儿志已决，脱不见许⑦，终当自裁。"亲邻咸叹且义之。胥⑧怂恿从姬议。有陈侩者，某友也，以介绍为己任，某挥涕揖陈曰："颠沛至此，成儿之孝则可，断勿以重价陷儿入虎狼穴。"陈曰"诺。"

携姬过数家，无不悬重聘以待，顾姬意，一无所向，最后过余家，适予他出，内子与之语，怜其稚而奇其慧，拳拳若旧识。予归，内子述所见且极力玉成之。越日再至，予私心窃奇之曰，是庶几可者。询其值，曰若干。余始酬其半以偿之，陈不应，向姬曰："行矣。"姬俯首觖望⑨，又促之，姬抚膺大哭，让陈曰："大父向托子以义，子今以儿为奇货耶？"陈曰："子幼而暗于事，吾携子过势要富贵之家数矣，曾不当子意。兹远不逮，何留为？"姬曰："是非子所知，儿不归矣，速趣⑩大父来。"陈曰："大父贷粟遵化，归且无期。"姬曰："大父有女弟，儿祖姑也，其夫李亦食禄者，与儿大父至戚，是可任。"促陈邀之至，至则护军校也。语之故，李有难色，姬婉容浼⑪曰："儿之为此者，十六年万一之报耳！"且语且泣，旁观者皆为动容。李感其言，因成券付值。且欲代付其家，姬曰，"姑置此，俟大父母至，面付之。"越十有二日，陈偕某至，姬出十金为李寿，复以八金酧陈，余付某，踧而泣曰："儿力至此，幸酌用之，无复以儿为念。"某泣以十金遗之，为针黹需。姬曰："此何时耶？"力却之。时雍正丁未冬也。姬既归予家，勤身操作，一如厮养，无生涩态。问其好，曰无好。问其能，曰无能。委以衾裯井臼⑫之事务，竭勤殚智，不遗余力。性本爽直，遇人则和蔼顺柔，绝不及人臧否。居数月，举室始怜之，继则爱且敬。而内子尤相昵，饮食兴居，跬步必偕，凡脂螺钏珥⑬之素，所珍蓄者尽贻之，亲为梳裹，作时样妆，姬敛容谢曰："婢骨寒姿，寝侈恐为庆，得青衣素面，厕身洒扫列足矣。"内子为错愕改容。呜呼，姬固可已，内子可不谓贤乎？己酉秋八月，予奉使督陶江右，时家难叠兴，内子复婴疾，缠绵三载，卒不救。其间药饵食，侍生送死之事，得姬一人之力居多。壬子秋，寅儿携眷南来，及抵厂署，姬欲泣一拜，绝无言。询别来情事，惟以平安顺适者为答。叩其多故疾苦之状，则曰："忘之矣。"更迫之，则正色进曰："主人劳心王事，曷索此过去事，增无益之感耶！"予为之爽然。尝赋诗志之云："存亡五载别，尔旄忆髯髻。鞶笈学犹涩，袞裯抱未胜。伴倾思妇泪，代剔授衣灯。奔月人何在，恩须念昔曾。"阅二载孕。予戏谓之曰，若喜乎？曰，喜固也。曰何喜？曰喜主人之喜，曰若忧乎？曰忧或有之。曰何忧？曰忧婢福薄耳。呜呼，孰知喜者不全喜，而忧者竟全识乎？姬性聪慧，尝值优人演剧，姬辈数人伏觇⑭屏幕间，每至忠烈节义、冤惨奇横之事，无不切齿殒涕，有失声者。姬则曰："若辈忍苦须臾，流芳万世，贺之犹可，何以悲为？"予莫测其见解之何从也。予性喜读书，每漏下四五，披阅不休。姬侍侧间，教以唐人章句，一两年来，长短成诵，至三百余首，因解字义。他如方名、算术、瀹茗⑮、评花，无不指掌了然。至蒸梨剥枣，女红纺绩之事，又其分也。姬之始终梗概，略如此。蜗寄予曰：予幼孤且贱，学书学剑，卒无一成，泪没车尘马足间，三十年来，身世牴牾⑯，人之无可于予也久矣。予无可而姬复何可？洒扫洁则可之，力作勤则可之。不事妖冶，安于恬淡则可之。敏捷可以备使令，服御可以慰寒暄，情性之平可以洽侪伍，巾帼之见，可以侔丈夫。生而鬻身，可以报其大父，死而遗子，可以酹予主人。姬之可者如是，故曰可姬也。

注释

①箕帚: 畚箕和扫帚, 皆扫除之具。这里指操持家内杂务。[唐]杜甫《送重表侄王砅评事使南海》:"家贫无供给, 客位但箕帚。"[元]管道昇《题仲姬墨竹》诗跋:"夫妇人之事, 箕帚、中馈、刺绣之外, 无余事矣, 而吾妹则无所不能, 得非所谓女丈夫乎?"借指妻妾。

②曷传乎: 为什么要立传呢?

③可: 称人心意。引申为可爱的人, 称心如意的人。[宋]黄庭坚《次韵师厚食蟹》:"趋跄虽入笑, 风味极可人。"[清]曹雪芹《红楼梦》第二八回:"你是个可人, 你是个多情。"

④日下: 指京都。古代以帝王比日, 因以皇帝所在地为"日下"。[南朝·宋]刘义庆《世说新语·排调》:"荀鸣鹤、陆士龙二人未相识, 俱会张茂先坐。张令共语……陆举手曰:'云间陆士龙。'荀答曰:'日下荀鸣鹤。'"徐震堮校笺:"日下, 指京都。"[唐]钱起《送薛判官赴蜀》:"边陲劳帝念, 日下降才杰。"[明]高启《送王孝廉至京省其父》:"君言省觐敢辞苦, 况是日下非天涯。"

⑤鬅鬙: 音péngsēng, 形容头发披散的样子。[唐]段成式《酉阳杂俎续集·支诺皋上》:"忽见一小鬼鬅鬙, 头长二尺余。"[明]贾仲名《金安寿》第三折:"一足刚跷一足轻, 数茎头发乱鬅鬙。"

⑥系缧: 捆绑犯人的绳索。借指拘囚; 捆绑。[宋]曾敏行《独醒杂志》卷四:"动植咸茂, 而圜墙幽圄犹有系缧。"[清]蒲松龄《聊斋志异·红玉》:"宋仆同官役诸处冥搜。夜至南山, 闻儿啼, 踪得之, 系缧而行。"

⑦脱不见许: 假如不被允许。

⑧胥：全、都。《诗经·小雅·角弓》："尔之教矣，民胥效矣。"

⑨觊望：有所企求、希冀。《后汉书·臧洪传》："今王室衰弱，〔袁绍〕无扶翼之意，而欲因际会，觊望非冀，多杀忠良，以立奸威。"李贤注引《前书音义》："觊犹冀也。"《宋书·颜竣传》："不如塞其端渐，杜其觊望，内修德化，外经边事，保境以观其衅，于事为长。"〔清〕昭梿《啸亭续录·百菊溪制府》："公颇热中觊望，韩旭亭师尝曰：'大器晚成，公无须躁进也。'"

⑩趣：催促。

⑪浼：央求、请求。

⑫衾裯井臼：指侍奉寝卧，操持家中杂务。

⑬脂螺钏珥：指脂粉、首饰之类的物件。

⑭觇：观看、查看。《国语·晋语六》："公使觇之，信。"《礼记·檀弓下》："晋人之觇宋者返。"《淮南子·俶真训》："其兄掩户而入觇之。"

⑮瀹茗：烹茶。〔宋〕陆游《与儿孙同舟泛湖》："酒保殷勤邀瀹茗，道翁伛偻出迎门。"〔清〕蒲松龄《聊斋志异·云萝公主》："论文则瀹茗作黍；若恣谐谑，则恶声逐客矣。"

⑯牴牾：抵触，矛盾。〔唐〕刘知几《史通·自叙》："儒者之书，博而寡要，得其糟粕，失其菁华。而流惑鄙夫，贵远贱近，传兹牴牾，自相欺惑。"〔金〕王若虚《史记辨惑一》："混淆差互，一至于此。盖不惟牴牾于经，而自相矛盾亦甚矣。"《明史·罗通传》："通本谦所举，而每事牴牾，人由是不直通。"此处指身世遭遇坎坷不顺。

简析

可姬，河北通州人，十六岁那年家中发生重大变故，祖父受牵连入狱，家业衰败，无法生存。她立志鬻身以报养育之恩，于是经人介绍纳于唐英为妾。二十三岁那年产下一子，五天后不幸因病去世。唐英为此感到极为悲痛，写下了这篇情意深切的《可姬小传》。

可姬姓张，本无名无字，可姬之名是唐英为之所拟。可，即可人称心，善解人意。可姬出身贫寒而深明大义，聪慧可人且勤劳贤惠，故深受唐英的钟爱。在文章中，作者一连列举出她许多可人之处："洒扫洁则可之，力作勤则可之。不事妖冶，安于恬淡则可之。敏捷可以备使令，服御可以慰寒暄，情性之平可以洽侪伍，巾帼之见，可以侔丈夫。生而鬻身，可以报其大父，死而遗子，可以酬予主人。"字里行间流露出深深的痛惜之情。此外，文章中对可姬在世时的一些细节与言语描写也极为细致生动，刻画出了可姬鲜明的性格特征，让人读罢在心中留下极为深刻的印象。

国子生黄实也赈粥记

邓梦琴

作者简介

邓梦琴（1723—1808），字虞挥，号簧山，江西浮梁人。游漳浦蔡新之门，得闽学之源流。乾隆进士。历任州、县官主官，敕政悉本儒术，所至以振兴文教为先。乾隆六十年（1795）擢汉中知府，继署陕安道。嘉庆二年（1797）以疾归。历主玉山端明书院、鄱阳芝阳书院、星子白鹿洞书院。著有《史记书后》《楸亭集》等。

原文

宋曾南丰①记越州赵公救菑事者。首言"熙宁八年夏，吴越大旱九月。资政殿大学士右谏议大夫知越州赵公，前民未饥，为书问属县菑所被者②几乡民能自食者？有几当廪于官者③？几人沟防构筑可僦④民使治之者几所？库钱仓粟可发者几何？富人可募出粟者几家？僧道士之羡⑤粟书于籍者其几具存？使各书以对，而谨其备。州县吏录民之孤老疾弱不能自食者二万一千九百余人以告。故事，岁廪穷人当给粟三千石而止，公敛富人所输及僧道士之羡者得粟四万八千余石佐其费。使自十月朔，人日所粟一升，幼小半之。"然则旱乾水溢之不时，募富人出粟以赈贫者乃天地酌盈济虚之理，国家爱养樽节⑥之宜，而乡当姻睦⑦任恤⑧之遗风也。又言"给粟之所凡五十有七，平粜之所凡十有八，又僦民完城工四千一百丈，为工三万八千。明年春发廪穷人尽三月，是岁尽五月乃止。"又言"其施虽在越，其仁足以及天下其事。虽行于一时，其法可传于后世。"后世偶遇岁饥，自大吏以至州县一切补偏救弊之计，皆出于苟且粗略而无远谋，又三物⑨八刑⑩之典不行于乡，往往贫富相耀⑪，有无不通，而民于是乎始病。今上即位之八年，江西乏食，是时粤西榕门陈公开府兹地公素留心经济，下檄属吏尽粜常平仓谷。故事，粜三存七，公令尽发，价平乃止。是年吾邑竹实生，先是宋天禧元年山竹生实如米，占曰岁饥也。而令吾邑者颇有能名，奉令唯谨其平粜法。变通赵公之十有八所而共设一厂，人日市谷五升，每升较市价廉其半，坐县尉于门外书名纳价，禁互买屯贩者，使民均沾实惠。故赴粜者日不下万人，此万人中环城而居者二千人，附居者三十里内者二千人，散居于三十里外者不下六千人。其六千人自寅至酉始得谷，度不可以反，反明日又不能即来，皆宿于厂。岁既甚饥，日暮皆无所得食，或有竟日未食者。于是仳离⑫之惨，庚癸⑬之声，彻于行路。而厂之西是为国子生黄实翁先生之宅。公故长者，然产不逮中人，闻之恻然而不能自已，尽出其所积粟百余石给粥以食其六千人。其六千人既竟日不得食，食粥皆欢声若雷。明日，邑令造其门赠之以言，而邑之贫富相耀，有无不通者皆爽然若失，至于汗下。今岁又饥，其陈公移抚陕西九年矣。邑复行平粜法，分一厂而为二，又拘粜三存七故事⑭，阅数月而市价不平，民几变。而翁食指愈

繁，产又中落，不能拮据为前日事。而思翁之德者翻羡前日之饥未甚
于今也。然则古之赵公其可思也已。公存活二万一千九百余人，翁于
此数千人不必尽其所存活，而其赖粥而生者当不下数百人。其所施之
大小不同，所被之广狭亦异，而一念之仁诚于中而形于外，皆足与天
地生气相接也。予嘉其事，慕其德，不欲使惠泽懿行⑮有所湮灭⑯，因
述其颠末以为之记。庶几使后之好行其德者知所取则⑰焉。翁名其信，
字实也。

注释

①曾南丰：曾巩（1019—1083），字子固，建昌军南丰（今江西省南丰
县）人，后居临川，北宋文学家、史学家、政治家。曾巩为政廉洁奉公，勤
于政事，关心民生疾苦，与曾肇、曾布、曾纤、曾纮、曾协、曾敦并称“南丰七
曾”。曾巩文学成就突出，其文“古雅、平正、冲和”，位列唐宋八大家，世称
“南丰先生”。

②菑所被者：菑同“灾”。灾害所涉及的区域范围。

③廪于官者：《说文》：“廪，赐谷也。”此处指由官府供给粮食。

④傭：古时官府出价雇用百姓人力。《新唐书·后妃传上·太宗徐惠妃》：
“翠微、玉华等宫，虽因山藉水，无筑构之苦，而工力和傭，不谓无烦。”

⑤羡：富余，足够而多余。《诗经·小雅·十月之交》：“四方有羡。”《孟
子·滕文公下》：“以羡补不足。”钧羡不足。《周礼·小司徒》：“以其余为
羡。”《晏子春秋》：“喜乐无羡赏，忿怒无羡刑。”

⑥樽节：节省。樽，通“撙”。[宋]崔与之《重建东岳行宫记》：“张侯鼎
来，樽节浮费，才数月而公帑充牣。”[清]钱谦益《南京工部营缮清吏司郎中

姚之光授奉政大夫制》：“鸠僝之务惟勤，樽节之功斯著。”

⑦姻睦：语出《周礼·地官·大司徒》：“二曰六行：孝、友、睦、姻、任、恤。”郑玄注：“睦，亲于九族；姻，亲于外亲。”后因以“睦姻”谓对宗族和睦，对外亲密。

⑧任恤：诚信并给人以帮助同情。语出《周礼·地官·大司徒》：“二曰六行：孝、友、睦、姻、任、恤。”郑玄注：“任，信于友道。恤，振忧贫者。”又《间胥》：“书其敬敏任恤者。”［清］曾国藩《彭母曾孺人墓志铭》：“自余远游以来，每归故里，气象一变，田宅易主，生计各蹙，任恤之风日薄。”

⑨三物：指六德、六行、六艺。《周礼·地官·大司徒》：“以乡三物教万民，而宾兴之。一曰六德：知、仁、圣、义、忠、和。二曰六行：孝、友、睦、姻、任、恤。三曰六艺：礼、乐、射、御、书、数。”《左传·襄公三年》：“解狐得举，祁午得位，伯华得官，建一官而三物成，能举善也夫！”［明］宋濂《送邓贯道还云阳序》：“《周官》之制以乡三物教万民而宾兴之，所谓三物，若六德、六行、六艺是也。”［清］曾国藩《送江小帆同年视学湖北序》：“承平既久，法意寖失，郡县有司不知三物为何事，而教民之任，独以责之学政与校官。”

⑩八刑：周代对八种犯罪行为所施加的刑罚。《周礼·地官·大司徒》：“以乡八刑纠万民。一曰不孝之刑，二曰不睦之刑，三曰不姻之刑，四曰不弟之刑，五曰不任之刑，六曰不恤之刑，七曰造言之刑，八曰乱民之刑。”后来总称刑政为八刑。

⑪贫富相耀：指贫富之间差距增大。

⑫仳离：离别。夫妻离散，特指妻子被遗弃而离去。《诗经·王风·中谷

有菅》："有女仳离，嘅其叹矣。"郑玄笺："有女遇凶年而见弃，与其君子别离。"［唐］息夫牧《冬夜宴萧十丈因饯殷郭二子西上并序》："夫子以家君政事，百里无事，命门弟子赋诗鸣琴，亦以释仳离之怨焉。"《二刻拍案惊奇》卷三二："范氏伉俪之欢，管不得张福娘仳离之苦。"［清］袁枚《祭妹文》："汝以一念之贞，遇人仳离，致孤危托落。"

⑬庚癸：古代军中隐语。谓告贷粮食。《左传·哀公十三年》："吴申叔仪乞粮于公孙有山氏……对曰：'梁则无矣，粗则有之。若登首山以呼，曰"庚癸乎"，则诺。'"杜预注："军中不得出粮，故为私隐。庚，西方，主谷；癸，北方，主水。"［明］赵震元《为李公师祭袁石寓宪副》："大人每称之曰：'公（袁可立子袁枢）雄才大略，翰苑韶䕶。计部叹巧妇之炊，同寺美空群之顾，首山无庚癸之诺，垌野多云锦之胯。'"后称向人告贷为"庚癸之呼"，又称同意告贷为"庚癸诺"。［唐］柳宗元《安南都护张公志》："储偫委积，师旅无庚癸之呼。"［宋］范成大《丙午新正书怀》："一饱但蕲庚癸诺，百年甘守甲辰雌。"

⑭故事：旧事，以往的事情。《史记·太史公自序》："余所谓述故事，整齐其世传，非所谓作也。"《汉书·刘向传》："宣帝循武帝故事，招名儒俊材置左右。"［宋］胡铨《戊午上高宗封事》："桧乃厉声曰：'侍郎知故事，我独不知！'"

⑮懿行：善行。《新唐书·柳公绰传》："实蓺懿行，人未必信；纤瑕微累，十手争指矣。"［明］宋濂《故天台朱府君霞坞阡表》："唯恐其嘉谟懿行不暴白于后世也。"明沉鲸《双珠记·人珠还合》："呜呼！载锡新纶，用彰懿行；服此休征，尚期后图。"［清］戴名世《凌母严太夫人寿序》："然

而骈丽之体，廓落之辞，虽有盛德懿行，反以掩其实，非君子之所以寿其亲也。"

⑯湮灭：埋没；磨灭。《史记·游侠列传》："自秦以前，匹夫之侠，湮灭不见，余甚恨之。"[北魏]杨炫之《洛阳伽蓝记·宝光寺》："逸曰：'晋朝三十二寺尽皆湮灭，惟此寺独存。'"[唐]刘知几《史通·诸晋史》："而为晋学者，曾未之知，傥湮灭不行，良可惜也。"

⑰取则：取作准则、规范或榜样。《文选·任昉〈王文宪集序〉》："挂服捐驹，前良取则。"《隋书·经籍志四》："〔挚虞〕自诗赋下，各为条贯，合而编之，谓为《流别》。是后……属辞之士，以为罩奥，而取则焉。"[明]宋濂《恭题御制论语解二章后》："虑一二儒臣未达注释之凡，乃手释二章以赐克表，俾取则而为之。"

简析

清乾隆年间，浮梁发生大灾荒。邑人国子生黄实也因闻灾民号饥啼苦之声而"恻然而不能自已"。虽自家"产不逮"，却毅然决然地"尽出其所积粟百余石给粥，以食其六千人"。"其六千人既竟日不得食，食粥皆欢声若雷"。文章在叙述此事之前先引述宋代曾巩所作《越州赵公救菑记》中所载，宋熙宁八年（1075），吴越大旱，继之以瘟疫。时资政殿大学士、谏议大夫越州知州赵扑防患于未然，救灾措施缜密周到的史实，与如今国子生黄实也赈粥的事迹两相映照。当初赵公"存活二万一千九百余人"，而如今黄翁"于此数千人不必尽其所存活，而其赖粥而生者当不下数百人"。两者虽其因地位、财力等因素而相差甚远，但作者认为"其所施之大小不同，所被之广狭亦异，而一念之仁诚于中而形于外，皆足与天地生气相接也"。对黄实也深明大义、竭尽全力赈粥济民的"惠泽懿行"给予高度的评价，并希望记下其事迹，"庶几使后之好行其德者知所取则焉"。在颂扬赵公德政与黄翁善行的同时，作者也毫不留情地批评本邑某些执政者或"苟且粗略而无远谋"，或拘守成规，致使"往往贫富相耀，有无不通，而民于是乎始病"。文章引古证今，褒贬分明，字里行间充满凛然的正气，读罢不由得激发起人们利人向善之心。

北沼观莲花赋并序

汪 洓

作者简介

汪洓（生卒年不详），字容川，江西浮梁人。清乾隆四十三年（1778）进士。嘉庆二年（1797）任岳州知府。著《周易衷翼集解》《获经堂初稿》等。

原文

乙未夏，北沼①莲花盛开，英英郁郁②，一望无际。既而溪水涨发，花叶尽萎，过者惜之。秋后重开，芳艳更盛。由前而观，见有美之不可恃；由后而观，郁之久者其发亦倍荣③。余谓皆可以劝学也。因援笔赋之，其辞曰：

凭虚窗以闲眺兮，俯镜水之回塘。当南熏④之鼓吹兮，揽北沼之扬芳。披田田之黛叶⑤兮，舒的的⑥之绀房⑦。摇文波以散采兮，托清流而含章⑧。虽植根于泥滓兮，独得意于空凉。相众芳之斗丽兮，孰兹卉之能方？信骚人之持重兮，宜君子之难忘。当其擢干⑨萍池，舒英⑩兰汀。翠盖迎风，黄螺溅水。冉冉含香，重重结绮。灼若洛神⑪，娇疑仙子。醉南威⑫以朱颜，堆鄂君之绣被⑬。浣春纱于越溪⑭，濯文丝于锦里^⑮。奏湘灵^⑯而音调，舞戚姬^⑰而倦起。万朵争妍，千株错峙。旷望则电烁星罗，遐观而霞蒸云委^⑱。艳中出艳，自分浓淡之妆；香外飘香，不藉风日之美。临月榭^⑲以低徊，簇虹梁^⑳而徙倚。数驻行道之鞍；日蹑游人之履。盖秾丽之方新，而烂鲜之伊始也。无何狂霖漫洒，骤雨频驱。飞湍注涧，巨涨盈湖。忽波涛之满望，乍色香之俱无。当水潦之既退，已花叶之全枯。赪粉^㉑坠残，莫搴霞蕊；红衣落尽，那掇云腴^㉒。怅芳馨之倏谢；对美景而增吁。尔乃生意中含，灵根^㉓自苗。碧缕横秋，绛纹捧日。初两两兮遥汀；渐盈盈兮清泌^㉔。泛泽芝以重新；抱湖目而仍密。飘零玉露，方点露以流辉；忽遘金风，尚临风而耀质。其华既繁，其丽非一。红云盖镜，看薇帐^㉕之簇悬；腻雨凝妆，验榴裙而进出。紧胜事之复逢，讵欣赏之能毕。于是纫兰^㉖幽客，攀桂^㉗仙俦，居邻沼沚，坐对凫鸥。净土^㉘修而契合，濂溪^㉙爱而情投。漫羡千年，犹嫌影幻；纵夸十丈，终逊香稠。亦复桡姬卫吹，榜女^㉚齐讴^㉛。泛牙樯兮牵锦缆^㉜；飞兰楫兮驾棠舟。拾丹英兮容与^㉝，搴紫菂^㉞兮夷犹^㉟。顾莲衣兮凝睇；唱莲歌兮含愁。歌曰："若有人兮芳杜洲，集蓉裳兮被荷裯^㊱。思公子兮未敢言，聊采莲兮淹留。悲西风兮将老，感岁华兮如流。君宁见池中之艳质，几曾焕发于凉秋？"

嗟乎！荣落不常，盛衰有自。昔之荣也，其落盖非所虞；后之衰也，其盛亦非所冀^㊲。亭亭远渚，谁萌护惜之情；落落空塘，孰解开迟之意？盖发之太盛，则专美为难；郁之愈奇，则含英更遂。可以见盈虚消息^㊳之机；可以知屈信^㊴往来之义。不妖不染，体高洁以长贞；不蔓不支，用圆通^㊵而自致。岂惟青趺艳蕊^㊵，摛^㊷状物之绮辞；玉树琼浆，写餐英④之逸思已哉！

注释

①北沼：莲荷塘，为北宋范仲淹任饶州刺史时主持开掘，塘中遍植莲花。"北沼荷香"为古浮梁八景之一。

②英英郁郁：英英，轻盈明亮的样子。《诗经·小雅·白华》："英英白云，露彼菅茅。"郁郁，繁茂浓密的样子。[唐]李峤《云》："英英大梁国，郁郁秘书台。"

③倍荣：更加繁茂旺盛。

④南熏：亦作"南薰"。典出《礼记·乐记》疏。相传为虞舜所作之《南薰歌》，歌中有"南风之薰兮，可以解吾民之愠兮"等句。此处指从南面刮来的风。[唐]邬载《送萧颖士赴东府得君字》："和风媚东郊，时物滋南薰。"[明]何景明《中元节》："北极犹前日，南薰亦旧风。"

⑤黛叶：青绿色的荷叶。

⑥的的：光彩明亮的样子。

⑦绀房：绀，《说文》："绀，帛深青扬赤色。"绀房，指荷花由青泛红的花苞。

⑧含章：含有文采和美质。《三国志·卷十一·魏书·管宁传》："含章素质，冰洁渊清。"[南朝·梁]刘勰《文心雕龙·徵圣》："然则志足而言文，情信而辞巧，乃含章之玉牒，秉文之金科矣。"

⑨擢干：荷茎从水中挺然向上生长。

⑩舒英：花朵盛开。

⑪洛神：洛神最初叫作"宓妃"，这一名称源于屈原《天问》："帝降

夷羿，革孽夏民。胡射夫河伯，而妻彼雒嫔？"两汉魏晋文学辞赋承袭《离骚》，将洛神宓妃形象描绘得丰满而逼真，逐渐产生了极其浓郁的世俗化倾向。曹植《洛神赋》："翩若惊鸿，婉若游龙。荣曜秋菊，华茂春松。髣髴兮若轻云之蔽月，飘飖兮若流风之回雪。远而望之，皎若太阳升朝霞；迫而察之，灼若芙蕖出渌波。"

⑫南威：形容南方气候的炎热。《文选·曹植·苦热行》："赤阪横西阻，火山赫南威。身热头且痛，鸟坠魂来归。"

⑬鄂君之绣被：鄂君，名子晳，楚王弟也，官为令尹。[汉]刘向《说苑·善说》："鄂君子晳曰：'吾不知越歌，子试为我楚说之。'于是乃召越译，乃楚说之曰：'今夕何夕兮，搴舟中流。今日何日兮，得与王子同舟。蒙羞被好兮，不訾诟耻。心几顽而不绝兮，得知王子。山有木兮木有枝，心说君兮君不知。'于是鄂君子晳乃揄修袂行而拥之，举绣被而覆之。"[唐]陆龟蒙《江南曲》："回看帝子渚，稍背鄂君船。"[宋]钱惟演《无题》："鄂君绣被朝犹掩，荀令熏炉冷自香。"[清]黄景仁《风流子·怀钱三梦云》："记鄂舟雨夜，同眠绣被；彭城佛寺，相赠槟榔。"此处用典形容荷花美艳迷人。

⑭浣春纱于越溪：越溪，传说为越国美女西施浣纱之处。[唐]李白《送祝八之江东赋得浣纱石》："西施越溪女，明艳光云海。"[五代]和凝《宫词》之七一："越溪姝丽入深宫，俭素皆持马后风。"

⑮锦里：即锦官城。[晋]常璩《华阳国志·蜀志》："州夺郡文学为州学，郡更于夷里桥南岸道东边起起文学，有女墙，其道西城，故锦宫也。锦工织锦，濯其中则鲜明，他江则不好，故命曰锦里也。"后即以锦里为成都之代称。[唐]李商隐《筹笔驿》："他年锦里经祠庙，梁父吟成恨有余。"

⑯湘灵：古代传说中的湘水之神。《楚辞·远游》："使湘灵鼓瑟兮，令海若舞冯夷。"洪兴祖补注："此湘灵乃湘水之神，非湘夫人也。"一说，为舜妃，即湘夫人。

⑰戚姬：戚夫人（前224—前194），一称戚姬，祖籍秦末汉初定陶（今山东定陶）人，是汉高帝刘邦的宠妃，她也是西汉初年的歌舞名家，她擅跳"翘袖折腰"之舞，从出土的汉画石像看来，其舞姿优美，甩袖和折腰都有相当的技巧，且花样繁复。戚夫人舞时只见两只彩袖凌空飞旋，娇躯翩转，极具韵律美。

⑱霞蒸云委：亦作"云蒸霞蔚"。蒸：上升；蔚：弥漫、集中。意思是像云霞升腾聚集起来。形容景物灿烂绚丽。[南朝·宋]刘义庆《世说新语·言语》："千岩竞秀，万壑争流。草木蒙笼其上，若云兴霞蔚。"[清]侯方域《新迁颜鲁公碑记》："独斯碑者，云蒸霞蔚，笔既断而还连；凤翥龙蟠，势如斜而反正。"

⑲月榭：赏月的台榭。[南朝·梁]沈约《郊居赋》："风台累翼，月榭重栭。"[唐]冯翊《桂苑丛谈·赏心亭》："风亭月榭既已荒凉，花圃钓台未惬深旨。"[清]黄景仁《感旧杂诗》："风亭月榭记绸缪，梦里听歌醉里愁。"

⑳虹梁：拱桥。[后蜀]何光远《鉴诫录·高僧谕》："双飞碧水头，对语虹梁畔。"[宋]周邦彦《绕佛阁·旅况》词："还似汴堤，虹梁横水面。"

㉑赪粉：红粉。

㉒云腴：此处似指如荷花云朵般的花瓣。

㉓灵根：植物根苗的美称。[唐]柳宗元《种术》："戒徒剧灵根，封植閟天和。"[宋]司马光《和昌言官舍十题·石榴花》："灵根逐汉臣，远自河

源至。"[明]陈所闻《懒画眉·月下刘中明招赏牡丹》曲："一丛凝露在沉香,移得灵根傍锦堂。"

㉔清泌:指涌出的清澈的泉水。

㉕薇帐:红色的帐篷,此处比喻盛开的荷花。[唐]李贺《二月》:"劳劳胡燕怨酣春,薇帐逗烟生绿尘。"

㉖纫兰:比喻人品高洁。典出《楚辞·离骚》:"扈江离与辟芷兮,纫秋兰以为佩。"[宋]徐铉《和萧郎中午日见寄》:"岂知泽畔纫兰客,来赴城中角黍期。"[宋]辛弃疾《西江月·和赵晋臣敷文赋秋水瀑泉》词:"纫兰结佩有同心,唤取诗翁来饮。"

㉗攀桂:比喻科举登第。[唐]贾岛《青门里作》:"若无攀桂分,只是卧云休。"[唐]武元衡《长安秋夜怀陈京昆季》:"羁愁难会面,懒慢责微躬。甲乙科攀桂,图书阁践蓬。"[元]马致远《女冠子》套曲:"著领布袍虽故旧,仍存两枚宽袖,且遮藏著钓鳌攀桂手。"

㉘净土:汉传佛教十宗之一。根源于大乘佛教净土信仰,专修往生阿弥陀佛净土之法门而得名的一个宗派。中国净土宗祖庭是江西庐山东林寺。相传慧远大师于东晋太元十五年(390)在江西庐山东林山住锡,夜梦山神托梦"此处足可栖歇办道",并得山神帮助从运木池运送大批木材,于是在此建起了东林寺。大师建立东林寺后,皈心净土,精进办道,翻译经典,数十年足不出山,东林寺发展成为当时南方佛教中心。大师还组建了莲社(亦称白莲社),参加的僧人、各界士大夫名流居士一百二十三人。他们于阿弥陀佛像前,建斋立誓,专修念佛三昧,共期往生西方,并令刘遗民着文勒石,以明所誓。

㉙濂溪:湖南省道县水名。宋代理学家周敦颐世居溪上。周晚年移居江西庐山莲花峰下,峰前有溪,因取旧居濂以为水名,并自以为号,世称"濂溪先生"。周敦颐甚爱荷花,其所作《爱莲说》为写莲之千古绝唱。

㉚桡姬、榜女:桡、榜皆指划船用的桨。此处是指泛舟赏荷的女子。

㉛卫吹、齐讴:本义是春秋时期卫国、齐国的乐奏与歌唱。此处是指舟中的女子一边划着船一边奏着乐唱着歌。

㉜牙樯、锦缆:牙樯,象牙装饰的桅杆;锦缆,锦制的缆绳。形容船舶装饰精美豪华。[唐]杜甫《秋兴》之六:"珠帘绣柱围黄鹄,锦缆牙樯起白鸥。"

㉝容与:从容闲舒的样子。《楚辞·九歌·湘夫人》:"时不可兮骤得,聊逍遥兮容与。"《后汉书·冯衍传下》:"意斟愖而不澹兮,俟回风而容与。"李贤注:"容与犹从容也。"[宋]张孝祥《水调歌头》词:"纶巾羽扇容与,争看列仙儒。"

㉞紫菂:紫色的莲子。

㉟夷犹:缓慢、从容自得。[唐]唐彦谦《浦津河亭》诗:"孤棹夷犹期独往,曲栏愁绝悔长凭。"[宋]王质《游东林山水记》:"小舟叶叶,纵横进退,摘翠者菱,挽红者莲,举白者鱼,或志得意满而归,或夷犹容与若无所为者。[宋]范成大《蝶恋花·春涨一篙添水面》词:"画舫夷犹湾百转,横塘塔近依前远。"

㊱裯:短衣。《说文》:"裯,衣袂祇裯也。"《楚辞·九辩》:"被荷裯晏晏兮。"《后汉书·羊续传》:"惟有布衾敝祇裯。"

㊲虞:料想。冀:希冀、期盼。

㊳消息：消长，增减；生灭、盛衰。《易·丰》："日中则昃，月盈则食，天地盈虚，与时消息，而况于人乎？况于鬼神乎？"高亨注："消息犹消长也。"[宋]王禹偁《次韵和仲咸对雪吟三十韵》："升降常自得，消息一何佳。"[清]顾炎武《答人书》："十年以来，穷通消息之运如此，又何以为故人谋哉！"

㊴屈信：即"屈伸"。屈曲与伸舒。《礼记·乐记》："屈伸俯仰，缀兆舒疾，乐之文也。"《后汉书·张奂传》："蛇能屈申，配龙腾蛰。"[明]方孝孺《书夷山稿序后》："人之穷达，在心志之屈伸，不在贵贱贫富。"

㊵圆通：佛教用语。称佛、菩萨达到没有无明、烦恼的障碍，恢复清净本性的境界。《大佛顶首楞严经·卷五》："根选择圆通，入流成正觉。"[宋]范成大《晚集南楼》："懒拙已成三昧解，此生还证一圆通。"此处一语双关，亦指荷花茎干外圆中通。

㊶青跗魰蕊：跗，花萼。[南朝齐]沈约《郊居赋》："衔素蕊于青跗。"魰，读作fú。本义为"脸粉厚薄不一"。此处形容荷花红粉深浅不一。

㊷摛：铺陈（文章），详细地叙述。如：摛文（铺叙文采）；摛笔、摛毫（执笔为文，铺陈翰藻）。

㊸餐英：以花为食。后用以指雅人的高洁。屈原《离骚》："朝饮木兰之坠露兮，夕餐秋菊之落英。"[元]王翰《题菊》："归来去南山，餐英坐空谷。"[清]顾炎武《和王山史寄来燕中对菊》："楚臣终是餐英客，愁见燕台落叶时。"

简析

北沼，亦名"莲荷塘"。为北宋年间饶州刺史范仲淹主持开凿，塘中广植莲荷，为"浮梁八景"之一。乙未年夏，"北沼莲花盛开，英英郁郁，一望无际。既而溪水涨发，花叶尽萎，过者惜之。秋后重开，芳艳更盛"。这一奇特的现象引发了作者的一番深刻的感慨："由前而观，见有美之不可恃；由后而观，郁之久者其发亦倍荣。"一方面，有美之不可恃。天地间万事万物荣枯盛衰都充满着无常的变化；另一方面，郁之久者其发亦倍荣。长期的沉潜郁积必将勃发出旺盛的生机与活力。正所谓"郁之愈奇，则含英更遂"。其中蕴含着盈虚消息之机。北沼荷花荣枯盛衰的经历是如此，人生为人为学的经历更同样是如此。只有"体高洁以长贞"，"用圆通而自致"，不以美、荣而自恃，不以残、衰而自弃，才是为人为学之正道。

源溪聚秀阁记

汪　浩

作者简介

参见《北沼观莲花赋并序》作者简介。

原文

聚秀阁者，西里[①]计氏之所作也。计氏既作石桥之明年，乃于取石之处规势[②]建阁。后枕悬崖，前瞰激湍，间见层出。以山势为低昂，石壁为阶梯，结构工致。飞云卷霞，如蜃楼出海，玲珑透空；又如连舻摩舰，缆戙[③]江畔。深林杳冥，遥认村庄。就之则鸿轩[④]凤举，极目天涯，云岫[⑤]烟峦，列于足下。摇孤根[⑥]以倒垂；触碧落[⑦]而直上。盖山行之秀聚于斯矣！阁故在青龙殿侧，计氏以其旧制低浅，移于东山之缺如[⑧]，宏丽焉。而阁之名则仍曰聚秀者，从其旧也。后于阁下建书斋数间，为亭于旁而凿池其西，将以为后进生徒兴学肄业[⑨]之所。则其所为聚子弟之秀作而成之，以副[⑩]前人嘉名之锡[⑪]者，固更有在。予尝读书计氏书屋，游历所及，多为名胜。私讶其地曰状元港。状元之名未知自起。迩复以之名硚[⑫]，不知其将以为谶[⑬]与？抑因名寄意重有望于将来也。而斯阁远吞江汉，近接建鄱，山水清淑之气蜿蜒扶舆[⑭]，磅礴而郁积^⑮，必有瑰伟绝特之士应候而生。慨然想见先人创造之意，以凡民之秀而升之司徒^⑯，献之天子，状元之名于是为不虚矣。则其聚者又奚止^⑰夫一方之秀已哉！既为之记，复系之以诗歌：

峻阁凌空孤根动，独立百尺之高耸。

当轩一湾泻疏流，乱罂回峰互吞湧。

下界升沉尽眼中，横桥春涨卧长虹。

石磴峭悬成刻峭，落阴满地碎玲珑。

扪萝登望直绝倒，一幅云烟入画好。

树里行人看不真，远村隔断溪山巧。

亭池堂畲^⑱自肃然，听助书声次第传。

春花秋月足千古，风流欲与付他年。

注释

①里：古代一种居民组织。一般说法是先秦以二十五家为里。但也有其他说法，如《论语·撰考文》："古者七十二家为里。"《管子·度地》："百家为里。"

②规势：依据地势规划设计。间见层出：先后一再出现的意思。语出〔唐〕韩愈《贞曜先生墓志铭》："及其为诗，刿目鉥心，刃迎缕解，钩章棘句，掏擢胃肾，神施鬼设，间见层出。"〔明〕李东阳《〈白洲诗集〉序》："或对客挥毫，或联句叠韵，新意奇语，间见层出，迫之而不以为难，引之而不知其所穷。"

③戙：音dòng，意为木船上系缆绳的木桩。

④鸿轩：鸿雁高飞。常用以比喻举止不凡。《文选·颜延之〈五君咏·向常侍〉》："交吕既鸿轩，攀嵇亦凤举。"李善注："轩，飞貌。"〔唐〕李商隐《灵仙阁晚眺寄郓州韦评事》："定笑幽人迹，鸿轩不可攀。"此处似为写实景。即聚秀阁前禽鸟飞翔。

⑤云岫：岫，山洞。《说文》："岫，山穴也。"《尔雅》："山有穴曰岫。"〔晋〕陶渊明《归去来兮辞》："云无心以出岫，鸟倦飞而知还。"〔宋〕李清照《浣溪沙》："远岫出云催薄暮，细风吹雨弄轻阴。"

⑥孤根：独立的根基；独特的根底。〔唐〕杜甫《滟滪》："滟滪既没孤根深，西来水多愁太阴。"〔宋〕王安石《金山寺》："沧江见底应无日，万丈孤根世不知。"

⑦碧落：道教语。天空；青天。〔唐〕杨炯《和辅先入昊天观星瞻》："碧落三乾外，黄图四海中。"〔唐〕许浑《送张厚浙东修谒》："青山有雪松当涧，碧落无云鹤生龙。"〔唐〕白居易《长恨歌》："上穷碧落下黄泉，两处茫茫皆不见。"

⑧缺如：空缺；不存在。〔明〕胡应麟《少室山房笔丛·经籍会通四》："又如朝署典章，都邑簿记……诸家悉备，此可缺如。"鲁迅《集外集拾遗·中山先生逝世后一周年》："中山先生不赞成，以为中国的药品固然也有有效的，诊断的知识却缺如。"

⑨肄业：修习课业。古人书所学之文字于方版谓之业，师授生曰授业，生受之于师曰受业，习之日肄业。《左传·文公四年》："卫宁武子来聘，公与之宴，为赋《湛露》及《彤弓》。不辞，又不答赋。使行人私焉。对曰：'臣以为肄业及之也。'"《陈书·吴兴王胤传》："胤性聪敏，好学，执经肄业，终

日不倦,博通大义,兼善属文。"吴敬梓《儒林外史》第十九回:"考过,宗师着实称赞,取在一等第一;又把他题了优行,贡入太学肄业。"

⑩副:相称,符合。[汉]李固《遗黄琼书》:"盛名之下,其实难副。"

⑪锡:同"赐"。赐予。

⑫硚:同"桥"。

⑬谶:本义是秦汉间巫师、方士编造的预示吉凶的隐语。后常用以指将要应验的预言、预兆。[明]冯梦龙《东周列国志》第一回:宣王曰:"前所诛妇人,不足消'檿弧箕箙'之谶耶?"

⑭扶舆:盘旋升腾之状。[汉]王褒《九怀·昭世》:"登羊角兮扶舆,浮云漠兮自娱。"[唐]韩愈《送廖道士序》:"气之所穷,盛而不过,必蜿蟺扶舆,磅礴而郁积。"[明]刘基《满庭芳·寿石末公》:"收拾尽,乾坤清淑,为瑞在扶舆。"

⑮郁积:蓄积,积聚。[唐]韩愈《送廖道士序》:"气之所穷,盛而不过,必蜿蟺扶舆,磅礴而郁积。"[宋]范成大《邵阳口路粗恶,积雨余泞难行》:"不知清淑气,果复曾郁积?"[明]归有光《浙江乡试录后序》:"夫天地之气,茂隆郁积,薰为泰和。"

⑯司徒:我国古代的一个重要官职名,由《周礼》地方官司徒演变而来。掌民事,郊祀掌省牲视濯,大丧安梓宫。周时司徒为地官,掌邦教。

⑰奚止:何止,哪止。

⑱湢:浴室。

简析

这篇文章是汪澍为计氏所重建的聚秀阁撰写的记文。作者先从新建之高阁着笔，突出聚秀阁地势之险要："后枕悬崖，前瞰激湍，间见层出。摇孤根以倒垂；触碧落而直上。"再描写登阁所见之景："深林杳冥，遥认村庄。鸿轩凤举，极目天涯，云岫烟峦，列于足下。"于是在作了大量铺垫之后，自然而然地点明阁名"聚秀"之寓意所在。聚秀阁建于源港河边之东山，源港亦名"撞源港"，因两条河在此交汇而得名，当地人谐音讹为"状元港"。作者借此巧妙地生发开来："私讶其地曰状元港。状元之名未知自起。迨复以之名矼，不知其将以为谶与？抑因名寄意重有望于将来也。"接着笔锋一转又回到此阁所聚之"秀"：既聚山川之"秀"——"山水清淑之气蜿蜒扶舆，磅礴而郁积"，又聚士人之"秀"——"必有瑰伟绝特之士应候而生"。因而使得题旨进一步深化。文章结尾处再次宕开一笔："其聚者又奚止夫一方之秀已哉！"文章的意蕴又得以进一步升华。全文写景状物，境界开阔；议人论事，层深迭进。行文如峰回路转，立意如水到渠成。可见作者为文立意独运之匠心。

教民重农四则

何　浩

作者简介

何浩，浙江会稽人。清乾隆五十二年（1787）任浮梁知县，兴利除弊，颇有政声。

原文

一讲求水利。浮邑绝少池塘，一遇雨泽愆期，阪田①便束手无策。应会集业佃酌议，相度地势，开掘深池以资灌溉。或于坞口筑堤蓄山水，或将丑劣不堪之田，俗名张天坵聊田地田等项挖作池塘。共此池者，分摊粮赋。所有已开之池，于农隙时尽力挖掘，愈深愈妙，庶为有备无患。其陇田所引涓涓之水，大都从石罅②土皮渗漏而出，其源头必有大旺之泉隐于土石之内，或四散渗逸，或伏流地中。兹所引涓涓之水仅分什一于千百，须迎其来路，刨挖疏通，直到其源头，使大旺之泉都归一路，即于宽虚凿池停蓄。不但陇田受用无穷，且可于坞口汇为大泽，引以远注阪田，其利甚溥③。愿耆老等讲求之。有妨坟墓，毋许轻挖。

一勤力耕耘。田须冬耕，尤须深耕。耕之既深，雨雪浸渍，使硬土转为酥润，禾兜亦腐烂如泥，最为有益。栽种以后，叠耘数次，杂草不生，土膏更嫩，苗必畅茂。吾浮农夫于田事率多不勤不力。春夏之时，本县往来邻境，见乐平等处田尽耕犁，而吾浮尚未起手。又见乐平等处田耘二次而吾浮未耘初次，无怪收成较薄也。吾民心望丰收，必宜力勤农事，勉之，勉之！

一多加肥壅。吾浮土性甚瘠，既植嘉禾，须多用肥粪以培养之。不惜资本，可期厚利，切勿苟简。尝观浙东晚禾于将次成胎时，取黄豆粗粗一磨，使成碎粒，壅于苗根，其肥甚重，最荫稻穗。每亩不过二斗左右，而收获之效倍于他粪。又浙东苗生蟊虫，细小不能捕捉，于中午烈日之时，用菜油点于水面，毋染苗叶，每间尺许倾油半杯，一亩之内约用油十两左右。顷刻布满田中，再用竹帚于苗尖挨扫之，虫即尽毙而田亦获肥。以上二事，未知浮之风土是否相宜，胡不试之？

一尽心种植。务本谋生，农桑竝重。遇有隙地遍植桑树，使妇女专力养蚕，其利甚大。至四乡大山弥望，仅出茅柴，所值几何？能如德兴、婺源等处，满山栽蓄杉松大竹，利息倍饶而山头阴翳④，泉源更旺，亦可为灌田之助。吉赣一带，桐梓茶梓处处成林，大有出息。吾浮亦间有之，可知土性亦无不宜，何不广为栽种？又本县于乾隆四十一年，署理德安县时，见田塍田塝偶有植柏者，俗名木子树。嗣后渐种渐多，近年以来，通县所出柏子可卖银二三万，客商赴乡收买，俱运至水次登舟，可约计其总数。此本县往来德安所亲知灼见者。可见山头地角一无空旷，便能积少成多，有裨⑤小民生计。诸如此类，难以枚举。愿吾民尽心勉力，不拘何项，广为种植。虽不能立时见效，数年后必可渐收美利。本县实有厚望焉。

注释

①阪田：语出《诗经·小雅·正月》："瞻彼阪田，有菀其特。"高亨注："阪田，山坡上的田。"[宋]王安石《送彦珍》："挟策穷乡满鬓丝，阪田荒尽岂尝窥。

②石罅：石头裂缝、缺口。[唐]韦应物《同元锡题琅琊寺》诗："山中清景多，石罅寒泉洁。"[宋]杜绾《云林石谱·品石》："建康府有石三块，颇雄伟……石罅中有六朝、唐、宋诸公刻字，谓之品石。"[元]萨都剌《越溪曲》："越溪春水清见底，石罅银鱼摇短尾。"

③溥：广大。《说文》："溥，大也。"《诗经·大雅·公刘》："瞻彼溥原。"《礼记·祭义》："溥之而横溥四海。"

④阴翳：指树木枝叶繁茂成荫。[宋]欧阳修《醉翁亭记》："树林阴翳，鸣声上下，游人去而禽鸟乐也。"

⑤有裨：有利、有益。《北齐书·唐邕传》："比及武平之末，府藏渐虚，邕度支取金，大有裨益。"

简析

何浩于乾隆年间任浮梁县令。他为官清廉，勤政爱民，兴利除弊，政声卓著。在这篇《教民重农四则》文中，他提出了四条重农利民的措施，即"讲求水利""勤力耕耘""多加肥壅""尽心种植"。这些措施是他在经过深入细致的实地调查之后提出的。他对浮梁的自然条件、农业现状、民情习俗等多方面进行了具体分析，并结合自己在浙江，江西德兴、婺源、乐平、德安等地亲身见闻提出许多具体的建议。

这些对浮梁农业发展具有很强的针对性与指导性，也充分体现了一位地方官勤政爱民的情怀与深入细致的工作作风。

尊经阁记

蓝 侃

作者简介

蓝侃，字绍陶，江西浮梁长芗都人，清乾隆四十五年（1780）举人。曾执掌绍文书院。于经史百家广为涉猎，学养深厚，文名远播。

原文

邑之尊经阁，盖古宸奎阁故址也。元之先别有阁，毁于兵。大德元年，判官李希贤乃即宸奎阁为之，胡长孺记之详矣。前明之运二百七十余年，其间修葺补葺^①邑乘^②未及。则知古人材美工巧，经久不敝，其为功于经籍亦已巨矣。国朝康熙初，学博^③伍行李生万始一修葺。厥后明经李君宫兰、学博周君鸿勋、崔君兆麟后先补治，而年所多历，大致已亏。治末塞流^④，罔克有济^⑤。乾隆庚戌之年，会稽何侯治吾邑岁且五稔^⑥。邑中公义百废具兴。因举全阁而鸠庀^⑦之。堂构^⑧垣墉^⑨，蔚然苞茂^⑩。盖诚知经术为经世之略，而尊崇之意罔敢懈也。阁之所以藏者不独经，其统以经者何？《尚书》纪传，《春秋》编年，为史法之祖。史固经余^⑪也。诗文杂体错见六籍，倾液漱芳^⑫，惟圣时宪诸子百家亦经余也，故皆可以经统也。经有常尊，而不能不升降于世运。秦人之焰⑬无论矣！处士横议⑭，非圣无法⑮，其惨何减于燎原哉！后世补亡之经、伪托之经，吾未见其能尊也。黄老⑯之经汉尊之，而群经不兴，吾未见其能尊也。佛之经晋魏梁隋尊之，群经不与，吾亦未见其能尊也。虽然未尝不尊也，汲冢⑰孔壁⑱以息秦焰邪说淫辞之放；以塞横议之处士。补经伤经，徐退山⑲《经史辨体》论之详矣！黄老佛书，韩退之《原道篇》辨之审矣！经曷尝以是贬尊哉？吾故曰：经有常尊也。方今圣学昌明，四库全书亦既集古今之大成矣！祖宗暨皇上颁发诸书，嘉惠艺林⑳者多出乙夜亲裁，皇皇天语，敢不敬钦？自兹以往，无燥湿，无朽蠹，将经生禀之以蕴为德行而衍为事业者皆于是乎！在士诚纵观以博其趣，其于圣贤全体大用㉑之量未必不窥全豹之一斑㉒。是又吾侯之所属望经生，以庶几㉓无负其尊之之意者也。何侯名浩，号改夫，浙江会稽人。

注释

①补苴：补缀，缝补。语本[汉]刘向《新序·刺奢》："今民衣敝不补，履决不苴。"引申为弥补缺陷。《明史·武宗纪赞》："犹幸用人之柄躬自操持，而秉钧诸臣，补苴匡救，是以朝纲紊乱，而不底于危亡。"[清]陈学泗《纪事》："漫议补苴停转运，最怜剜肉赐全租。"

②邑乘：志；地方志。[清]方文《禊日同潘舍仲陈襄云金去的饮石牛洞》："君有史才修邑乘，兹游虽小亦堪传。"[清]周亮工《与王隆吉书》："邑乘中所载诸公姓字，亦强记其姓字，未掩卷忘矣。"[清]王士禛《池北偶谈·谈异七·白云湖》："二水会同入大清河，邑乘载之甚明。"

③学博：唐制，府郡置经学博士各一人，掌以五经教授学生。后泛称学

官为学博。《儒林外史》第三六回："这人大是不同。不但无学博气,尤其无进士气。"［清］钱泳《履园丛话·科第·梦》："苏州蒋古愚学博,秉铎颍上,督课诸子甚严。"

④治末塞流:治理枝节不治理根本,堵塞水流不疏浚源头。指未能从根本上解决问题。

⑤罔克有济:不能取得应有的效果。

⑥五稔:五年。《广雅·释诂》："稔,年也。"《左传·僖公二年》："不可以五稔。"《国语·晋语》："鲜不五稔。"

⑦鸠庀:"鸠工庀材"之简称。意思是招集工匠,准备材料。［唐］李方郁《修中岳庙记》："岂可不成耶? 遂鸠工庀材,四旬而就。"

⑧堂构:房舍。［晋］陆机《叹逝赋》："悼堂构之颓瘁,慜城阙之丘荒。"［明］汪廷讷《狮吼记·谈禅》："他风流慷慨世间稀,选胜诛茅堂构美。"［清］吴炽昌《客窗闲话·淮南宴客记》："偕同事数友,诣其宅,堂构爽垲,楼阁壮丽。"

⑨垣墉:墙壁。《尚书·梓材》："若作室家,既勤垣墉,惟其涂塈茨。"［南朝梁］刘勰《文心雕龙·程器》："是以朴斫成而丹雘施,垣墉立而雕杇附。"［唐］元稹《度门寺》诗:"诸岩分院宇,双岭抱垣墉。"［明］刘基《北岭将军庙碑》："缭以垣墉,甃以瓦石,植以嘉木,丹垩辉映。"

⑩苞茂:语出《诗经·小雅·斯干》："秩秩斯干,幽幽南山。如竹苞矣,如松茂矣。"比喻兴盛繁荣。

⑪经余:儒家经典之外的典籍。

⑫倾液漱芳:语出［西晋］陆机《文赋》："倾群言之沥液,漱六艺之芳

润。"意思是尽情吸取前人诗文中的精华。

⑬秦人之焰：这里指的是秦始皇焚书坑儒。

⑭处士横议：处士：有才德不愿做官的人；横议：随便议论。指不做官的隐士可以无所顾忌妄加评论政治。孟轲《孟子·滕文公》："圣王不作，诸侯放恣，处士横议。"朱自清《论气节》："向来论气节的，大概总从东汉末年的党祸起头。那是所谓处士横议的时代。"这里用作贬义，指那些对儒家经典进行批评、质疑的人。

⑮非圣无法：非难圣贤，无视儒家学说。[清]纪昀《四库全书总目提要》中称李贽的书"狂悖乖谬，非圣无法"。

⑯黄老：黄，指黄帝学派始祖——黄帝；老，指道家学派始祖——老子。后世道教奉为鼻祖。黄老，也称黄老学说或黄老教派，古代一种宗教流派。也称黄老道，为道教早期重要教派之一。《史记·孝武本纪》："会窦太后治黄老言，不好儒术，使人微伺得赵绾等奸利事，召案绾、臧，绾、臧自杀，诸所兴为者皆废。后六年，窦太后崩。其明年，上征文学之士公孙弘等。"[唐]韩愈《原道》："黄老于汉，佛于晋、魏、梁、隋之间。"[宋]陆游《古风》："少年慕黄老，雅志在山林。"

⑰汲冢：晋咸宁五年（279），一作太康元年（280）或二年，汲郡人偷盗魏襄王的陵墓，得到竹书数十车，全是蝌蚪文书写，称"汲冢古文"。经过整理，有《竹书纪年》十二篇，因为原本写在竹简上而得名，叙述夏、商、西周、春秋时晋国和战国时魏国史事，与传统记载不同，可校正《史记》所载战国史事之失。原简早已不传，古本《竹书纪年》至宋代佚失。清代学者有辑校本，为研究古代史的重要资料。

⑱孔壁：西汉景帝刘启末年，藩王鲁恭王刘余拆毁孔子旧宅来扩建其宫室，在孔府墙壁内曾经发现了一批用战国时六国文字写成的各种经典，计有《尚书》四十六卷五十八篇，《逸书》十六篇，《礼古经》五十六卷，《逸礼》三十九篇，《礼记》一百三十一篇，《明堂阴阳》三十三篇，《王史氏》二十一篇，《春秋左氏传》三十篇，《古孝经》一篇，《古论语》二十一篇。因为这批简牍文书发现是秦始皇焚书坑儒之后人们看到的秦始皇焚书之前宝贵的文化遗存，因此，孔壁成了儒学经典的代名词。

⑲徐退山：名与乔，昆山人，清代著名学者，曾著《经史辨体》一书。［清］徐珂《清稗类钞经术类》中评点这本书："皆别出手眼。……竖义虽不无偏执，而岸然自异，羞语雷同，令览者如拨云雾而见青天，洵经义中所创见也。"

⑳嘉惠艺林：嘉惠，给予恩惠。艺林，旧时指文艺界或收藏汇集典籍图书的地方。此处指对学术界治学研究有极大的益处。

㉑全体大用："全体大用"体现了朱子哲学的基本精神。在中国思想史上具有重要的意义。全体，是指"心具众理"；大用，是指"应万事"。朱子的"全体大用"的精神不仅体现于其政治实践之中，也体现于其书院教化，礼法实践，社会关怀等一系列的理论于实践之中。

㉒窥全豹之一斑：语出［南朝·宋］刘义庆《世说新语·方正》："王子敬（王献之）数岁时，尝看诸门生樗蒱，见有胜负，因曰：'南风不竞'门生毕轻其小儿，乃曰：'此郎亦管中窥豹，时见一斑。'"此处用以比喻可以从观察的部分推测到全貌，与原意"管中窥豹，可见一斑"有所不同。

㉓庶几：或许可以，表示希望或推测。《史记·秦始皇本纪》："寡人

以为善，庶几息兵革。"［宋］文天祥《指南录后序》："中兴机会，庶几在此！"

简析

浮梁旧有尊经阁，历代几经兴替。清乾隆年间，邑令何浩于上任五年之后，鸠工庀材，对尊经阁进行了全面整修。"堂构垣墉，蔚然苞茂"。本文作者蓝侃为此事撰写了这篇记文。文章以"尊经"二字贯注全篇，历数前代儒学经典之兴衰流变，从而提出"经有常尊"的观点。赞扬何侯重建尊经阁之举意义重大："自兹以往，无燥湿，无朽蠹。"必将有益于"经生禀之以蕴为德行而衍为事业者"。文章末尾画龙点睛地指出何侯重修尊经阁的动机所在："是又吾侯之所属望经生，以庶几无负其尊之之意者也。"文章题旨剀切而又议论风生，言简意赅而又寄慨遥深，是一篇十分耐读的好文章。

送曲鲁瞻郡伯致仕①旋里②序

邓传安

作者简介

邓传安，字菽原，号鹿耕，江西浮梁人。进士出身的他于道光四年（1824）因台湾北路械斗事件，以鹿港同知代理台湾府知府。任满调离台湾后，又于道光十年（1830）奉旨担任按察使衔分巡台湾兵备道，为台湾清治时期的地方统治者。

原文

嘉庆九年甲子，安随侍先君赴鹿洞③讲席时，鲁瞻曲公祖大人以江州司马摄南康郡事。先君一见如旧识，因以近体诗四律，订侨札之雅④，古欢相契⑤，非仅邂逅适愿已也。越四年公奉命来典吾郡，安尚作令闽中，千里外额手称庆⑥。未几，戴星归里，以故人子抠衣晋谒⑦，蒙公殷殷奖借。延主芝阳义塾，儿辈均荷饮食教诲，知己之感殆无殊在三矣！公慈惠之师也，恒寓精明于浑厚，未尝以疾言遽色加人，而聆其言论，虽数十年旧事，极之至纤至悉，俱条晰原委无遗。即评阅士子课试之文，亦能忆其纯疵⑧乎于移时历岁之后。以此见禀授⑨之异于寻常。阅历既久，经济益熟，施之吏治，宜其游刃有余也。昔人论临民之要，不过使人得输其情。守令竝称亲民之官，而分有尊卑，职有详要，地有远近，故灼见一邑之情尚易，周知一郡之情实难。饶郡七邑方数百里，趋走之吏数人，公治之祗如一邑。综核所及不矜⑩察察，而人自不能欺；折狱之求情协中，其素优耳。乃至鼠牙雀角⑪，钧金束矢⑫之诪张，历年未能决者，一履郡庭，罔不情伪毕现⑬，输服无辞。久之积案一空几几。上任其劳而下任其逸矣。公以谓：庶民，吾赤子也。属吏，吾弟子也。休戚⑭俱一体也。于是示之以俭，训之以勤，严其条约，稽其出纳，受成者果能奉公如师，保月计不足，岁计有余。驯至于狱讼衰息，笾库盈溢无难矣！乃心不同如面焉。或不以为爱己而以为厉己，公转因春秋之责备⑮为人受过。于是怫然不怿，决计引退矣！不然公虽届悬车之年⑯，精神强健如壮岁，吾郡赖怙冒之日方长，何急作林下想⑰哉！虽然靡不有初，鲜克有终⑱，宦海中如公之完名全节而归者，宁有几人？悬知绿野堂⑲开孙曾绕膝，家庭聚顺，其乐融融泄泄⑳，期颐㉑之寿可计日而俟也。饶郡士民同甘棠㉒以寄去思。安沐公嘉惠尤浃，有不能已于言者，遂慷慨而系以序。

注释

①致仕：交还官职，即退休。古代官员正常退休叫作"致仕"，古人还常用致事、致政、休致等名称，盖指官员辞职归家。源于周代，汉以后形成制度。《后汉书》："永宁元年，称病上书致仕。"

②旋里：返乡。[清]蒲松龄《聊斋志异·胡四娘》："〔程孝思〕愿乖气结，难于旋里，幸囊资小泰，携卷入都。"[清]田兰芳《田氏葬议辩》："未合婚而田氏卒。迨仲方（袁可立孙）父母旋里，舁田氏柩，葬于其祖茔后。"

③鹿洞：指白鹿洞。位于庐山南麓。宋朱熹讲学处。[宋]韩补《紫阳山赋》："既表章乎鹿洞，宜敷锡乎枌榆。"[清]方苞《余处士墓表》："再至匡庐，淹留濂溪、鹿洞。"[清]陈维崧《水龙吟·送蒋慎斋宪副视学江右》词："鹿洞儒生，江州僚佐，欢迎溢浦。"

④侨札之雅：典出《左传·襄公二十九年》。侨札指春秋郑国公孙侨（子产）与吴国公子季札。季札至郑，与子产一见如故，互赠缟带纻衣。后因以"侨札"比喻朋友之交。《三国志·吴书·鲁肃传》："肃家有两囷米，各三千斛，肃乃指一囷与周瑜，瑜益知其奇也，遂相亲结，定侨札之分。"《三国志·吴书·陆抗传》："故得将士欢心。"裴松之注引晋·孙盛《晋阳秋》："抗与羊祜推侨札之好，抗尝遗祜酒，祜饮之不疑，抗有疾，祜馈之药，抗亦推心服之。"

⑤相契：相交深厚。[宋]陈灌《满庭芳》词："君知我，平生心事，相契古来希。"[明]朱国祯《涌幢小品·丁石台吴平山二先生》："丁先生有祖业颇饶，辛未同第，时相过从，亦最相契。"

⑥额手称庆：指把手放在额头上，表示感到庆幸。[明]冯梦龙《东周列国志》第三十七回："文公至绛，国人无不额手称庆。百官朝贺，自不必说。"[清]王韬《淞滨琐话·卢双月》："泥金高揭，邻里喧哗，挤庭下几满。喜极入告，额手相庆。"

⑦抠衣晋谒：提起衣襟，谒见。表示对所见尊者的敬重。

⑧纯疵：纯净与瑕疵。

⑨禀授：语出《淮南子·原道训》："包裹天地，禀授无形。"高诱注："禀，给也；授，予也。"此处指天赋。

⑩不矜：不骄傲；不夸耀。《书·大禹谟》："汝惟不矜，天下莫与汝

争能。"孔传："自贤曰矜。"《后汉书·胡广传》："不矜其能，不伐其劳。"[唐]韩愈《唐故江南西道观察使王公神道碑铭》："秩秩而积，涵涵而停，韡为华英，不矜不盈。"

⑪鼠牙雀角：语出《诗·召南·行露》："谁谓雀无角，何以穿我屋？谁谓女无家，何以速我狱……谁谓鼠无牙，何以穿我墉？谁谓女无家，何以速我讼？"原谓强暴侵凌引起争讼。后以"鼠牙雀角"比喻打官司的事。[宋]刘克庄《乙丑生日回启·莆田仙游两宰》："万口诵龙筋凤髓之判，片言折鼠牙雀角之争。"[明]许自昌《水浒记·分飞》："鼠牙雀角甚纵横，全仗你力周旋，这死生肉骨感何穷。指讼事或引起争讼的细微小事。"

⑫钧金束矢：古代狱讼双方致官之物。典出《周礼·秋官·大司寇》："以两造禁民讼，入束矢于朝，然后听之。以两剂禁民狱，入钧金，三日乃致于朝，然后听之。"金者取其坚，矢者取其直。及断，胜者官司还其金、矢，败者则没入。

⑬罔不情伪毕现：真的假的无不一一呈现出来。

⑭休戚：喜乐和忧虑，幸福与祸患。《后汉书·灵帝纪》："备托臭味，庶同休戚。"《晋书·王导传》："导曰：'吾与元规休戚是同，悠悠之谈，宜绝智者之口。'"[宋]苏轼《司马温公神道碑》："师朋友道足以相信，而权不足以相休戚。"

⑮春秋之责备：春秋责备贤者，意为《春秋》对"贤者"在道德上高标准严要求。旧时在对人提出批评时常用这句话，表示敬重对方之意。《新唐书·太宗本纪赞》："《春秋》之法，常责备于贤者。"谓《春秋》对所谓贤者要求更为严格。[清]纪昀《阅微草堂笔记·滦阳消夏录》："春秋责备贤者，

未可以士大夫之义律儿女子。"

⑯悬车之年：悬车，古人一般至七十岁辞官家居，废车不用。指七十岁。《晋书·刘毅传》："昔郑武公年过八十，入为周司徒，虽过悬车之年，必有可用。"[唐]许浑《贺少师相公致政》诗序："少师相公未及悬车之年，二表乞罢将相。"《资治通鉴·齐明帝建武二年》："诏曰：'间以悬车之年，方求衣锦，知进忘退，有尘谦德；可降号平北将军。'"

⑰作林下想：意思是作归隐的打算。[宋]赵处澹《冬至日书怀》："久作林下想，雅致在幽独。"

⑱靡不有初，鲜克有终：出自《诗经·大雅·荡》："天生烝民，其命匪谌。靡不有初，鲜克有终"。意思是没有不能善始的，可惜很少有能善终的。事情都有个开头，但很少能到终了。多用于劝解人要善始善终。

⑲绿野堂：唐代裴度的别墅名。故址在今河南省洛阳市南。裴度为唐宪宗时宰相，平定藩镇叛乱有功，晚年以宦官专权，辞官退居洛阳。《新唐书》卷一百七十三《裴度列传》："时阉竖擅威，天子拥虚器，搢绅道丧，度不复有经济意，乃治第东都集贤里，沼石林丛，岑缭幽胜。午桥作别墅，具燠馆凉台，号绿野堂，激波其下。度野服萧散，与白居易、刘禹锡为文章、把酒，穷昼夜相欢，不问人间事。而帝知度年虽及，神明不衰，每大臣自洛来，必问度安否。"后用以比喻贤者隐居之所。[宋]刘克庄《汉宫春·陈尚书生日》词："未可卷怀袖手，续平泉庄记，绿野堂诗。"[元]马致远《夜行船·秋思》套曲："裴公绿野堂，陶令白莲社。"

⑳融融泄泄：语出《左传·隐公元年》："公入而赋：'大隧之中，其乐也融融。'姜出而赋：'大隧之外，其乐也泄泄。'"形容和乐舒畅。

㉑期颐：百岁之人。古时称百岁为"期颐之年"。源于汉时戴圣所辑的《礼记·曲礼篇》："人生十年曰幼，学。二十曰弱，冠。三十曰壮，有室。四十曰强，而仕。五十曰艾，服官政。六十曰耆，指使。七十曰耄，而传。八十九十曰耄，七年曰悼，悼与耄，虽有罪，不加刑焉。百年曰期颐。"意思是人生以百年为期，所以称百岁为"期颐之年"。[唐]李华《四皓铭》："抱和全默，皆享期颐。"[宋]陆游《初夏幽居》诗之五："余生已过足，不必到期颐。"[清]蒲松龄《聊斋志异·席方平》："今送汝归，予以千金之产、期颐之寿，于愿足乎？"

㉒甘棠：语出《诗经·召南》："蔽芾甘棠，勿翦勿伐，召伯所茇。蔽芾甘棠，勿翦勿败，召伯所憩。蔽芾甘棠，勿翦勿拜，召伯所说。"这首诗的主旨，自古至今均认为是怀念召伯的诗作。吴闿生《诗义会通》引旧评许为"千古去思之祖"。

简析

这是作者送饶州郡守曲鲁瞻辞官归里的一篇序文。作者与曲公为世交，不仅"先君一见如旧识，因以近体诗四律，订侨札之雅，古欢相契"，而且"儿辈均荷饮食教诲"，故"知己之感殆无殊在三矣！"。文中不仅对曲公的"慈惠""精明""禀授"赞誉有加，而且更对其为官从政的才能作出了详尽的介绍与高度的评价："阅历既久，经济益熟，施之吏治，宜其游刃有余也。"曲公因"春秋之责备为人受过"，于是决然辞官引退，对此作者一方面表示出深深的惋惜之情，另一方面也由此感叹："靡不有初，鲜克有终，宦海中如公之完名全节而归者，宁有几人？"并衷心祝福曲公"孙曾绕膝，家庭聚顺，其乐融融泄泄，期颐之寿可计日而俟也"。文章情感深挚恳切，语言如行云流水，舒卷自如，堪称序文的典范之作。

送邑侯刘克斋卓荐北上序

邓传安

作者简介

参见《送曲鲁瞻郡伯致仕旋里序》作者简介。

原文

昔阳亢宗^①，大贤也。以"抚字心劳，催科政拙^②"自书下考^③。何易于^④，廉吏也。亦以优恤贫民，不欲紧绳百姓^⑤，考止中上。知遇之难，论者惜焉。今以实心爱民，勤于抚字之贤，有司书上考而列荐简^⑥，此公道之既彰，一时交庆^⑦得人者也。夫百里小试耳。当事求贤甚殷，讵忍令殊尤之才屈于为宰？而民乐抚字^⑧，非特恐其遽去，即戴星^⑨于役^⑩之暂违，亦或不胜依依，将何以慰私情之眷恋与？刘克斋先生自上高调最来浮，甫半岁，即膺卓异首荐^⑪。侯非必善事上官也。缘抚字得名誉耳。自侯履任以来，视民之休戚^⑫如一体，旱祷^⑬徒步数十里，课士^⑭延致数百人。凡兴利修废，剔弊摘奸诸善政，汲汲恒若弗及。迨奉檄征入觐^⑮，代者将至，犹竭夜清厘^⑯庶务，不令案有留牍。侯不言劳而民咸念其劳也。即经受代，庶泛^⑰可小息矣。于是寓居署左之东轩，清节为秋，篱菊方盛，诸绅耆^⑱朝夕过从^⑲，庠序^⑳士子执经问业，无不入座饮醇。间或载酒相随，游燕㉑近郊园林，必尽欢而后散。侯且喜此情此境为仕宦不易得之岁月。而节序既更，士民转增惆怅也。今夫人子爱，日虑事亲之不得而久也。有侯如此抚我，民不戴之如父母岂情也哉！亲寿期颐㉒，孝养犹可永久。今亲民之官，虽不若唐时考满即去，促数更代㉓，而循绩㉔即彰淹久于一邑。计侯束装北行，往返需四阅月。由此受知，当宁行见迁秩㉕不次㉖，非下里所能挽留。倘遂借恂㉗之愿，俾吾邑从容沐膏泽㉘，固闾袔祀㉙而求者也。多一日则民受一日之福，曷若早归一日更纾㉚吾民一日之望。自侯受代㉛至今，已感时物之变，若又逾时未归，窃恐引领㉜之如饥如渴，情倍殷于此日。濡翰而每怀靡及。谅侯必恻然恤其私情也。余受知于侯尤深，爰以言代骊驹㉝之唱。

注释

①阳亢宗：阳城，字亢宗，河北定州人。唐德宗时期任道州刺史。他看到当地历年进贡矮奴，甚为愤怒，上疏陈述了历年因贡矮奴给道州人民带来的无尽苦难，要求皇帝免除这项陋规。唐德宗看后遂同意停止当地土贡。

②抚字心劳，催科政拙：抚字、催科指地方官吏的治政。[清]李渔《慎鸾交·谲讽》："愧的是署中考不曾居下，阳城事终须让他。念抚字催科，难分高亚。"[清]郑观应《盛世危言·吏治下》："观其颇有声名、素称才能之员，一一考其实迹。有差委奔走之事则长于办理，而抚字催科无一可取者；有长于吏治而疏于出纳，以致钱粮亏空者。"

③下考：科举考试或官吏考绩列为下等。《北史·杜铨传》："〔正玄〕隋开皇十五年举秀才，试策高第。曹司以策过左仆射杨素，怒曰：'周孔更生，尚

不得为秀才,刺史何忽妄举此人? 可附下考。'"[唐]韩愈《顺宗实录四》:

"〔阳城〕出为道州刺史……一不以簿书介意,税赋不登,观察使数诮让。

上考功第,城自署第曰:'抚字心劳,征科政拙,考下下。'"[宋]张栻《斜川

日雪观所赋》:"政拙甘下考,智短空百忧。"

④何易于:唐文宗太和年间益昌(今四川广元市南)县令,为官清正廉

洁、勤政爱民。更难能可贵的是,为了维护百姓的利益,他甘冒革职、坐牢、

砍头的风险,抵制了上司的派遣,违抗了朝廷的诏令。[唐]孙樵《书何易

于》:"何易于,不详何所人及何所以进。为益昌令。县距州四十里,:刺史崔

朴常乘春与宾属泛舟出益昌旁,索民挽纤,易于身引舟。朴惊问状,易于曰:

'方春,百姓耕且蚕,惟令不事,可任其劳。'朴愧,与宾客疾驱去。"

⑤紧绳百姓:向百姓苛求索取。

⑥荐简:向朝廷推荐的奏章。

⑦交庆:交相庆贺。

⑧抚字:对百姓的安抚体恤。《北齐书·封隆之传》:"隆之素得乡里人

情,频为本州,留心抚字,吏民追思,立碑颂德。"[宋]陆游《戊申严州劝农

文》:"虽诚心未格于丰穰,然拙政每存于抚字。"[明]区大相《入罗滂水》:

"直须勤抚字,勿使困征徭。"

⑨戴星:顶着星星。喻早出或晚归。[唐]王绩《答冯子华处士书》:

"或时与舟人渔子方潭并钓,俯仰极乐,戴星而归。"[宋]苏轼《将至筠

先寄迟适远三犹子》:"对床欲作连夜语,念汝还须戴星起。"[明]李东阳

《先叔父李父墓志铭》:"悉力勤事,戴星触雾,或远涉江汉,未尝告勩。"

⑩于役:行役。谓因兵役、劳役或公务奔走在外。语出《诗经·王风·君

子于役》："君子于役，不知其期。"郑玄笺："君子于往行役，我不知其反期。"［南朝·齐］谢朓《和伏武昌登孙权故城》诗："于役傥有期，鄂渚同游衍。"［唐］萧颖士《蒙山作》："于役劳往还，息徒暂攀跻。"

⑪卓异首荐：卓异而被举荐。清制，吏部考核官吏，才能出众的称为"卓异"。［清］袁枚《随园诗话》卷十："高要令杨国霖兰坡，作吏三十年，两膺卓荐，傲兀不羁。"［清］梁章钜《归田琐记·致刘次白抚部书》："次白为太湖同知，曾以浚河便民，荐举加知府衔。次年复以计典卓荐，擢守徐州，洊至开府。"

⑫休戚：喜乐和忧虑。亦泛指有利的和不利的遭遇。《后汉书·灵帝纪》："备托臭味，庶同休戚。"《晋书·王导传》："导曰：'吾与元规休戚是同，悠悠之谈，宜绝智者之口。'"［宋］苏轼《司马温公神道碑》："师朋友道足以相信，而权不足以相休戚。"

⑬旱祷：因干旱而向上天祷告求雨。

⑭课士：考核士子的学业。［清］袁枚《随园诗话补遗》卷四："有某公课士，以《赋得蜻蜓立钓丝》，限'蜻'字，七排四十韵。人以为难。"《清史稿·选举志一》："课士之法，月朔、望释奠毕，博士厅集诸，讲解经书。"

⑮入觐：地方官员入朝进见帝王。［唐］白居易《论于頔裴均状》："今于頔等以入觐为请，若又许之，岂非须来即来乎？"［宋］曾巩《贺韩相公赴许州启》："𫐉革金厄，已严入觐之装；衮衣绣裳，行允公归之望。"［明］罗贯中《三国演义》第二十回：礼毕坐定，（马）腾曰："腾入觐将还，故来相辞，何见拒也？"承曰："贱躯暴疾，有失迎候，罪甚！"

⑯清厘：清理、清查。《明史·曾同亨传》："内府工匠，隆庆初数至

万五千八百人，寻汰二千五百人，而中官滥增不已。同亨疏请清厘。"［清］黄爵滋《敬陈六事疏》："翼尉以下有无吞饷、包班、玩巡、旷守等情，彻底清厘，严参治罪。"

⑰庶泛：即庶几。接近，差不多。

⑱绅耆：旧指地方上的绅士或有声望的人。

⑲过从：互相往来；交往。［唐］李公佐《南柯太守传》："时生酒徒周弁、田子华并居六合县，不与生过从旬日矣。"［元］范梈《王继学晚过舍下》："颇得过从乐，相看莫厌频。"茅盾《尚未成功》："他们朝夕过从，谈谈说说，自然启发灵感非同小可。"

⑳庠序：古代的地方学校。后亦泛称学校。《孟子·梁惠王上》："谨庠序之教，申之以孝悌之义。"《汉书·董仲舒传》："立大学以教于国，设庠序以化于邑。"《旧唐书·儒学传上·萧德言》："自隋氏版荡，庠序无闻。"［宋］田况《儒林公议》卷上："时山东人石介、孙复皆好醇儒，为直讲，力相赞和，期兴庠序。然向学者少，无法利以劝之。"

㉑游燕：亦作"游讌""游宴"。游乐宴饮。《列子·周穆王》："游燕宫观，恣意所欲，其乐无比。"［汉］王褒《四子讲德论》："恤民灾害，不遑游宴。"《晋书·外戚传·羊琇》："又喜游讌，以夜续昼，中外五亲无男女之别，时人讥之。"［南朝宋］王韶之《晋安帝纪》："〔戴逵〕性甚快畅，泰于娱生，好鼓琴，善属文，尤乐游燕，多与高门风流者游。"

㉒期颐：百岁及百岁以上的寿者。语出《礼记·曲礼上》："百年曰期颐。"［唐］李华《四皓铭》："抱和全默，皆享期颐。"［宋］陆游《初夏幽居》诗之五："余生已过足，不必到期颐。"［清］蒲松龄《聊斋志异·席方

平》："今送汝归，予以千金之产、期颐之寿，于愿足乎？"

㉓促数更代：频繁地更迭改换。［唐］柳宗元《序饮》："有资丝竹金石之乐以为和者，有以促数糺逖而为密者，今则举异是焉。"［唐］孙樵《书褒城驿壁》："今朝廷命官，既已轻任刺史县令，而又促数于更易。"［清］钱谦益《应天巡抚军门军器库记》："今久任之法不行，促数更易，其驿传其官，宜也。"

㉔循绩：良好的政绩。［清］陈康祺《燕下乡脞录》卷十六："吾邑陈莘学先生汝咸……宰漳浦十三年，循绩惠政，不可殚记。"

㉕迁秩：官员晋级提升。［唐］杨炯《泸州都督王湛神道碑》："诏书迁秩，百姓举车，立庙生事，树碑颂德。"［宋］郭彖《睽车志》卷六："不逾年，凡四迁秩。"［清］昭梿《啸亭杂录·平定回部本末》："封兆文毅为一等公，富将军德为一等侯，余迁秩有差。"

㉖不次：不依寻常次序。犹言超擢，破格。《汉书·东方朔传》："武帝初即位，征天下举方正贤良文学材力之士，待以不次之位。"颜师古注："不拘常次，言超擢也。"《旧唐书·忠义传下·许远》："禄山之乱，不次拔将帅。"［明］沈德符《野获编·兵部·兵事骤迁》："嘉靖间，不次用人。"

㉗借徇：此处为诚心挽留之义。

㉘沐膏泽：比喻身受润泽；膏泽：恩泽。指身受别人的恩惠。《孟子·离娄下》："谏行言听，膏泽下于民。"《史记·乐书》："佚能思切，安能惟始，沐浴膏泽而歌泳勤苦，非大德谁能如斯。"

㉙祷祀：有事祷求鬼神而致祭。《史记·韩世家》："此秦所祷祀而求也。"《淮南子·时则训》："是月命太祝祷祀神位。"［汉］焦赣《易林·未

济之中孚》："春秋祷祀，解祸除忧，君无咎忧。"［南朝宋］颜延之《陶徵士诔》："药剂弗尝，祷祀非恤。"

㉚纾：缓解。《左传·庄公三十年》："以纾楚国之难。"《左传·文公十六年》："姑纾死焉。"《左传·襄公八年》："民急矣，姑从楚以纾吾民。"《宋史·李蘩传》："民力稍纾，得以尽于田亩。"

㉛受代：旧时谓官吏任满由新官代替为受代。《北史·侯深传》："而贵平自以斛斯椿党，亦不受代。"［宋］洪迈《夷坚乙志·毕令女》："县令毕造已受代，横舟未发。"［清］钮琇《觚剩·七月天》："〔金道洲〕未几以受代诖误去。"

㉜引领：伸颈远望。多以形容期望殷切。《左传·成公十三年》："及君之嗣也，我君景公引领西望曰：'庶抚我乎！'"《史记·太史公自序》："汉既通使大夏，而西极远蛮，引领内乡，欲观中国。"［宋］司马光《张尚书葬祭文》："引领松楸，悲何有极！"

㉝骊驹：逸《诗》篇名。古代告别时所赋的歌词。《汉书·儒林传·王式》："谓歌吹诸生曰：'歌《骊驹》。'"颜师古注："服虔曰：'逸《诗》篇名也，见《大戴礼》。客欲去歌之。'文颖曰：'其辞云"骊驹在门，仆夫俱存；骊驹在路，仆夫整驾"也。'"后因以为典，指告别。［唐］韩翃《赠兖州孟都督》诗："愿学平原十日饮，此时不忍歌《骊驹》。"［明］无名氏《鸣凤记·南北分别》："愁蕴结，心似裂，孤飞两处风与雪，肠断《骊驹》声惨切。"［清］朱彝尊《送陈上舍还杭州》："门外《骊驹》莫便催，红阑亭子上行杯。"

简析

　　这是作者为送浮梁县令刘克斋考绩卓荐"奉征檄入觐"而写的一篇序文。文章一开篇即以历史上两位著名廉吏——阳兀宗与何易于虽勤政爱民却难以获得有司"上考"的史实为话题，发出"知遇之难，论者惜焉！"的感叹，从而为刘克斋治理浮梁仅半年就能"膺卓异首荐"作了铺垫。接着进一步指出刘克斋之所以能取得如此政绩，深得浮梁百姓爱戴，并非"必善事上官也"，而是"缘抚字得名誉耳"。并具体描述了刘克斋任浮梁令半年来抚字爱民的感人事迹："自侯履任以来，视民之休戚如一体，旱祷徒步数十里，课士延致数百人。凡兴利修废，剔弊摘奸诸善政，汲汲恒若弗及。迨奉檄征入觐，代者将至，犹竭夜清厘庶务，不令案有留牍。侯不言劳而民咸念其劳也。"然后便水到渠成地表达了浮梁百姓与作者自己对刘克斋依依不舍的眷恋之情："多一日则民受一日之福，曷若早归一日更纾吾民一日之望。""又逾时未归，窃恐引领之如饥如渴，情倍殷于此日。"文章写作角度多变，正侧相应，情感深挚，一唱三叹，读罢让人回味无穷。

绍文书院莲堂白莲花记

左翰元

作者简介

左翰元，江西临川人，举人，清道光四年任浮梁县教谕。

原文

莲为花中君子，周茂叔①先生曾言之。盖其心洁，其品芳，濯秀于清流之中，挺异于氛埃②之表，他卉不得而同也。然其生也恒有种，其植也恒有根。不种而生，无根而植，恒未之前闻③。浮邑城北绍文书院之外，有池广数十亩，曰莲塘。以旧有莲花而名。乾隆乙未，曾一岁再开④。一时人文辈出，登高第，选庶常⑤者接踵迭兴⑥。后乃渐就凋谢，根株悉泯，盖五十余年于兹矣。道光丁亥，忽产白莲至数百余朵，朵数十瓣。绿叶接天，素华耀雪⑦，亭亭然若美人之凌波，仙子之出尘，羽衣玉佩之褊迁⑧而飞扬。游觐⑨者无虚日，惟其久无而忽有，或不胜其惊疑。乃予窃计之，而以为无疑也。今夫剥极必复⑩者，阴阳之道也。蓄极必泄者，物理之势也。气机⑪之至，钟之于人，先兆之于物。鸿蒙初辟，文明渐启，天地之间，日出其奇，以献瑞而呈祥。嘉木生，美材显，琪花瑶草竞秀争妍，彼果谁种之，而谁植之哉！今浮邑之休征^⑫其至矣乎！抑吾更有思焉。白莲之殊于群艳既彰彰矣，而忽自生自植于讲学之区，其为兆必尤非寻常意。其间将有君子焉。如茂叔者卓然崛起，不染俗趋^⑬，气穆而神清，澡身而浴德^⑭，探理窟^⑮之精蕴，绍洙泗之薪传^⑯。文采之焕，科第之盛，当犹其浅焉者矣。邑人曰：是不可以不志也。爰濡笔^⑰而为之记。

注释

①周茂叔：周敦颐（1017—1073），又名周元皓，原名周敦实，字茂叔，谥号元公，北宋道州营道楼田堡（今湖南省道县）人，世称濂溪先生。周敦颐是"北宋五子"之一，宋朝儒家理学思想的开山鼻祖，文学家、哲学家，著有《周元公集》《爱莲说》《太极图说》《通书》等。其所作名篇《爱莲说》中曾赞颂荷花："莲，花之君子者也。"

②氛埃：一般指污浊之气、尘埃，此处引申为污浊的环境。

③未之前闻：以期从未听说过。

④一岁再开：一年中两次盛开。再，两度。

⑤庶常：《书·立政》："太史、尹伯，庶常吉士。"明置庶吉士，取义于此。清因以"庶常"为庶吉士的代称。《清史稿·选举志三》："庶吉士之选无定额……五年，诏内阁会议简选庶常之法。"

⑥接踵迭兴：一个接一个不断出现。

⑦素华耀雪：白色的荷花闪耀着雪色的光芒。

⑧褊迁：即翩跹，飘逸飞舞的样子。常用以形容轻盈的舞姿。

⑨游觐：游，游玩；觐，觐见，本义为前去会见、谒见尊长者。此处义为游览观赏。

⑩剥极必复：剥、复：都是卦名。剥，是剥落。复，是阳气复生。比喻长期坏运之后，必将转而出现新的契机。《宋史·程元凤传》："极论世运剥复之机。"

⑪气机：天地有规律运行的自然机能。[明]王守仁《传习录》卷上："天地气机，元无一息之停。"[明]王廷相《慎言·乾运》："天乘夫气机，故运而有常。"[清]严复《论世变之亟》："天地气机，一发不可复遏。"

⑫休征：吉祥的征兆。《汉书·终军传》："故周至成王，然后制定，而休征之应见。"颜师古注："休，美也。征，证也。"[唐]元稹《遭风》："那知否极休征至，渐觉宵分曙气催。"[明]唐顺之《廷试策》："陛下敬一以昭事，中和以立极，宜乎休征至而六沴消矣。"[清]陈梦雷《丁巳秋道山募建普度疏》："故河清海宴，神人无杂扰之灾，物阜民蕃，太史奏休征之应。"

⑬不染俗趋：不与世俗同流合污。

⑭澡身而浴德：修养身心，使纯洁清白。语出[汉]戴圣《礼记·儒行》："儒有澡身而浴德。"《三国志·魏志·管宁传》："日逝月除，时方已过，澡身浴德，将以曷为？"[南朝·梁]沈约《谢齐竟陵王教撰高士传启》："贤者避世，声焕《典》《坟》，岂徒激贪勉竞，澡身浴德而已。"

⑮理窟：指义理的奥秘。[元]侯克中《挽姚左辖雪斋》："深探理窟得心传，洞彻先天与后天。"[清]黄宗羲《徵君沉耕岩墓志铭》："为文深入理窟而出之清真。"

⑯绍洙泗之薪传：绍，继承。洙泗，即洙水和泗水。古时二水自今山东省泗水县北合流而下，至曲阜北，又分为二水，洙水在北，泗水在南。春秋

时属鲁国地。孔子在洙泗之间聚徒讲学。后因以"洙泗"代称孔子及儒家。[东晋]常璩《华阳国志·蜀志》："其次，张俊、秦宓英辩博通，董扶、杨厚究知天文，任定祖训徒，同风洙泗。"[南朝·梁]任昉《齐竟陵文宣王行状》："弘洙泗之风，阐迦维之化。"[唐]卢象《赠广川马先生》："人归洙泗学，歌盛舞雩风。"薪传，柴虽烧尽，火种仍可留传。比喻道术学术相传不绝。

⑰濡笔：蘸笔书写或绘画。《新唐书·百官志二》："直第二螭首，和墨濡笔，皆即坳处，时号螭头。"[清]龚自珍《己亥杂诗》之一七六："东南不可无斯乐，濡笔亲题第四园。"[清]刘珊《插秧词》："县官濡笔报风雨，一灯夜剔三易稿。"

简析

浮梁县城北的绍文书院之外有个面积数十亩的莲塘，乾隆乙未年间，塘内荷花一年两度盛开。当时正值"一时人文辈出，登高第，选庶常者接踵迭兴"。后来就渐渐凋谢，"根株悉泯，盖五十余年于兹矣"。至道光丁亥年间，忽又盛开白莲，"绿叶接天，素华耀雪，亭亭然若美人之凌波，仙子之出尘，羽衣玉佩之褊迁而飞扬"。一时游观者无虚日。莲花久无而忽有，观者对此不胜惊疑。作者就此展开议论："今夫剥极必复者，阴阳之道也。蓄极必泄者，物理之势也。气机之至，钟之于人，先兆之于物。鸿蒙初辟，文明渐启，天地之间，日出其奇，以献瑞而呈祥。嘉木生，美材显，琪花瑶草竞秀争妍，彼果谁种之，而谁植之哉！今浮邑之休徵其至矣乎！"认为这应当是吉祥的征兆如今显现于浮梁。作者又从这殊于群艳的莲花忽又"自生自植"于讲学之区引发更深入感受：这异象意味着将有更不寻常的"休征"显现——"其间将有君子焉。如茂叔者卓然崛起，不染俗趋，气穆而神清，澡身而浴德，探理窟之精蕴，绍洙泗之薪传。"其意义比五十年前的文采之焕，科第之盛更为深远。文章感物抒怀，寄慨遥深，寓不尽之意于言外，让人读后回味无穷而顿生奋发向上之心。

解元楼记

胡景云

作者简介

胡景云，明代人，生平事迹不详。

原文

天顺六年壬午，例应乡试^①。江右士子集贡院^②者余二千人，三试拔其文之纯正者九十又五人。而浮梁计生礼登名为第一。既归，藩臬^③钜公命县丞徐宏特建解元^④楼一所于通衢。高敞雄丽，冠于一邑。复砻石^⑤请记其事。余谓：饶为江右名邦，浮梁饶之望邑。邑西有孔尖山，势端圆，奔驰云蠹而来，蜿蜒曲折结为邑基，金鳌、青峰诸山环拱左右，北有莲荷塘，周回三里许。南历通驷桥，达于大溪。盖一邑之山川精英聚焉。故士大夫生于其间，储精蓄粹^⑥，往往瑰琦俊逸^⑦而代有其人焉。若宋彭汝砺^⑧之名魁天下，程瑀^⑨之释褐^⑩第一，与夫侍郎李春年^⑪、程克俊^⑫诸公皆出自科甲而声绩之美载在邑志，耿耿不磨。然求其世以诗礼相传而不替^⑬者，则又莫计氏若也。之先，历汉唐代计有闻人。皇宋曰冲者任迪功郎^⑭，以子衡贵，赠朝议大夫^⑮。衡登宋绍兴进士，官至朝散大夫，国子司业^⑯。子三：长黉登绍兴余复榜进士；次碧南平军签判；三岀蒲圻县丞。黄子郡学宣教衮卿；枢密院机宜文字良卿。生君锡，为衮卿后，仕元，瑞金县尹。子初同知赣州，蒙古译史教授伯仁，江东宪椽伯刚。子本善，洪武间教谕淳安学，有《柏亭集》。子岳任江蒲学训导。二子：泳任源陵学教谕；澄由进士终广西按察使[17]。子昌进士，知武定州。泳子礼今以明经魁多士登彭教榜进士。他日功名事业所就未可量也。是虽山川风气所钟而实计氏累叶积善所致。不然，何群贤既出而科甲相联独萃于一门乎？后之登斯楼览斯文者必将观感兴起，思以善自励，而垂裕于后昆[18]矣。若然则斯楼之建，非特为登览具而实大有裨于风教[19]云。

姻愚姪胡景云顿首拜撰

时明成化二年丙戌秋七月朔旦

注释

①乡试：中国古代科举考试之一。唐宋时称"乡贡""解试"。由各地州、府主持考试本地人，一般在八月举行，故又称"秋闱"。金代以县试为乡试，由县令为试官，取中者方能应府试。元代在行省举行，但腹里则分别在河东、山东二宣慰司和真定、东平、大都、上都四路举行，共十七处。考试分两榜，蒙古、色目人榜只试两场，汉人、南人榜试三场。明、清两代定为每三年一次，在各省省城（包括京城）举行，凡本省生员与监生、荫生、官生、贡生，经科考、岁科、录遗合格者，均可应试。逢子、午、卯、酉年为正科，遇庆典加科为恩科，考期亦在八月。各省主考官均由皇帝钦派。中试称为"举人"，第一名称"解元"，第二名称为亚元，第三、四、五名称为经魁，第六名

称为亚魁。中试之举人原则上即获得了选官的资格。凡中试者均可参加次年在京师举行的会试。

②贡院：贡院是古代乡试的考场，即开科取士的地方。贡，就是通过考试选拔人才贡献给皇帝或国家的意思。贡院最早始于唐朝。现存有江南贡院、北京贡院、定州贡院、川北道贡院等遗址，其中南京江南贡院作为中国古代最大的科举考场最为出名。

③藩臬：藩臬指藩司和臬司。明清两代的布政使和按察使的并称。[明]何景明《省中公宴》："劝酬尽是文武士，列坐俱为藩臬臣。"[清]刘献廷《广阳杂记》卷二："正统壬戌，楚之藩臬，檄长沙衡州共建，其高弗及旧五尺。"严复《原强》："如是而转相察，藩臬察郡守，郡守察州县。"

④解元：指科举制度中乡试第一名，唐制，举进士者均由地方解送入京，后世相沿，乃有此名。[宋]洪迈《容斋四笔·责降考试官》："[天禧二年]十一月，解一百四人，解元郭稹。"[清]李调元《制义科琐记·会元解元入翰林》："伊翁庵举进士，引见南海子，上顾学士曰：此人山东解元也，遂改庶吉士。"

⑤砻石：立石刻碑。

⑥储精蓄粹：蓄积、积聚着精粹、优秀的人才。

⑦瑰琦俊逸：瑰丽奇异，英俊洒脱，超群拔俗。

⑧彭汝砺：字器资，祖籍江西袁州，饶州鄱阳（今江西鄱阳滨田村）人，生于宋仁宗康定二年（1041），卒于宋哲宗绍圣二年（1095）。宋英宗治平二年（1065）乙巳科状元。彭汝砺读书为文，志于大者；言行取舍，必合于义；与人交往，必尽试敬；而为文命词典雅，有古人之风范。著有《易义》《诗

义》《鄱阳集》等。

⑨程瑀：字伯宇，饶州浮梁人。少年时进入开封太学读书，考试为第一名，在校内小有名气。后参加进士考试，金榜题名。历官校书郎、兵部员外郎。金兵南下，宋朝廷物色使者人选，程瑀毛遂自荐，请求当此重任。尚未成行，钦宗赵桓即位。朝廷议论割让北方三镇给金国，派遣程瑀前往河东，秦桧前往河中，进行交割。程瑀上奏说："臣愿奉命作为使者交涉，不愿前往割地。"朝廷不允许，程瑀迫不得已，去到中山（治今河北定州），诸将守城抗金，不言割地事。回朝，除左正言。指斥当时政治的最大弊病，就是苟且之习和结党营私之风，主张任用主战的李纲。因论蔡京罪咎，被贬官，监漳州（今福建漳州）盐税。

⑩释褐：脱去平民衣服。喻始任官职。[汉]扬雄《解嘲》："夫上世之士，或解缚而相，或释褐而傅。"[晋]袁宏《三国名臣序赞》："（孔明）释褐中林，郁为时栋。"《周书·李基传》："大统十年，（李基）释褐员外散骑常侍。"

⑪李椿年：亦作李椿年，字仲永，饶州浮梁县丰田都人，晚年自号逍遥公，南宋经济学家、文学家。重和元年（1118）中进士，后历任宣州宁国县令，宁国军节度推官，担任户部侍郎和左中大夫等职务，最终封为普宁县开国侯，晚年辞官回乡，办新田书院，著有《易解》等书。李椿年一生忠君爱国，勤于政事，生活俭朴，立志改革，不畏强权，力行经界，为古代税收改革作出了极大的贡献，成为南宋的理财专家。

⑫程克俊：字元吁，江西浮梁人。宣和六年进士，调湖州（今浙江吴兴）刑曹，改太学。召对，论事切直，擢翰林学士。绍兴十二年（1142）和二十六

年，先后权除参知政事（副宰相），次年卒，谥号忠靖。

⑬替：衰微，衰落。［唐］房玄龄《晋书》："风颓化替。"

⑭迪功郎：古代官名，又称宣教郎，始于宋。《宋史·职官志八》："迪功郎……为从九品。"

⑮朝议大夫：文散官名。隋文帝始置，炀帝时罢。唐为正五品下，文官第十一阶。宋元丰改制用以代太常卿、少卿及左、右司郎中，后定为第十五阶。明从四品初授朝列大夫，升授朝议大夫。清从四品概授朝议大夫。

⑯国子司业：官名。隋炀帝大业三年（607）于国子监始置，为次官，一员，从四品。唐高祖武德（618—626）初省，太宗贞观六年（632）复置，从四品下，高宗龙朔二年（662）改名少司成，咸亨元年（670）复旧；武则天垂拱元年（685）改名成均司业，中宗神龙元年（705）复旧；睿宗太极元年（712）加置为二员。北宋初置为四品寄禄官，仅表示品阶俸禄，无职掌。神宗元丰（1078—1085）改制，复置为职事官，一员，正六品，掌国子监及各学的教法、政令，为祭酒副贰，位在七寺少卿下，诸寺监之上；南宋高宗建炎三年（1129）罢，至高宗绍兴十二年（1142）复。

⑰按察使：官名。宋仿唐初刺史制设立，主要任务是赴各道巡察，考核吏治，主管一个省范围的刑法之事，相当于现代的省级公、检、法机关。由宋代提点刑狱演变而来。

⑱后昆：后嗣，子孙。《书·仲虺之诰》："垂裕后昆。"［唐］王维《同卢拾遗韦给事东山别业二十韵》："盛德启前烈，大贤钟后昆。"［宋］苏轼《吊徐德占》："死者不可悔，吾将遗后昆。"

⑲风教：《诗大序》："风，风也，教也。风以动之，教以化之。"后以

"风教"指风俗教化。

简析

　　天顺六年乡试，江右士子二千余人应试，浮梁籍士子计礼名登榜首。回乡之后，藩臬钜公命县丞徐宏特地于通衢建一所解元楼。"高敞雄丽，冠于一邑。"作者应约为此楼写一篇记文以勒石铭碑。作者先从浮梁地理形势说起："邑西有孔尖山，势端圆，奔驰云蠹而来，蜿蜒曲折结为邑基，金鳌、青峰诸山环拱左右，北有莲荷塘，周回三里许。南历通驷桥，达于大溪。盖一邑之山川精英聚焉。"然后笔锋由地里转到人文："故士大夫生于其间，储精蓄粹，往往瑰琦俊逸而代有其人焉。"接着先历数浮梁历史上"出自科甲而声绩之美耿耿不磨"的先贤，如彭汝砺、程珌、李椿年、程克俊诸公等。再集中笔墨叙写"世以诗礼相传而不替"的计氏家族。数百年来，世代簪缨，代有闻人。如今计礼又"以明经魁多士登彭教榜进士。他日功名事业所就未可量也"。到此方水到渠成地点出文章题旨："是虽山川风气所钟而实计氏累叶积善所致。"即计氏家族之所以有今日之荣耀，不仅是浮梁之山川风气所钟，更是族人累叶积善所致的结果。于是再进一层阐发解元楼修建之意义所在："后之登斯楼览斯文者必将观感兴起，思以善自励，而垂裕于后昆矣。"作者寄望于解元楼不仅仅只是一座登临观览之所，自己这篇记文也不仅仅只是应景之作。"后之登斯楼览斯文者必将观感兴起，思以善自励。"以至于能够垂裕于后昆，有裨于风教。文章犹如峰回路转，曲径通幽，胜义层层迭出，令人品读之后留下不尽的余味。

浮梁磻溪《汪氏宗谱》序

汪龙光

作者简介

汪龙光（1860—1917），字伯式，号勉斋。浮梁西乡凰峰村人。光绪乙酉年科拔贡。丙戌年朝考，三等，奉旨咨吏部，以复设教谕选用。癸巳年恩科，中试第七名举人。辛丑年由举人捐报内阁中书。己亥年创建西河书院。庚子年奉宪备办团练。甲辰年以中书入京供职。适逢清后行万寿典礼，奉旨荣封二代，晋奉政大夫。丁未年襄办江西南浔铁路。戊申年襄办江西瓷业公司。庚戌年合邑民选充任江西咨议员，复由全省民众选充任咨政议员，兼全省请开国会代表，并由学部奉充中央教育会会员。

原文

中国以丝瓷茶名五洲，吾邑产其二。瓷莫善于景德，而茶市之盛，则首推磻溪。海通以来，磻溪以茶输出外洋，岁赢无艺①。方诸《史记货殖传》所载定陶②宣曲③之富，势殆相埒④。其士夫挟巨赀，联翩沪汉之滨，与中外名流硕彦相往还，类能新旧沟通，谙国情而悉时事，以故磻溪虽处吾邑北鄙之偏，峰峦四匝之地，而其族之见重于吾邑，亦如鲁季孟⑤而齐国高巨室高乔，万目争式。且磻溪不惟以富，而加教也，并以富而弥庶。古者，有邰⑥家室既启，即以咏瓜瓞之绵⑦；曲沃宝器⑧既归，遂以颂椒聊⑨之宾。其见诸有国者，亦见诸有家。予弱龄⑩时，见先君子与达才先生游，尝询其村户口财赋之数，先生举实以对，予旁领而默识之。近二十年来，又获与抟鹏兄弟、达邦父子相交厚，阅数年辄一至。其户口增长之数月异而岁不同。今则视达才先生所言且倍焉；财赋则倍且蓰⑪焉。初时予觉其村居之中亦有湫隘⑫者，继则轮奂一新矣。继时觉其村居之边犹有空隙者，今则闬闳⑬相望矣。至其衣食之腴美，器具之丽都⑭，番舶之货渡东西洋而来，通都大邑或不能有者，磻溪则如马群冀北，豕集辽东⑮，曾不以为异。予以是骇其奇盛，亦以是惧其易衰。及观其四郊田野无不治，而其于茶也，农诵杜育⑯之赋，工通陆羽⑰之经，商富计然⑱之策。甚至碧眼高鼻不惮犯霜露，逾津梁，争诣其地。考其产，友其人，然后知磻溪之食旧德而服先畴⑲，又扩新图而宏远略。保世而滋大，资富而永年。盖其农工商之笃于本务有如此，其至也。夫以生计而知笃于本务，则凡人之所以生，又自有其本中之本。庭坚不祀⑳，籍谈㉑多忘，而谓磻溪诸君子有不以为戒，而汲汲挚虞㉒昭穆㉓之辨，涑水㉔宗派之图也乎？旧冬十月，予欲倡建汪氏统祠于景德镇，首就商于磻溪。适抟鹏、达邦诸君子议修其仁一公秩下之谱。原本之思，同时而动。祠议既定，谱役遂兴。今正诸君子函告谱事竣工有日，属予弁端㉕。予惟磻溪之谱，自有清同治乙丑迄今垂五十年。此五十年中，陵谷沧桑㉖，世变日亟，他族之由盛而衰不知凡几㉗。即论国力，亦寝微㉘极矣。独磻溪生聚教诲，蒸蒸日隆。得举其五十年来以商务战胜外洋之历史，辉煌家乘[29]。然则仁一公流泽之厚，其不仅为吾邑吾姓之冠盖可知也。若夫修谱之法，诸君子既邃于中学，而于外国一切记载义例又择之精而语之详。其必能综繁揽要，卓然自成为一家之书。此又无待予之赘美[30]者也。

注释

①岁赢无艺：每年的盈利无法计数。

②定陶：指春秋巨富范蠡。他帮助越国战胜吴国后隐居于定陶。《史记·范蠡列传》："范蠡既雪会稽之耻，乃喟然而叹曰：'计然之策七，越用其五而得意。既已施于国，吾欲用之家。'乃乘扁舟浮于江湖，变名易姓，适齐为鸱夷子皮，之陶为朱公。朱公以为陶天下之中，诸侯四通，货物所交易也。乃治产积居。与时逐而不责于人。故善治生者，能择人而任时。十九年之中三致千金，再分散与贫交疏昆弟。此所谓富好行其德者也。后年衰老而听子孙，子孙修业而息之，遂至巨万。故言富者皆称陶朱公。"

③宣曲：指宣曲任氏，是勤劳与节俭致富的典型。《史记·货殖列传》："宣曲任氏之先，为督道仓吏。秦之败也，豪杰皆争取金玉，而任氏独窖仓粟。楚汉相距荥阳也，民不得耕种，米石至万，而豪杰金玉尽归任氏，任氏以此起富。富人争奢侈，而任氏折节为俭，力田畜。田畜人争取贱贾，任氏独取贵善。富者数世。然任公家约，非田畜所出弗衣食，公事不毕则身不得饮酒食肉。以此为闾里率，故富而主上重之。"

④相埒：相等。《梁书·文学传上·何逊》："时有会稽虞骞，工为五言诗，名与逊相埒。"《明史·杨守阯传》："守阯博极群书，师事兄守陈，学行相埒。"

⑤鲁季孟：指春秋时鲁国贵族季孙氏和孟孙氏。春秋后期鲁国掌权的贵族。

⑥有邰（tái），古国名。姜姓，炎帝之后。周代后稷母姜嫄，为有邰氏女。故址在今陕西省武功县西南。有，词头。《诗经·大雅·生民》："诞后稷之穑，有相之道……实颖实栗，即有邰家室。"

⑦瓜瓞之绵：《诗经·大雅·绵》："绵绵瓜瓞，民之初生，自土沮漆。"瓞：小瓜。如同一根连绵不断的藤上结了许多大大小小的瓜一样。引用为祝颂子孙昌盛。

⑧曲沃宝器：典出《史记·晋世家》："曲沃武公伐晋侯缗，灭之，尽以其宝器赂献于周釐王。"代指显宦巨族之家积聚甚富。

⑨椒聊：典出《诗经·椒聊》："椒聊之实，蕃衍盈升。彼其之子，硕大无朋。椒聊且，远条且。椒聊之实，蕃衍盈匊。彼其之子，硕大且笃。椒聊且，远条且。"《椒聊》赞美家庭人员兴旺，子孙繁多。诗以花椒多子起兴，而象征子孙蕃衍兴旺，并祝愿流长久远，又是以花椒树长长的枝条来象征的。

⑩弱龄：泛指幼年、青少年。［晋］陶潜《始作镇军参军经曲阿》诗："弱龄寄事外，委怀在琴书。"

⑪蓰：读（xǐ），五倍。

⑫湫隘：低洼狭小。《左传·昭公三年》："初，景公欲更晏子之宅，曰：'子之宅近市，湫隘嚣尘，不可以居，请更诸爽垲者。'"杜预注："湫，下；隘，小。"

⑬闬闳：里巷的大门；住宅的大门；也指里巷。《左传·襄公三十一年》："高其闬闳，厚其墙垣。"

⑭丽都：雍容华贵。

⑮马群冀北，豕集辽东：前者典出［唐］韩愈《送温处士赴河阳军序》："伯乐一过冀北之野，而马群遂空。夫冀北马多天下，伯乐虽善知马，安能空其群耶？"后者典出［南朝·宋］范晔《后汉书·朱浮传》："往时辽东有豕，生子白头，异而献之，行至河东，见群豕皆白，怀惭而还。若以子之功论于朝廷，则为辽东豕也。"这里用马聚冀北，豕集辽东来借指财富当时都集中到磻溪了。

⑯杜育，字方叔，襄城邓陵人，杜袭之孙。生年不详，卒于晋怀帝永嘉五年（311）。杜育著有文集二卷，杜育《荈赋》是中国最早的茶诗赋作品，全文如下："灵山之岳，奇产所钟，厥生荈草，弥谷被岗。承丰壤之滋润，受甘霖之霄降。月惟初秋，农功少休，结偶同旅，是采是求。水则岷方之注，挹彼清流；器择陶简，出自东隅；酌之以匏，取式公刘。惟兹初成，沫成华浮，焕如积雪，晔若春敷。"

⑰陆羽：字鸿渐，复州竟陵（今湖北天门）人，一名疾，字季疵，号竟陵子、桑苎翁、东冈子，又号"茶山御史"。唐代著名的茶学家，被誉为"茶仙"，尊为"茶圣"，祀为"茶神"。陆羽一生嗜茶，精于茶道，以著世界第一部茶叶专著《茶经》而闻名于世。

⑱计然：生卒年不详，姓辛氏，又作计倪、计研、计砚，字文子，号称渔父。春秋时期著名谋士、经济学家，春秋时期宋国葵丘濮上（今河南商丘民权县）人。博学无所不通，尤善计算，著有《文子》《通玄真经》。常游于海泽，越大夫范蠡尊之为师，授范蠡七计。范佐越王勾践，用其五而灭吴。

⑲食旧德而服先畴：典出《文选·班固〈西都赋〉》："士食旧德之名氏，农服先畴之畎亩。"食旧德，继承旧时传下来的道德。服先畴，务农于先

人种过的田畴。

⑳庭坚不祀：庭坚，人名，生平事迹不详。不祀，无人奉祀，比喻亡国或绝后。典出《左传·文公五年》："臧文仲闻六与蓼灭，曰：'皋陶、庭坚不祀忽诸。'"

㉑籍谈：典出《左传·昭公十五年》：十二月，晋荀跞如周，葬穆后，籍谈为介。王曰："女，司典之后也，何故忘之？"籍谈不能对。宾出，王曰："籍父其无后乎！数典而忘其祖。"

㉒挚虞：字仲洽，京兆长安（今陕西西安）人，三国时期魏国太仆卿挚模之子，西晋著名谱学家。泰始年间举贤良，担任中郎，后任太子舍人、闻喜县令、尚书郎。元康年间，迁任吴王之友，后历任秘书监、卫尉卿、光禄勋、太常卿。后因遭乱饿死。著有《族姓昭穆》十卷，《文章志》四卷，注解《三辅决录》等。

㉓昭穆：宗法制度对宗庙或墓地的辈次排列规则和次序。二世、四世、六世，位于始祖之左方，称"昭"；三世、五世、七世，位于始祖之右方，称"穆"。坟地葬位的左右次序也按此规定排列。

㉔涑水：涑水先生司马光（1019—1086），北宋政治家、文学家、史学家。初字公实，更字君实，号迂夫，晚号迂叟，司马池之子。出生于河南省光山县，原籍陕州夏县（今属山西夏县）涑水乡人，世称涑水先生。曾主持编撰《资治通鉴》等，学术造诣很深。与邵雍、张载、程颢、程颐、陈舜俞等往来甚密，赞赏其学术思想者日益增加，因而形成涑水学派。

㉕弁端：卷首。指前言。属予弁端，意思是嘱托我写序言。

㉖陵谷沧桑：陵，山陵；谷，山谷。丘陵变山谷，山谷变丘陵。比喻世事

巨变迁。典出［清］赵翼《瓯北诗话·吴梅村诗一》："又自托于前朝遗老,借陵谷沧桑之感,以掩其一身两姓之惭,其人已无足观。"

㉗凡几:共计多少。［宋］刘克庄《水龙吟·寿赵瘿斋》词:"闻自垂车日,都门外,送车凡几。"

㉘寝微:逐渐衰败。语出自《汉书·匡张孔马传》:"由是学者多从张氏,余家寝微。"

㉙家乘:即家谱,又称族谱、宗谱等。一种以表谱形式,记载一个家族的世系繁衍及重要人物事迹的书。

㉚赘美:多余的赞美。

简析

这是汪龙光为浮梁磻溪汪氏宗谱作的序文。磻溪在晚清时期为浮梁茶市重镇。这个村"虽处吾邑北鄙之偏,峰峦四匝之地",但磻溪人却能得风气之先,重视商品经济的发展,"农诵杜育之赋,工通陆羽之经,商富计然之策"。"以茶输出外洋,岁赢无艺"。致富之后又能重视教育,"不惟以富,而加教也,并以富而弥庶"。而且能做到既不忘根本,又勇于开拓:"食旧德而服先畴,又扩新图而宏远略。"所以才能"生聚教诲,蒸蒸日隆"。与此同时,磻溪人还能慎终追远,致力于宗谱的修撰,"举其五十年来以商务战胜外洋之历史,辉煌家乘"。作者对这些方面都作了高度的评价。作为一名由全省民众选任的咨政议员,兼全省请开国会代表,他由衷地希望磻溪的兴盛能够对浮梁全邑的乡村振兴产生有益的影响与启示。这也是作者撰写这篇序文的初衷所在。

诗选

咏浮梁诗三首

金君卿

作者简介

　　金君卿，字正叔，北宋饶州浮梁人。生卒年均不详，约宋仁宗至和中前后在世。宋景祐年间，范仲淹守饶州，延为师。庆历二年（1042），登进士，皇祐二年（1050），官秘书丞。五年，官太常博士。累知临川，权江西提刑，后入为度支郎中。君卿善诗文，尝与范仲淹、欧阳修、曾巩相唱和。著有《金君卿集》十五卷及《易说》《易笺》，并传于世。在金氏的诗集中有三首诗是歌咏浮梁山川风物的。

寄题浮梁县丰乐亭①

百流南泻昌江②浔③，涵光吐润④生良金⑤。

从前良令⑥固无几，矧⑦复惠政⑧留于今。

四十年来耆旧⑨语，李谢刘杨⑩遗爱⑪深。

高君⑫气象又宏远，能以和易⑬调群心。

政平讼简⑭日多暇，远器凌俗⑮开胸襟。

旋治东园敞轩闼⑯，四睇⑰环耸千高岑。

已占溪山足清思⑱，更添桃李成浓阴。

斯亭不独与民乐，乐得贤者同登临。

嗟予万里走燕赵，弱羽⑲归飞思故林。

空吟绝致未能往，徙倚⑳南风聊寄音。

注释

①丰乐亭：建于何时不知，原是樵薪者的歇脚亭。坐落于莲花岭上离主峰不远的山坡上，背西北、朝东南。由于莲花岭处于北来浮梁旧城的要道上，南来北往的人多了，就有人在此摆茶卖酒。唐天宝三年春，浮梁县令柳国钧来旧城路过这里，有感于盛世太平、物茂年丰，人民安居乐业，就为亭子题名"丰乐亭"。

②昌江：作为水系名称的昌江，指的是鄱阳湖水系的一条河流，因流经安徽省昌门（今祁门）而名昌江。发源于安徽省祁门县东北部大洪岭，西南流经祁门县城关镇（古阊门、昌门），先后流经浮梁县、景德镇市和鄱阳县，在鄱阳县姚公渡汇合乐安河，成为鄱江。

③浔：水体边缘的陆地（如海边、河边）。《淮南子·原道》："故虽游于江浔海裔。"注："浔，崖也。"［唐］吕温《刘郎浦》："吴蜀成婚此水浔，明珠步障幄黄金。"

④涵光吐润：涵泳着日月的光华，散发着滋润的水汽。

⑤良金：指优质的金属。《国语·越语下》："王命工以良金写范蠡之状而朝礼之。"［宋］赵彦卫《云麓漫钞》卷十四："愿觅灵文窥秘钥，更追遗范写良金。"［明］徐熥《龙垫》："神剑触星应变化，良金成器在陶钧。"这

里比喻杰出的人才。

⑥良令：贤良的县令。

⑦矧：shěn，况且，何况。［唐］柳宗元《敌戒》："矧今之人，曾不是思。"［宋］苏轼《闻潮阳吴子野出家》："四大犹幻尘，衣冠矧外物。"

⑧惠政：仁政。《北史·柳敏传》："及将还期，夷夏士人感其惠政，并赍酒肴及物产候之于路。"

⑨耆旧：年高而有才德的人。［宋］苏轼《送穆越州诗》："四朝耆旧冰霜后，两郡风流水石间。"［清］吴敬梓《儒林外史》第五十五回："江左烟霞，淮南耆旧，写入残编断肠。"

⑩李谢刘杨：北宋时期曾任浮梁县令的四位良令，名字已无从查考。

⑪遗爱：把德惠遗留给后代。多指有德政的人而言。《左传·昭公二十年》："及子产卒，仲尼闻之，出涕曰：'古之遗爱也。'"《汉书·卷一〇〇·叙传下》："淑人君子，时同功异，没世遗爱，民有余思。"

⑫高君：北宋皇佑年间任浮梁县令，有政省，名字已无从查考。

⑬和易：态度温和，平易近人。《礼记·郊特牲》孔颖达《正义》："乐主和易，今奏此肆夏，大响道奏，主人和易，严敬于宾也。"

⑭政平讼简：政平，政治安定；讼简，诉讼案件不多。［宋］辛弃疾《水调歌头》："……政平讼简无事，酒社与诗坛。会看沙堤归去，应使神京再复，款曲问家山。"［明］张岱《西湖梦寻》："白乐天守杭州，政平讼简。"

⑮远嚣凌俗：远离尘嚣，超越世俗。

⑯轩闼：泛指高门大户。［唐］白居易《有木》诗之五："有木香苒苒，山头生一蘖；主人不知名，移种近轩闼。"

⑰四睇：向四方观望。[南朝·梁]江淹《杂体诗·效谢庄〈郊游〉》："静默镜绵野，四睇乱曾岑。"

⑱清思：清雅美好的情思。亦谓清静地思考。《汉书·礼乐志》："勿乘青玄，熙事备成。清思眇眇，经纬冥冥。"[唐]孟郊《立德新居》："碧峰远相揖，清思谁言孤。"

⑲弱羽：谓羽毛未丰。指飞行力弱的小鸟。[南朝·梁]王僧孺《栖云寺云法师碑》："庭栖弱羽，檐挂轻萝。"常用以比喻才浅力薄。[唐]黄滔《代郑郎中上兴道郑相》："但以滔弱羽难高，么弦易断，始自筮仕，及于登朝，未尝暂识清途，略游华贯。"[宋]苏轼《次韵答子由》："平生弱羽寄冲风，此去归飞识所从。"

⑳徙倚：音 xǐyǐ，走来走去，或倚或靠，显得彷徨无措。出自《楚辞·远游》："步徙倚而遥思兮，怊惝恍而乖怀。"[唐]王绩《野望》："东皋薄暮望，徙倚欲何依。"

简析

这首诗题咏的是浮梁丰乐亭。诗人先从昌江河起笔，"百流南泻"的昌江河"涵光吐润"，毓秀钟灵，孕育了许多杰出的贤才。先前曾有李、谢、刘、杨四位良令在浮梁施行惠政，他们的遗爱德泽深在人心。而当今县令高君更是气象宏远，性情和易，深得民心。由于政平讼简，而又能远嚚凌俗，所以能在政事之余重修丰乐亭。占溪山以足清思，添桃李以成浓阴，成为当地一登临赏心之胜地。既可与百姓同游同乐，又能与贤者一同登临吟咏，抒发家国情怀。结尾处诗人感叹自己远走燕赵，内心无限思念故乡却又无法归去，只能空吟诗句以寄托乡思，聊表对家乡亲友的眷恋之情。

　　这首诗不仅语词典雅，引喻贴切，而且结构严谨。全诗由景及人，由人涉事，由事生情。环环紧扣，章法绵密，浑然一体。其中既有时空的交错，又有情景的交融；既有对家乡风物的赞美，又有对高君善政的颂扬。同时还含蓄地表达了诗人自己与民同乐的从政情怀和对家乡对友人的一片缱绻深情。

游阳府寺①

山肋②盘纡③一径斜，水烟深处梵王家④。

闻雷已荐⑤鸡鸣笋⑥，未火⑦先尝雀舌⑧茶。

吟客披云⑨题石壁，药僧和露采松花。

纵游向晚⑩寻归路，渡口平沙卧古槎⑪。

注释

　　①阳府寺：即旸府寺。旸府山位于江西景德镇西北隅，东临昌江河，南毗三闾庙，其峰顶海拔236米。山上松涛阵阵，竹影婆娑，云腾雾绕。据考，旸府山在唐代就建有寺庙，为四川峨眉山一云游僧所建，供奉弥勒佛，寺因山名称作阳府寺。公元1140年，岳飞率部路过曾小住旸府寺，并应住持老僧祈请，为该寺题写了"机关不露云垂地，心境无暇月在天"的楹联。

　　②山肋：山腰。[唐]皮日休《上真观》："径盘在山肋，缭缭穷云端。"

　　③盘纡：迂回曲折的样子。[唐]白居易《长恨歌》："黄埃散漫风萧索，云栈萦纡登剑阁。"[宋]邢恕《题愚溪》："龙蛇几盘纡，雷雨忽奔驶。"

　　④梵王家：指佛寺。[唐]陈翥《曲江亭望慈恩寺杏园花发》："曲江晴

望好，近接梵王家。"［宋］范仲淹《峻极上寺》："高高人物外，犹属梵王家。"

⑤荐：进；进献。《梁书·袁昂传》："未遑荐璧。"鲁迅《自题小像》："灵台无计逃神矢，风雨如磐暗故园。寄意寒星荃不察，我以我血荐轩辕。"

⑥鸡鸣笋：鸡鸣竹所生之笋。据《浮梁县志》记载：浮梁有鸡鸣竹，其笋可食。

⑦未火：查考道光版《浮梁县志》应作"未雨"，即未及谷雨。

⑧雀舌：茶名，因形状小巧似雀舌而得名。其香气极独特浓郁，是以嫩芽焙制的上等茶。［唐］刘禹锡《病中一二禅客见问因以谢之》："添炉烹雀舌，洒水净龙须。"［宋］沈括《梦溪笔谈·杂志一》："茶芽，古人谓之'雀舌''麦颗'，言其至嫩也。"［明］汪廷讷《种玉记·拂券》："玉壶烹雀舌，金碗注龙团。"

⑨披云：拨开云层。

⑩向晚：天色将晚，傍晚。［唐］李商隐《乐游原》："向晚意不适，驱车登古原。"［清］阮元《小沧浪笔谈》卷一："残霞雌霓，起于几席，斜日向晚，湖风生凉。"

⑪古槎：亦作"古楂"。古旧的木筏。［隋］江总《山庭春日》："古槎横近涧，危石筆前洲。"［唐］王昌龄《河上老人歌》："河上老人坐古槎，合丹只用青莲花。"

简析

阳府寺是景德镇风景名胜之地，林木蓊郁，环境清幽，也是历代文人雅士游赏登临的佳处。这首诗写的是诗人在春天游览阳府寺的所见所闻。诗人沿着回旋曲折的山路寻访到"水烟深处"的古寺，受到寺中僧人的殷勤款待：尝鲜嫩的"鸡鸣笋"，品新采的"雀舌茶"。寺中，吟诗的游客（也可能是诗人自己）正拨开轻轻的云雾在石壁上题写诗句；寺外，采药的僧人在带着清晨的露水采集着松花。诗人在寺中流连忘返，一直到夕阳西下，才沿着归路到江边乘筏尽兴而归。诗中极力营构出一种清静闲适的生活氛围，无论是山水烟云，还是僧家茶饭，都是那样的自然恬淡；无论是游客题咏，还是僧人劳作，都是那样的优雅从容，让人读后回味无穷。

双溪①

双派②飞来一镜寒③，合流南注息惊湍④。

雨余山脚云收尽，两幅青绡⑤绕翠峦。

注释

①双溪：位于原浮梁县城东北，两溪奔流，注入昌江。沿岸多植杨柳，风光秀美。双溪夜月为昌江八景之一。据道光版《浮梁县志》记载："双溪夜月，在东北两河交会之清源观前，俗名道观嘴。每月夜，圆朗夜映，溪光四出。"

②派：水的支流。《说文》："派，别水也。"[晋]左思《吴都赋》："百川派别。"毛泽东《菩萨蛮·黄鹤楼》："茫茫九派流中国，沉沉一线穿南北。"

③一镜寒：双溪汇入昌江后，水流渐渐平静，就像镜面一般闪着寒光。

一说：夜晚明月倒映在溪中，就像一面圆镜散发着寒光。

④惊湍：急流。［晋］潘岳《河阳县作》："山气冒山岭，惊湍激严阿。"
［唐］韩愈《龊龊》："河堤决东郡，老弱随惊湍。"

⑤青绡：绡，丝织物。青绡，青绿色的绸带。

简析

双溪夜月为昌江八景之一。两条清溪奔流交汇于此，注入昌江。
沿岸杨柳成行，风光秀美。尤其是明月之夜，"圆朗夜映，溪光四
出"，堪称绝景。历史上有不少诗人墨客在此流连忘返，留下优美的
诗篇。金君卿的《双溪》可谓其中的佼佼者。这首诗虽然只有短短的
四句，但章法结构却腾挪起伏，写景角度也灵动多变。上联写的是双
派从远处飞来，到此合流南注，渐渐平息了惊湍，水面犹如一面明镜
般地闪烁着寒光。诗人有意倒装成文，使语词错列，显得意象灵动，
引人入胜。下联写雨霁云开，双溪就像两条青色的绸带萦绕着翠绿的
山冈，画面清新秀美。两联之间，或由动而静，或由静而动，或由远
而近，或由近而远。其间，溪流之变、云雨之变、空间之变相互交
织，摇曳生姿，充分体现诗人"尺水兴波"的艺术匠心。

诗词六首

佛　印

作者简介

佛印（1032—1098），江西浮梁人。俗姓林，小名丁原，12岁出家浮梁宝积寺后取名了元，字觉老，号佛印。佛印名号见宋释洪德（1071—1128）《禅林僧宝传》："元尝游京师。谒曹王。王以其名。奏之神考。赐磨衲。号佛印。"佛印为云门偃公五世法裔。博通中外，工书能诗，尤善言辩。宋神宗元丰中主镇江金山寺，与苏轼、黄庭坚等均有交游，有语录行世。

赠贤侯①

昌水贤侯②德泽深，旧山③闲与县僚寻。

刚肠④可夺⑤相如玉⑥，重诺⑦能饶⑧季布金⑨。

黄菊谩⑩劳夸栗里⑪，白莲⑫休更问东林⑬。

与君共结诗禅社，何日松关⑭话此心。

注释

①原诗无题，此题为注释者所加。

②贤侯：对有德位者的敬称。[三国·魏]邯郸淳《赠吴处玄》："见养贤侯，于今四祀。"[唐]权德舆《武公神道碑铭》："中朝名卿大夫，四方贤侯通人，多与公为道义之交。"

③旧山：故乡，故居。《文选·谢灵运〈过始宁墅〉诗》："剖竹守沧海，枉帆过旧山。"[唐]高适《封丘作》："梦想旧山安在哉？为衔君命且迟回。"[唐]贾岛《寄宋州田中丞》诗："旧山期已久，门掩数畦蔬。"

④刚肠：指刚直的气质。《文选·嵇康〈与山巨源绝交书〉》："刚肠嫉恶，轻肆直言，遇事便发。"张铣注："刚肠，谓枪志也。"[唐]白居易《哭孔戡》诗："平生刚肠内，直气归其间。"

⑤夺：这里指超越、胜过。

⑥相如玉：相如，蔺相如，战国时赵国大臣。原为宦者令舍人。赵惠文王时，秦昭王写书信给赵王，愿以十五个城池换以"和氏璧"。蔺相如奉命带"和氏璧"来到秦国，当廷据理力争，机智周旋，终于完璧归赵。

⑦重诺：信守诺言。[唐]李白《江夏送倩公归汉东序》："且能倾产重诺，好贤工文。"[清]李渔《闲情偶寄·演习·变旧成新》："张大公重诺轻财，资其困乏，仁人也，义士也。"[清]厉鹗《哭汪祓江》："论交存重诺，经世付空谈。"

⑧饶：这里指超越、胜过。

⑨季布金：典出《史记·季布栾布列传》："（曹丘）谓季布曰：'楚人谚曰："得黄金百，不如得季布一诺。"足下何以得此声于梁楚间哉？'"西汉官吏季布，为人仗义，好打抱不平，以信守诺言、讲信用而著称。所以楚国人中广泛流传着"得黄金百斤，不如得季布一诺"的谚语。

⑩谩：莫，不要。[金]董解元《西厢记诸宫调》："谩叹息，谩悒怏。"又如：谩言、谩道（休说，别说）。

⑪栗里：地名。在今江西省九江市西南。晋陶潜曾居于此。[南朝·梁]萧统《陶靖节传》："渊明尝往庐山，弘命渊明故人庞通之赍酒具于半道栗里之间。"[唐]白居易《访陶公旧宅》："柴桑古村落，栗里旧山川。"

⑫白莲：这里是指白莲社。[宋]陈舜俞《庐山记·山北》："远公（慧远）与慧永……十八人者，同修净土之法，因号白莲社十八贤。"[元]汪元亨《雁儿落过得胜令·归隐》曲之九："名姓老空山，魂梦杳长安，且入白莲社，休题玉笋班。"[清]孙枝蔚《忆昔篇寄示燕谷仪三子》："只今老复病，想入白莲社。"

⑬东林：庐山东林寺。[晋]无名氏《莲社高贤传》："（东晋）释慧远于庐山东林寺，同慧永、慧持和刘遗民、雷次宗等结社精修念佛三昧，誓愿往生西方净土，又掘池植白莲，称白莲社。"

⑭松关：柴门。[唐]孟郊《退居》："日暮静归时，幽幽扣松关。"[清]吴伟业《赠愿云师》："故人扣松关，匡床坐酬酢。"

简析

这是佛印禅师赠给当时任浮梁县令的友人的一首诗。有学者考证这位友人就是浮梁名宦彭汝砺。禅师极力称颂这位"昌水贤侯"德泽深厚。为人不仅像蔺相如一般刚肠疾恶，正直不阿，而且也像季布一般重视诚信，一诺千金。他衷心希望能与友人共结诗禅社，像当年陶渊明那样在东篱赏菊吟诗，像慧远那样在庐山东林寺结白莲社问禅论道。诗句用典精切，意蕴深长，对友人一片殷殷之情溢于言表。

满庭芳

鳞甲何多，羽毛①无数，悟来佛性②皆同。世人③何事，刚爱口头浓。痛把群生④割剖，刀头转、鲜血飞红。□□□，零炮碎炙，不忍见渠侬⑤。　　喉咙。才咽罢，龙肝凤髓⑥，毕竟无踪。谩赢得⑦、生前夭寿⑧多凶。奉劝世人省悟，休恣意⑨、激恼阎翁。轮回⑩转，本来面目⑪，改换片时中。

注释

①鳞甲、羽毛：鸟兽等动物的代称。

②佛性：佛教名词。谓众生觉悟之性。

③世人：指未出家的世俗之人，与"僧侣"相对。《无量寿经》卷下："如是世人，不信作善得善、为道得道。"

④群生：一切生物。《庄子·在宥》："今我愿合六气之精，以育群生。"

⑤渠侬：吴语。指他、他们。[宋]辛弃疾《贺新郎》："问渠侬，神州毕竟，几番离合？"[宋]叶秀发《醉落魄》："生朝有酒团栾酌，因笑渠侬，痴騃画松鹤。"

⑥龙肝凤髓：喻指珍奇的佳肴。

⑦赢得：落得、剩得。[唐]韩偓《五更》："光景旋消惆怅在，一生赢得是凄凉。"

⑧夭寿：短命。

⑨恣意：放纵，肆意。

⑩轮回：佛教语。梵语的意译，原意是流转。佛教认为众生各依善恶业

因，在天道、人道、阿修罗道、地狱道、饿鬼道、畜生道等六道中生死交替，有如车轮般旋转不停，故称。也称六道轮回、轮回六道。

⑪本来面目：佛教语。指人本有的心性。

简析

这首词主旨是劝诫世人要爱惜天地间众生的生命。鳞甲也罢，羽毛也罢，总之都是具有佛性的生灵。切不可任意杀戮，甚至"零炮碎炙"，以满足一己口腹之欲。要知道，残害生灵"谩赢得、生前夭寿多凶"。终将得到报应。法师奉劝世人应当及早省悟，"休恣意、激恼阎翁"。否则，经六道轮回之后下辈子也会成为牲畜。撇开佛家因果报应的说教成分，这首词奉劝世人要爱惜天地间一切生灵，多行善事，不可贪图嗜欲等理念是非常有积极意义的。

西江月

窣地①重重帘幕②，临风③小小庭轩④。绿窗⑤朱户⑥映婵娟。忽听歌讴⑦宛转。　　既是耳根有分，因何眼界无缘。分明咫尺⑧遇神仙。隔个绣帘不见。

注释

①窣地：拂地，拖地。窣：突然，出其不意。［宋］陆游《梨花》："开向春残不恨迟，绿杨窣地最相宜。"［宋］梅尧臣《苏幕遮》："独有庾郎年最少。窣地春袍，嫩色宜相照。"

②帘幕：用于门窗处的帘子与帷幕。

③临风：迎风；当风。

④庭轩：庭院中的小室。

⑤绿窗：绿色纱窗。此处指女子居室。

⑥朱户：朱红色大门。

⑦歌讴：指歌声。

⑧咫尺：形容距离很近。《左传·僖公九年》："天威不违颜咫尺。"《淮南子·道应训》："终日行不离咫尺，而自以为远，岂不悲哉！"〔唐〕牟融《寄范使君》："未秋为别已终秋，咫尺娄江路阻修。"

简析

　　这首小词所描写的似乎是作者一次有趣的经历。在一个临风的小小庭轩中，重重帘幕拂地低垂。隔着那绿窗朱户，只朦胧看到轩中映出一位少女的曼妙身影。忽然间，一阵婉转的歌声传来，令人悠然神往。作者仿佛是遇上了下凡的仙子。令人遗憾的是"耳根有分"却又"眼界无缘"。虽然两人仅相离咫尺之遥，但却又"隔个绣帘不见"。心中难免泛起一丝怅望之情。小词语言活泼灵动，描写生动逼真，颇有生活情趣。

品字令

　　觑①着脚。想腰肢如削。歌罢遏云②声，怎得向、掌中托③。

　　醉眼④不如归去，强罢身心虚霍⑤。几回欲去待掀帘，犹恐主人恶⑥。

注释

①觑：觑的本意指伺视或窥视，泛指看。

②遏云：使云停止不前。形容歌声响亮动听。语出《列子·汤问》："薛谭学讴于秦青，未穷青之技，自谓尽之，遂辞归。秦青弗止，饯于郊衢，抚节悲歌，声振林木，响遏行云。"［唐］李白《南都行》："清歌遏流云，艳舞有余闲。"［唐］许浑《陪王尚书泛舟莲池》："舞疑回雪态，歌转遏云声。"［宋］《异闻总录》卷一："遂开场于平里坊下，歌声遏云，观者如堵。"

③掌中托：汉朝曾有一位著名舞蹈家赵飞燕能够在掌中翩翩起舞，据说太监两手并拢前伸，掌心朝上，赵飞燕就能站在其手掌之上，在极小的面积上做出各种舞蹈动作，扬袖飘舞，宛若飞燕。汉成帝专为她造了一个水晶盘，叫两个宫女托住水晶盘，赵飞燕在盘上如蜻蜓点水随风飘逸，翩翩起舞旋转如飞，就像仙女在万里长空中迎风而舞一样优美自如。

④醉眼：醉后迷糊的眼睛。

⑤虚霍：犹虚幻。宋叶适《吕子阳老子支离说》："其魁俊伟特者，乃或去而从老、佛、庄、列之说，怪神虚霍，相与眩乱。甚至山栖绝俗，木食涧饮，以守其言，异哉！"

⑥恶：嫌恶，厌恶。

简析

这首小词与前一首描写的情景很相似。依然是隔着帘子，但这回诗人觑见了那位唱歌的女子从帘子底下露出的一双小脚。凭着这双纤足，让诗人不禁想象起她那如削的腰肢，想象起当她一曲歌罢，又是否也会像当年赵飞燕一般体态轻盈，被人托在掌中起舞呢？诗人酒已半酣，醉眼蒙眬，"几回欲去待掀帘"，想与那美丽的女子相见，但又担心会引起主人的嫌恶。诗人爱美之心溢于言表，其内心活动刻画得十分细腻真切，具有很强的艺术表现力。

蝶恋花

执板①娇娘②留客住。初整金钗③，十指纤纤露。歌断一声天外④去。清音⑤已遏行云住。　　耳有姻缘⑥能听事。眼见姻缘，便得当前觑。眼耳姻缘都已是。姻缘别有知何处。

注释

①执板：乐器名。一种打击乐器。由三块长方形紫檀或黄杨木板组成，前两块木板以细弦捆缚，再以布带连结后面的单块木板。敲击时，左手持后板，使下端突起的部分撞击前面两块木板发声。用于戏曲伴奏和器乐合奏，常与板鼓合用，由鼓手兼操。或称为"歌板""象板""牙板"。

②娇娘：少女；美女。

③金钗：妇女插于发髻的金制首饰，由两股合成。

④天外：谓极远的地方。

⑤清音：清越的声音。

⑥姻缘：与"因缘"意同。因缘是佛教根本理论之一，指构成一切现象的原因。因指主因，缘谓助缘。佛教以此说明事物赖以存在的各种因果关系。《中论》卷一："能说是因缘，善灭诸戏论。"

简析

这首词上阕描写一位娇娘留客听歌。美丽的她，十指纤纤露出，初整金钗，手执檀板，一曲清音传天外，连飘动的云彩也被遏住停下。下阕则语关禅趣。佛家有"六识"之说，指眼、耳、鼻、舌、身、意等六种认识作用。词中所谓之"姻缘"（亦即'因缘'）似指这"六识"。如今眼、耳之识皆已具足，那么其他的"姻缘"又待向何处去寻觅呢？个中蕴涵之禅机颇耐人参悟。

浪淘沙

昨夜遇神仙。也是姻缘[①]。分明醉里亦如然。睡觉来时浑是梦，却在身边。　　此事怎生[②]言。岂敢相怜[③]。不曾抚动一条弦。传与东坡苏学士，触处[④]封全[⑤]。

注释

①姻缘：此处同"因缘"。

②怎生：犹怎样，如何。［唐］吕岩《绝句》："不问黄芽肘后方，妙道通微怎生说？"

③怜：怜爱；怜惜。《列子·杨朱》："古语有之：'生相怜，死相捐。'"

④触处：到处，随处。

⑤封全：原封不动。

简析

此词引自《醒世恒言·佛印师四调琴娘》。苏轼与佛印是好友，但想不通他出身显赫为何进佛门。为此常设法让他破戒返俗。一次两人同游金山寺，苏轼故意将其灌醉叫琴娘侍寝。次日佛印醒来见美女同床，明白是苏轼恶整，于是，在墙上题了这首词。据说还题有两首诗："夜来醉酒上床眠，不觉琵琶在枕边。传语翰林苏学士，未曾弹动一条弦。""传与巫山窈窕娘，休将魂梦恼襄王。禅心已作沾泥絮，不逐东风上下狂。"题罢便拂袖而去……东坡知后更加敬佩佛印。诗句语义双关，巧妙而又贴切，既表明心志，又能启人遐思。

鹫峰院

臧 湛

作者简介

臧湛，字子常，浮梁县人，宋熙宁六年（1073）进士。任福建汀
州府推官。《全宋诗》录有其诗作。

望穷山下疑无路，行入壶中①别有天。

花落春岩朝带雨，月涵秋谷夜闻泉。

注释

①壶中：亦作"壶中天"。喻指仙境、胜境，此处代指鹫峰院。［唐］李
白《赠饶阳张司户燧》诗："蹉跎人间世，寥落壶中天。"［唐］白居易《酬吴
七见寄》诗："谁知市南地，转作壶中天。"［宋］陆游《壶天阁》："乃知壶中
天，端胜缩地脉。"

简析

这首诗写的是诗人游览鹫峰院时所看到的幽美景色。远望山下，
仿佛无路可通，一旦进入寺中又好像行入别有洞天的仙境。早晨，春
岩花落还带着雨珠；清夜，秋谷涵月，泉声泠泠。其情其境，令人悠
然神往。

送许屯田

彭汝砺

作者简介

　　彭汝砺，字器资，祖籍江西袁州，饶州鄱阳（今江西鄱阳滨田村）人，生于宋仁宗康定二年（1041），卒于宋哲宗绍圣二年（1095）。宋英宗治平二年（1065）乙巳科状元。彭汝砺读书为文，志于大者；言行取舍，必合于义；与人交往，必尽试敬；而为文命词典雅，有古人之风范。著有《易义》《诗义》《鄱阳集》等。

君尝治浮梁，德爱均父母①。黎明令一出，百里无敢侮。
黠吏窜狐鼠②，惠爱沾③农亩。浮梁巧烧瓷，颜色比琼玖④。
因官射利⑤疾，众喜君独不⑥。父老争叹息，此事古未有。
君尝速⑦我饮，漓薄⑧祗村酒。君举长满觞，我畏不濡口⑨。
京师晚相值⑩，相笑俱老丑。我欲提君名，四方为奔走。
君立掉头去⑪，自谢⑫吾无取。移舟去都门，待水三月久。
不一诣权贵，挂席⑬随南斗⑭。庐陵据艰险，狱讼成渊薮⑮。
君以一目视⑯，无恶亦无苟⑰。三年最课上⑱，坐冠江西部。

我来君及瓜^⑲，欲荐嗟掣肘^⑳。有才使如君，未见终不售^㉑。

注释

①均父母：如同父母均爱子女一般爱护百姓。

②黠吏窜狐鼠：狡黠的胥吏如狐鼠一般躲避窜逃。

③沾：沾溉。本义为浸润浇灌。此处比喻使人受益。

④琼玖：琼和玖。泛指美玉。《诗经·卫风·木瓜》："投我以木瓜，报之以琼玖。"毛传："琼、玖，玉名。"

⑤射利：谋取财利。[晋]左思《吴都赋》："富中之畇，货殖之选，乘时射利，财丰巨万。"《新唐书·食货志四》："江淮豪贾射利，或时倍之。"[明]谢肇淛《五杂俎·地部二》："驵狯之徒，冒险射利……今之茶什五为奸商驵狯私通贸易。"

⑥不：读若"否"。

⑦速：邀请。如：不速之客。

⑧漓薄：谓酒不浓。[明]陈霆《两山墨谈》卷六："今人名酝之漓薄者为鲁酒。"

⑨濡口：沾口。濡，沾湿。

⑩相值：相遇。[南朝·梁]江淹《知己赋》序："始于北府相值，倾盖无已。"[唐]韩愈《寄皇甫湜》："昏昏还就枕，惘惘梦相值。"[宋]苏轼《芙蓉城》："此生流浪随沧溟，偶然相值两浮萍。"

⑪掉头去：摇着头离去。《庄子·在宥》："鸿蒙拊脾雀跃掉头曰：吾弗知。"转头不顾而去。[唐]杜甫《送孔巢父谢病归游江东兼呈李白》："巢父掉头不肯住，东将入海随烟雾。"

⑫自谢：本义为主动认错，道歉。《战国策·触龙说赵太后》"入而徐趋，至而自谢，曰：'老臣病足，曾不能疾走。'"此处指自谦。

⑬挂席：挂帆。[唐]孟浩然《晚泊浔阳望庐山》："挂席几千里，名山都未逢。"[宋]苏轼《归朝欢·和苏坚伯固》："明日西风还挂席，唱我新词泪沾臆。"

⑭南斗：星名，浔阳郡属南斗分野，庐山在晋当阳郡星子县西北，故称南斗傍。许屯田曾在庐陵任官。

⑮渊薮：泛指人和事物集聚的地方。《后汉书·梁冀传》：宛为大都，士之渊薮。《后汉书·伏湛传》："湛容貌堂堂，国之光晖；智略谋虑，朝之渊薮。"[唐]刘知几《史通·辨职》："斯固素餐之窟宅，尸禄之渊薮也。"

⑯一目视：一视同仁，平等对待。

⑰无恶亦无苟：不以一己之心对人厌恶或苟且徇情。

⑱课上：指考课列为上等。考课，按一定标准考核官吏优劣，分别等差，决定升降赏罚，谓之"考课"。《三国志·魏志·夏侯玄传》："自长以上，考课迁用，转以能升。"《旧唐书·职官志二》："凡考课之法，有四善：一曰德义有闻；二曰清慎明著；三曰公平可称；四曰恪勤匪懈。善状之外，有二十七最。"[明]丘濬《大学衍义补·正百官严考课之法》："本朝以百官考课之法，属之吏部，内外官皆以三年为一考，六年再考，九年通考，始行黜陟之典，是则有虞之制也。"

⑲及瓜：指任职期满。典出《左传·庄公八年》："齐侯使连称、管至父戍葵丘，瓜时而往，曰：'及瓜而代。'期戍，公问不至；请代，弗许。"[唐]骆宾王《晚度天山有怀京邑》："旅思徒漂梗，归期未及瓜。"[唐]《李白

送外甥郑灌从军三首》："月蚀西方破敌时，及瓜归日未应迟。"

⑳掣肘：原意指拉着胳膊，比喻有人从旁牵制，工作受干扰。《北齐书·源彪传》："若不推赤心于琳，别遣余人掣肘，复成速祸，弥不可为。"〔唐〕陆贽《论缘边守备事宜状》："若谓志气足任，方略可施，则当要之于终，不宜掣肘于其间也。"〔元〕萨都剌《登歌风台》："萧何下狱子房归，左右功臣皆掣肘。"

㉑终不售：本意为终究卖不出去。语出〔唐〕柳宗元《永州八记·钴姆潭西小丘记》："丘之小不能一亩，可以笼而有之。问其主，曰：'唐氏之弃地，货而不售。'问其价，曰：'止四百。'予怜而售之。"此处比喻人才终究不被重用。

简析

许屯田是浮梁历史上有名的廉吏。他为官清正，任职浮梁时整顿吏治，爱护百姓，多有惠政。他为人正直，不事权贵。虽然政声卓著，但却怀才不遇，抱负难伸。作者与其是知交，虽多方荐举，终因小人掣肘而未得重用。诗中表达了诗人对好友德行操守的敬佩以及对其官场坎坷遭遇的不平。

宴　集

程　祁

作者简介

程祁，字忠彦，浮梁（今江西景德镇北）人，程筠之子。进士出身，历任都官员外郎。宋政和二年（1112）知吉州。著有《程氏世谱》三十卷，今佚。生平事迹见《新安文献志》卷八《程待制（节）传》附录。

九老①当年乐有余，于今五老②更欢娱。

乔松百尺倚天外，也许蒿莱③入画图。

注释

①九老：亦称"香山九老""洛中九老""会昌九老"，相传唐朝时，由胡杲、吉玫、刘贞、郑据、卢贞、张浑、白居易、李元爽、禅僧如满等九位七十岁以上的友人在洛阳龙门之东的香山结成"九老会"。唐武宗会昌五年（845）三月某日，他们在白居易家中（一说在洛阳香山履道坊）聚会，欢醉赋诗，作九老诗，绘九老图。

②五老：根据诗意，这首诗应为题画之作。画中似绘有五老（含作者自

己）宴集于乔松之下。

③蒿莱：野草；杂草。《韩诗外传》卷一："原宪居鲁，环堵之室，茨以蒿莱。"《后汉书·独行传·向栩》："〔向栩〕及到官，略不视文书，舍中生蒿莱。"〔唐〕杜甫《夏日叹》："万人尚流冗，举目惟蒿莱。"此处用与"乔松"对举，似应为"五老"自谦之词。

简析

这首诗应为题画之作，画中有五老宴集于乔松之下。诗中先后以唐代香山九老与当下五老，乔松与蒿莱作对比，含蓄地表达出一种乐天安命，知足常乐的人生情怀。

南涧小饮夜过景德次仲止韵

徐文卿

作者简介

徐文卿，字斯远，号樟丘，南宋玉山县人，朱熹弟子。嗜游山水，不求闻达，与赵蕃、韩淲等人相唱和，登宋宁宗嘉定四年（1121）进士，未授官即病故。著有《萧秋诗集》，已佚。叶适称文卿诗"险而肆，对面崖壑，咫尺千里，操舍自命，不设常律"。陆游将徐文卿和赵蕃比作"文中真二虎"。

嫩柳行边行未匝^①，落梅香里立多时。

一杯径醉归来晚，江上伶俜^②瘦影随。

注释

①未匝：未遍；未满。［唐］岑参《田使君美人舞如莲花北铤歌》："琵琶横笛和未匝，花门山头黄云合。"［宋］杨万里《插秧歌》："秧根未牢莳未匝，照管鹅儿与雏鸭。"

②伶俜：孤单。《玉台新咏·古诗为焦仲卿妻作》："昼夜勤作息，伶俜萦苦辛。"［唐］杜甫《新安吏》："肥男有母送，瘦男独伶俜。"［清］那彦成

《疏影》："惺忪香国，忍伶俜抱影，冻禁孤碧。"

简析

这首诗写的是诗人于南涧小饮之后，夜过景德镇时的情景。嫩柳行边，行而未尽；落梅香里，独立多时。夜饮归来，只有自己的伶俜瘦影随行于江边。诗中描写有动有静，情景交融，引人入胜。

咏浮梁诗五首

洪焱祖

作者简介

　　洪焱祖（1262—1329），字潜夫，安徽歙县人，学问博洽，著述甚丰。曾任平江路儒学录，绍兴路儒学正，衢州路儒举教授，后擢遂昌县主簿，以休宁县尹致仕。焱祖自号杏亭，著有《杏庭摘稿》一卷，危素、宋濂为之序；还著有《尔雅翼音释》；又尝继《新安志》作《续新安志》十卷，并传于世。

　　洪焱祖于公元1288年前后任浮梁长芗书院山长。在此期间曾作《长芗岁暮二首》与《浮梁秋晓书事三首》，共五首诗作。诗篇中描写了浮梁风物，抒发了羁旅情怀，表达了平生志趣。

长芗①岁暮二首

其一

阴阴四山合，杳杳②一川平。

暮色杂歌哭③，年光催死生。

灶陉④芬糗饵⑤，家庙洁粢盛⑥。

骨肉望归切，何由风翮⑦轻。

注释

①长芗：长芗书院，位于江西浮梁（今江西景德镇）。宋庆元二年（1197）镇监李齐愈创建。元元贞二年（1296）山长凌子秀，直学朱继曾请于江东宣慰使嵇厚重新修葺之。元延祐年间（1314—1320），浦江吴莱任山长。元泰定二年（1325），进士方回请于总管段廷珪，与训导臧履、直学闵济再度重修。明洪武初举朱伯高为山长、张京伯为直学。明洪武四年（1371）朱受荐为府学教授，后书院遂废。

②杳杳：形容境界幽远。《楚辞·九章·哀郢》："尧舜之抗行兮，瞭杳杳而薄天。"洪兴祖补注："杳杳，远貌。"〔唐〕柳宗元《早梅》诗："欲为万里赠，杳杳山水隔。"

③歌哭：既歌又哭。常用以表示强烈的感情。《周礼·春官·女巫》："凡邦之大灾，歌哭而请。"郑玄注："有歌者，有哭者，冀以悲哀感神灵也。"〔晋〕张华《博物志》卷八："雍门人至今善歌哭，效娥之遗声也。"〔清〕谭嗣同《除夕感怀》诗："无端歌哭因长夜，婪尾阴阳剩此时。"

④灶陉：灶陉：灶边突出部分。《礼记·月令》："〔孟夏之月〕其祀灶。"〔汉〕郑玄注："祀灶之礼，先席于门之奥东面，设主于灶陉。"〔汉〕蔡邕《独断》卷上："祀灶之礼，在庙门外之东，先席于门奥，面东设主于灶陉也。"〔清〕黄景仁《冬日书闷》诗："商量纸价添窗槅，料理薪材暖灶陉。"

⑤糗饵：糗饵：将米麦炒熟，捣粉制成的食品。《周礼·天官·笾人》："羞笾之实，糗饵、粉餈。"郑玄注："此二物（糗饵、粉餈），皆粉稻米、黍米所为也，合蒸曰饵，饼之曰餈。"

⑥粢盛：粢盛：古代盛在祭器内以供祭祀的谷物。《公羊传·桓公十四年》："御廪者何？粢盛委之所藏也。"何休注："黍稷曰粢，在器曰盛。"《汉书·文帝纪》："亲率耕，以给宗庙粢盛。"宋吴自牧《梦粱录·明堂差五使执事官》："而其总务官，职任甚繁……如擦祭器，涤濯无垢，以奉粢盛。"明徐霖《绣襦记·谋脱金蝉》："神仙斋供，间腥荤粢盛洁丰。"

⑦翮：本义为鸟羽毛中间的硬管，亦泛指鸟的翅膀，如：振翮高飞。

简析

这首诗写于诗人任浮梁长芗书院山长期间，时值岁暮，而诗人却有家难归。眼前四面的山峰、川原渐渐显得阴沉而渺茫。暮色中不知何处传来歌哭之声。一天过去了，一年又过去了，眼看一生也行将过去。遥想家乡，此刻的灶旁糇饵正散发着芳香；家庙里正准备着祭祀的物品。骨肉亲人一定在殷切地盼望着自己归去，可是自己又如何能像鸟儿一样在风中轻展羽翼飞向故乡呢？诗句情景交融，虚实相生，心中那缕缕难言的怅惘之情溢于言表，感人至深。

其二

落日窗未掩，忘言①几独凭。

乡心生远峤②，节意入孤灯。

吾道虎为鼠③，何时鹍化鹏④。

岁年浑⑤不齐，瞢瞢⑥向人增。

注释

①忘言：谓心中领会其意，不须用言语来说明。语本《庄子·外物》："言

者所以在意,得意而忘言。"[三国·魏]曹植《苦思行》:"中有耆年一隐士,须发皆皓然,策杖从我游,教我要忘言。"[宋]陈师道《次韵德麟植桧》:"萧萧孤竹君,忘言理相契。"[明]陈汝元《金莲记·就逮》:"莫笑忘言真有道,自惭搜句百无功。"

②远峤:远山。[宋]寇准《秋日原上》:"萧萧古原上,景物感离肠。远峤收残雨,寒林带夕阳。溪声迷竹韵,野色混秋光。吟罢还西望,平沙起雁行。"

③虎为鼠:虎与鼠是用来比喻官场上得意与失意两种情状。[宋]刘克庄《即事六言》:"宦情为虎为鼠,世态如云如轮。武夫驾盲宰相,醉尉呵飞将军。"

④鲲化鹏:鲲鹏是汉族传说中的大鸟名。语本《庄子·逍遥游》"北冥有鱼,其名为鲲,鲲之大,不知其几千里也。化而为鸟,其名为鹏。鹏之背,不知其几千里也。"

⑤浑:全、都。不吝:不吝惜。《书·仲虺之诰》:"用人惟己,改过不吝。"孔颖达疏:"改悔过失,无所吝惜。"[宋]陈善《扪虱新话·趋炎附势自古而然》:"唐令狐绹当国日,以姓氏少,族人有投名者不吝,由是远近皆趋至,有姓狐冒令者。"

⑥亹亹:音wěiwěi,形容不断行进的样子。《楚辞·九辩》:"时亹亹而过中兮,蹇淹留而无成。"王逸注:"亹亹,进貌。"《文选·陆机〈赴洛〉诗》:"亹亹孤兽骋,嘤嘤思鸟吟。"李善注:"亹亹,走貌也。"

简析

这首诗紧承着前一首的意脉:夕阳已经落山了,诗人并没有掩上窗户，仍然默默无言地守望着窗外的暮景。远处的山影引发他无限的乡愁；闪烁的孤灯慰藉他节日的意绪。诗人虽宦途坎坷，身处下僚，无路请缨，时不我待，但他心中坚信自己只要志存高远，不懈努力，终将会有鲲鹏展翅，扶摇青云的一天。诗句寓情于景，语义含蓄，用典贴切，意味深永。

浮梁秋晓书事三首

其一

竟日风兼雨，荒山坐复眠。

收心葬书窟①，飞梦入诗天。

宁戚②歌牛下，昌黎③拜马前。

卿当用卿法④，我懒觉犹贤⑤。

注释

①书窟：五代人孟景翌，一生勤奋读书，广泛涉猎，出门时也要随身携带几本书，时时研读，手不释卷。他的住处书籍卷轴堆积如山，时人谓之"书窟"。这里比喻自己一心向学，勤奋读书。

②宁戚：典出《艺文类聚》卷九四引《琴操》："宁戚饭牛车下，叩角而商歌曰：南山矸，……生不逢尧与舜禅，短布单衣裁至骭，长夜漫漫何时旦，齐桓公闻之，举以为相。"常用来表示有才而未遇，生活困苦；或表示自荐求官。[唐]韦庄《云散》诗："刘伶避世唯沉醉，宁戚伤时亦浩歌。"[唐]李中《投所知》诗："题桥未展相如志，扣角谁怜宁戚歌。"[金]元好问《除夜》诗："折腰真有陶潜兴，扣角空传宁戚歌。"

③昌黎：唐代文学家韩愈（768—824），字退之，河南河阳（今河南孟州）人，自称"郡望昌黎"，世称"韩昌黎""昌黎先生"。韩愈是唐代古文运动的倡导者，被后人尊为"唐宋八大家"之首，与柳宗元并称"韩柳"，谥号文，故称"韩文公"。韩愈曾著有《马说》，文中发出"世有伯乐，然后有千里马。千里马常有，而伯乐不常有"的慨叹。

④卿当用卿法：典出《世说新语·方正第五》："王太尉不与庾子嵩交，庾卿之不置。王曰：'君不得为尔。'庾曰：'卿自君我，我自卿卿；我自用我法，卿自用卿法。'"意思是"你自然用你的方法行事"。

⑤懒觉犹贤：典出《论语·阳货》。孔子的弟子宰予爱睡懒觉，孔子贬斥他："饱食终日，无所用心，焉矣哉！不有博弈者乎，为之犹贤乎已。"

简析

竟日风雨交加，诗人幽居空旷的荒山里，终日坐而复眠。在这寂寥的山中，正好一心向学，博览群书，吟咏诗篇。可叹的是怀才不遇，伯乐难逢，书生老去，有志难伸。然而每个人都有其不同的处世方式，还是我行我素吧。诗人处于孤寂之境，不遇之时，既自我勉励，又自我宽解。他期待也坚信自己一定会有实现理想抱负的一天。诗句即景生情，巧用典故，语言摇曳多姿，意蕴含蓄丰富，堪称抒志咏怀的佳作。

其二

舜陶①开利孔②，山骨竟为盦③。

野碓多春土，溪船半载泥。

风烟秋更惨，瓦砾路全迷。

随牒④何来此，无阶⑤老稚圭⑥。

注释

①舜陶：相传制陶始于舜。《孟子·离娄篇》："舜生于诸冯，迁于负夏，卒于鸣条，东夷之人也。"《墨子·尚贤下》："舜耕于历山，陶于河滨，渔于雷泽，灰于常阳，尧得之服泽之阳，立为天子。"《史记·五帝本纪》又载："舜耕于历山，历山之人皆让畔；渔雷泽，雷泽之人皆让居；陶河滨，河滨器皆不苦窳。一年而所成聚，二年成邑，三年成都""陶于河滨"应该是说舜制陶于黄河之滨。舜生活的龙山文化时代正是制陶技术的鼎盛时期。

②利孔：经济利益的来源。典出《管子·国蓄》："利出于一孔者，其国无敌；出二孔者，其兵不诎；出三孔者，不可以举兵；出四孔者，其国必亡。"［汉］桓宽《盐铁论·本议》："故平准、均输所以平万物而便百姓，非开利孔为民罪梯者也。"［宋］王安石《兼并》诗："利孔至百出，小人私阓开。"梁启超《为国会期限问题敬告国人》一："夫彼辈本以官职为传舍，以国家为利孔。"

③齑：音jī，细粉；粉末；碎屑。［清］徐珂《清稗类钞·战事类》："吾村不齑粉乎！"

④随牒：据以授官的委任状。《汉书·匡衡传》："平原文学匡衡材智有余，经学绝伦，但以无阶朝廷，故随牒在远方。"颜师古注："随牒，谓随选补之恒牒，不被超擢者。"［宋］陆游《夜读〈岑嘉州诗集〉》诗："晚途有奇事，随牒得补处。"［清］钱谦益《河南按察司按察使卢维屏授通议大夫制》："尔自筮仕以还，皆用随牒平进，可谓不汲汲矣。"

⑤无阶：谓没有门径。[三国·魏]曹植《离思赋》："虑征期之方至，伤无阶以告辞。"[宋]岳珂《桯史·淳熙内禅颂》："堕在山林，无阶上彻。"

⑥稚圭：典出汉代刘歆著，东晋葛洪辑抄的《西京杂记》："匡衡字稚圭，勤学而无烛。邻舍有烛而不逮，衡乃穿壁引其光，虞书映光而读之。邑人大娃文不识，家富多书，衡乃与其佣作，而不求偿，主人怪，问衡，衡曰：'愿得主人书遍读之。'主人感叹，资给以书，遂成大学。"这里意思是说自己虽有才学却没有做官的门径，只能空老山林。

简析

浮梁自古"水土宜陶"。宋代以来，高峰迭起，蔚为大观。诗句"山骨竟为斋""野碓多舂土，溪船半载泥"，极为生动地展现了元代浮梁制瓷业的繁荣情景：瓷土源源不断地从山上挖取，在连片的野碓中舂碎，然后用溪船运到作坊里去制作……这简直就是一幅优美的瓷乡风情画卷。在结尾处诗人又情不自禁地感叹自己年华空逝，虽壮心不已，但由于没有门路，而只能在此候补待缺。满心的抑郁不平之气无处抒发，令人扼腕叹息。

其三

众山围我独，极目但①风烟。

政自门无辙②，何须坐有毡③。

谪龙才七日④，鸣鸟待三年⑤。

岂不心如铁，居然发早宣。

注释

①但：仅，只。[唐]张若虚《春江花月夜》："不知江月待何人，但见长江送流水。"

②门无辙：意为自家门庭冷落，无人来访。[宋]韩元吉《雨后睡起有怀》："官闲自爱门无辙，计拙犹惭食有鱼。莫遣功名心易老，只应湖海气难除。"

③坐有毡：典出《晋书·吴隐之传》，记载吴隐之为官清廉，以竹篷为屏风，坐无毡席，清苦同于贫士。盛唐大诗人杜甫又将"坐客无毡"之词冠于亦师亦友的郑虔。《新唐书·文艺·郑虔传》："〔郑虔〕在官贫约甚，澹如也。杜甫尝赠以诗曰：'才名四十年，坐客寒无毡'云。"后人遂以"寒无毡"一指居官清寒；二指清苦的读书人。如[清]钱谦益《蒋允仪父弘宪原任户部贵州清吏司署员外郎事主事加赠奉直大夫制》："澹泊自将，不改寒毡之雅志。"

④谪龙才七日：典出[唐]柳宗元《谪龙说》："扶风马孺子言：年十五六时，在泽州，与群儿戏郊亭上。顷然，有奇女坠地，有光晔然，被缬裘，白纹之理，首步摇之冠。贵游少年骇且悦之，稍狎焉。奇女颓尔怒焉曰：'不可。吾故居钧天帝宫，下上星辰，呼嘘阴阳，薄蓬莱、羞昆仑而不既者。帝以吾心侈大，怒而谪来，七日当复。今吾虽辱尘土中，非若俪也。吾复且害若。'众恐而退。遂入居佛寺讲室焉。及期，进取杯水饮之，嘘成云气，五色儵儵也。因取裘反之，化成白龙，徊翔登天，莫知其所终，亦怪甚矣！呜呼！非其类而狎其谪，不可哉！孺子不妄人也，故记其说。"这里意为自己当下虽处于贫寒之境，然而心中自有高远的志向。

⑤鸣鸟待三年：鸣鸟指凤凰。《书·君奭》："耇造德不降，我则鸣鸟不闻。"孙星衍注引马融曰："鸣鸟，谓凤皇也。"《韩非子·喻老》："三年不飞，飞将冲天；三年不鸣，鸣将惊人！"

简析

诗人身处底层，怀才不遇，有志难伸的勃郁不平之气长时期纠结于胸中，此刻得到尽情的发泄。在最后这首诗中抒发得更为强烈。首联从写景入手，渲染独居山中，风烟寂寥的凄清环境，颈联暗用典故，描写自己冷清而又贫寒的生活状况。颔联再用典故，以"谪龙""鸣鸟"自喻，表达自己不甘沉沦，终将奋起的志向。尾联更表明自己虽早生华发，但仍壮心如铁。坚信自己必将"一鸣惊人""一飞冲天"。那种积极向上，自强不息的精神催人奋进，读罢在心中引起强烈的共鸣。

咏浮梁宝积寺诗九首

  浮梁宝积禅寺为宋代云门宗高僧佛印禅师住锡之地。背倚龙山，面临昌水，林木葱茏，环境清幽，堪称佛门清修之胜地。风云变幻，世事沧桑，寺院几经兴废，遗址犹存。今逢太平之世，礼佛之人日益增多，重建宝刹已成为广大信众的共同心愿。浮梁籍佛门弟子张少华居士发大愿，捐巨资重新修建宝积禅寺。近日偕友人数度重游此地。欣见新修寺院已初步竣工。殿阁嵯峨，金碧辉煌。宝相庄严，瑞气氤氲。其气象之宏大，构建之精美已远轶前朝之旧制。此诚为浮梁之幸事，更为佛门之幸事矣！归来后遂检阅《浮梁县志》，搜得历代诗人吟咏宝积禅寺的诗歌九首，予以注释并稍加简析，辑成此篇，聊作笔者敬贺宝刹重光之一瓣心香耳。

三贤堂

张云谷

作者简介

张云谷，宋代诗人，生平事迹不详。

青莲池边莲不开，云关①鹫岭②空萦回③。

此地犹余卓锡井④，无人更上翻经台⑤。

三贤堂⑥已成陈迹⑦，一览楼⑧今经劫灰⑨。

登高目极⑩何所见，但见⑪木鱼山下苔。

注释

①云关：云雾所笼罩的关隘。[南朝·齐]孔稚珪《北山移文》："扃岫幌，掩云关，敛轻雾，藏鸣湍。"[唐]李白《游泰山》之三："平明登日观，举手开云关。"[明]陈子龙《陟桐岩岭》："千盘上风磴，百折启云关。"

②鹫岭：即灵鹫山，位于中印度摩羯陀国首都王舍城之东北侧，为著名的佛陀说法之地。其山名之由来，一说以山顶形状类于鹫鸟，另说因山顶栖有众多鹫鸟，故称之。这里借指佛寺。[宋]苏轼《海会殿上梁文》："庶几鹫岭之雄，岂特鹅湖之冠。"[明]夏完淳《题昆山水月殿》："鹫岭岩峣谷水阴，昆山迢递快登临。"[清]纳兰性德《桂》："露铸鸾钗色，风薰鹫岭香。"

③萦回：盘旋往复。[唐]杜甫《冬到金华山观因得故拾遗陈公学堂遗迹》："系舟接绝壁，杖策穷萦回。"[元]白朴《摸鱼子·七夕用严柔济韵》词："彩楼瓜果祈牛女，蛛丝暗度。似抛掷金梭，萦回锦字，织就旧时句。"

④卓锡井：亦名"拔木井"，在宝积寺内。相传当年佛印为重修宝积寺，曾运用神通从此井中拔出一根根巨木。

⑤翻经台：宝积寺内古代原有建筑，今已无存。

⑥三贤堂：佛印卓锡于浮梁宝积寺期间，苏轼偕黄庭坚曾至寺拜访，留下一段佳话。后人遂在寺侧建"三贤堂"以合祀之。原物已毁，今重建。

⑦陈迹：过去的事迹；旧迹；过去的事情（物）。［清］薛福成《观巴黎油画记》："夫普法之战，迄今虽为陈迹，而其事信而有征。"［清］袁枚《祭妹文》："凡此琐琐，虽为陈迹，然我一日未死，则一日不能忘。"

⑧一览楼：宝积寺内古代原有建筑，今已无存。

⑨劫灰：本义是劫火的余灰。［南朝·梁］慧皎《高僧传·译经上·竺法兰》："昔汉武穿昆明池底，得黑灰，问东方朔。朔云：'不知，可问西域胡人。'后法兰既至，众人追以问之，兰云：'世界终尽，劫火洞烧，此灰是也。'"后常用来指战乱或大火毁坏后的残迹或灰烬。［宋］陆游《数年不至城府丁巳火后始见》："陈迹关心已自悲，劫灰满眼更增歔。"［明］赵诒琛《〈逸老堂诗话〉跋》："癸丑夏六月，遭乱，所有藏书数万卷，一旦尽失，而是书原本亦遭劫灰。"［清］吕留良《〈赖古堂集〉序》："忽焉，天地震荡，劫灰昼飞，猿鹤虫沙，苍黄类化。"［清］金农《褚先生老毁儒服寄赠》："历尽劫灰人隔世，飙轮辗破法轮升。"

⑩目极：用尽目力远望。《楚辞·招魂》："目极千里兮伤春心，魂兮归来哀江南。"［北魏］杨衒之《洛阳伽蓝记·冲觉寺》："西北有楼，出凌云台，俯临朝市，目极京师。"［唐］王维《和使君五郎西楼望远思归》："高楼望所思，目极情未毕。"［元］刘祁《归潜志》卷十三："且目极皆山，无平地。"

⑪但见：只看见，只看到。［唐］张若虚《春江花月夜》："不知江月待何人，但见长江送流水。"［唐］李白《怨情》："但见泪痕湿，不知心恨谁。"

简析

宝积寺在历史上几经兴废。这天诗人独自访寻久已荒废的寺院，池中的白莲已无踪影，山门云雾萦绕。当年的卓锡井、翻经台虽故址犹存，但杳无人迹。三贤堂、一览楼早已灰飞烟灭。登高纵目，只见木鱼山下的残基废砌边遍布苔痕。诗人吊古伤今的伤感之情洋溢于字里行间，让人读罢不由得在心中引起深深的共鸣。

佛印柏

鲍文宏

作者简介

鲍文宏，明代浮梁人，生平事迹不详。

> 双虬①怒爪欲参天，屈指禅关②八百年③。
>
> 忽借阿香④飞一鹜⑤，遥从幻影⑥见三贤⑦。
>
> 堂上恍如闻笑语，枝头犹自带云烟。
>
> 色空⑧不异西来意⑨，参透当年柏子禅⑩。

注释

①双虬：虬，古代传说中的有角的龙。《广雅·释鱼》："有鳞曰蛟龙，有翼曰应龙，有角曰虬龙，无角曰螭龙。"。屈原《涉江》："驾青虬兮骖白螭。"这里用以比喻佛印手植的双柏。

②禅关：禅门。〔唐〕李白《化城寺大钟铭》："方入于禅关，睹天宫峥嵘，闻钟声琐屑。"〔宋〕梅尧臣《会善寺》："琉璃开净界，薜荔启禅关。"《红楼梦》第八七回："〔宝玉〕说着，一面与妙玉施礼，一面又笑问道：'妙

公轻易不出禅关，今日何缘下凡一走？'"

③八百年：这里暗寓一典故。据说当年佛印禅师离开宝积寺时曾手植双柏并预言：八百年后，此双柏枝叶相交时我自归来。

④阿香：神话传说中的推雷车的女神。［宋］苏轼《无锡道中赋水车》："天公不念老农泣，唤取阿香推雷车。"郁达夫《金丝雀》："能向阿香通刺否？风云千里传雷车。"

⑤鸷：猛禽。屈原《离骚》："鸷鸟之不群兮。"［唐］刘禹锡《养鸷词》："养鸷非玩形，所资击鲜力。"

⑥幻影：虚幻的景象。［宋］苏轼《海市》："心知所见皆幻影，敢以耳目烦神功。"［明］陈汝元《金莲记·诟奸》："浮沤幻影，搔首问青天。"王国维《〈红楼梦〉评论》："然于解脱之途中，彼之生活之欲，犹时时起而与之相抗，而生种种之幻影。"陈去病《有悼》："幻影空花忒渺茫，挽留不得几回肠。"

⑦三贤：即苏轼、黄庭坚与佛印。三人曾相聚于浮梁宝积寺。后人于寺内建三贤堂以合祀之。

⑧色空：佛教语。"色"与"空"的并称。谓物质的形相及其虚幻的本性。［唐］王维《谒璇上人》诗序："色空无碍，不物物也；嘿语无际，不言言也。"［清］吴伟业《清凉山赞佛》："色空两不住，收拾宗风里。"

⑨西来意：就是"从西方来干什么？"，即"达摩祖师西来干什么？"。此为禅宗的一段公案。因初机修行的人，心、口、意三业不知如何修、不知如何断，也常常在打妄想，想到不能理解的话语，就随便抓这句话来参问。禅师因看参问的人所提的问题，非涉修行上的实际问题，所以禅师要么不答，

要么就随便讲一句话，堵住他的口，不要让他随便再动妄想念。如沩山禅师答："与我将床子来。"赵州禅师答："庭前柏树子。"翠微禅师示问者曰："更要第二杓恶水那？"石霜禅师则向问者咬齿示之。

⑩柏子禅：指禅宗。参禅时多焚柏子香，故称。[唐]戴叔伦《二灵寺守岁》："无人更献《椒花颂》，有客同参柏子禅。"此中亦暗寓佛印所云八百年后双柏交柯时归来的预言。

简析

这首诗写的是宝积寺中的两棵柏树。传说当年佛印禅师离开宝积寺外出云游前曾在寺院门前亲手栽下这两棵柏树，并预言八百年后这双柏枝叶相交时，他将会回到宝积寺来。如今这柏树的虬枝已直参云天，枝头烟霞缭绕。屈指算来八百年不知不觉间已过去了。诗人仿佛步入了时光隧道中，恍惚间似乎听到三贤堂中苏轼、黄庭坚与佛印这三位贤者在开怀说笑。在这梦幻般的情境中，诗人也似乎参悟到了深奥的禅意。

三贤堂

汪应兆

作者简介

汪应兆，明代浮梁人，生平事迹不详。

　　古寺云封住了元[①]，苏黄[②]流寓到今传。

　　故人岂忆衲衣[③]赠，幻影[④]应参柏子禅[⑤]。

　　千尺松摇僧定[⑥]后，半天钟落客愁边。

　　文章慧业[⑦]同归尽，凭吊[⑧]虚堂[⑨]一惘然[⑩]。

注释

①了元：佛印禅师早年的法号。

②苏黄：苏轼与黄庭坚。他们是佛印禅师的好友，三人曾相聚于浮梁宝积寺，留下一段千古流传的佳话。

③衲衣：僧衣。《南齐书·张欣泰传》："欣泰通涉雅俗，交结多是名素。下直辄游园池，著鹿皮冠，衲衣锡杖。"［唐］贾岛《崇圣寺斌公房》："落日寒山磬，多年坏衲衣。"［清］黄景仁《慈光寺前明郑贵妃赐袈裟歌》："铜驼荆棘寻常见，何论区区一衲衣。"相传苏轼曾将朝廷所赐玉带留在金山寺，佛印以衲裙回赠之。

④幻影：参见［明］鲍文宏《佛印柏》诗注释⑥。

⑤柏子禅：参见［明］鲍文宏《佛印柏》诗注释⑩。

⑥僧定：即僧人入定。佛教徒的一种修行方法。多取跏坐式。闭目静坐，不起杂念，使心定于一处。[唐]玄奘《大唐西域记·曲女城》："时仙人居殑伽河侧，栖神入定，经数万岁，形如枯木。"[唐]白居易《在家出家》："中宵入定跏趺坐，女唤妻呼多不应。"

⑦慧业：佛教语。指智慧的业缘。《维摩经·菩萨品》："知一切法，不取不舍，入一相门，起于慧业。"《太平广记》卷一一四引《法苑珠林·释僧护》："高齐时，有释僧护，守道直心，不求慧业，愿造丈八石像。"[清]侯方域《与槁木大师书》："夫慧业之与贪业虽稍不同，其为业一也。"[清]龚自珍《人月圆》："甘心费尽，三生慧业，万古才华。"

⑧凭吊：面对着遗迹遗物感慨往古的人或事。[明]罗贯中《三国演义》："巴丘终命处，凭吊欲伤情。"[清]徐夜《富春山中吊谢皋羽》："疑向西台犹恸哭，思当南宋合酸辛。我来凭吊荒山曲，朱鸟魂归若有神。"[清]李渔《玉搔头·讯玉》："手泽犹存，音容何在？好教我空对遗簪凭吊。"

⑨虚堂：高堂。[南朝·梁]萧统《示徐州弟》："屑屑风生，昭昭月影。高宇既清，虚堂复静。"[唐]戎昱《客堂秋夕》："隔窗萤影灭复流，北风微雨虚堂秋。"[宋]朱熹《山北纪行》之十："北渡石塘桥，西访濂溪宅。乔木无遗株，虚堂唯四壁。"[清]顾炎武《悼亡》之二："北府曾缝战士衣，酒浆宾从各无违。虚堂一夕琴先断，华表千年鹤未归。"

⑩惘然：茫然若有所失的样子。[南朝·梁]江淹《无锡县历山集》："酒至情萧瑟，凭樽还惘然。"《新唐书·宦者传下·李辅国》："中外闻其失势，举相贺。辅国始惘然忧，不知所出，表乞解官。"[明]徐霖《绣襦记·共宿邮亭》："回首乡关，望断孤云惘然。"

简析

据民间传说，当年苏轼、黄庭坚曾来到宝积寺探访佛印禅师。三人欢聚一堂，赋诗文，斗机锋，留下千古佳话。后人便在寺中兴建三贤堂以合祀这三位贤者。诗人来到寺中，寻访旧踪，缅怀往事，不胜感慨。当年前贤衲衣相赠，柏子同参的情景恍惚还在心头浮现。而如今眼前只见千尺古松在风中摇影；半空中回荡的钟声引发出心中无以言状的客愁。前贤的文章与慧业已经一去不返了。伫立在这物是人非的三贤堂遗址前无语凭吊，怎能不让人心中充满怅惘之情。

宝积寺

周起元

作者简介

周起元（1571—1626），字仲先，号绵贞，福建省漳州府海澄县（今漳州龙海）人。明万历二十八年（1600）乡试第一，翌年成进士，授江西浮梁知县。值豪强阴谋吞书院，起元执法，坚决抵制，终于保住书院。历知浮梁、南昌，以廉惠著称。万历四十年（1612）受命湖广御史。不久，清兵攻破辽阳，改任通州参政。明朝东林党政治人物，东林七贤之一，遭阉党锦衣卫许显纯拷打致死。

扫却闲人撞午钟[①]，松风吹入翠微[②]重。
檀林[③]净照衔花鹿[④]，法雨[⑤]纷飞滴水龙[⑥]。

藉钵⑦分来秋石瘦，谈经⑧归去径霞浓。

欲知觉老⑨光明炬⑩，不尽传灯⑪寄此峰。

注释

①午钟：寺庙里午时的钟声。[宋]苏辙《游庐山山阳七咏》："万本青杉一寺栽，满堂金气自天来。涓涓石溜供厨汲，矗矗山屏绕寺开。半榻松阴秋簟冷，一杯香饭午钟催。安眠饱食平生事，不待山僧唤始回。"

②翠微：形容山光水色青翠缥缈。[唐]李白《赠秋浦柳少府》："摇笔望白云，开帘当翠微。"[宋]司马光《和范景仁谢寄西游行记》："八水三川路渺茫，翠微深处白云乡。"

③檀林：佛教语。旃檀之林。佛寺的尊称。[南朝·齐]王融《法乐辞九·右歌双树》："春山玉所府，檀林芳所栖。"[北周]庾信《秦州天水郡麦积崖佛龛铭》："芝洞秋房，檀林春乳，水谷银沙，山楼石柱。"[唐]李绅《杭州天竺灵隐二寺》之二："近日尤闻重雕饰，世人遥礼二檀林。"

④衔花鹿：出自佛教传说。湖南益阳有一座白鹿寺，唐代时有位高僧在此讲经诵典。一天，有只小白鹿口里含着一朵山花，四蹄轻盈地走到了高僧前，跪拜在地。高僧伸手山花，白鹿才一步三回头，转身离去。此后，白鹿常来，跪伏堂中，凝神听经。后来一后生触怒了白鹿。从此，人们再也没有看到白鹿前来听经了。[元]王冕《结交行送武之文》："明年平原芳草绿。试弓好射衔花鹿，有怀若问山阴竹，中天亦有南飞鹄。"

⑤法雨：佛教语。喻佛法。佛法普度众生，如雨之润泽万物，故称。《法华经·化城喻品》："普雨大法雨，度无量众生。"[唐]黄滔《大唐福州报恩定光多宝塔碑记》："法雨垂空，必致菩萨化身、罗汉混俗以降也。"[清]

赵翼《悯忠寺石坛》："枯骸滋法雨，厉气散朝暾。"

⑥滴水龙：这里指龙头形状的滴水石雕。[唐]李贺《李夫人》："玉蟾滴水鸡人唱，露华兰叶参差光。"

⑦藉钵：藉同"借"。借钵，出自佛教传说：从前，舍卫城中有一个富翁，名叫师质，信奉佛教。有一天，他准备了美好的饮食，虔诚地供养佛陀和僧众。佛陀受过供养，又开示一番，就领着众僧回到精舍。归来的半途，佛和僧众在河边的大树底下休息的时候，从树上跳下一只猿猴，求借佛陀的钵具。猿猴接过佛钵后，速去速来，并且在钵中又盛满了甜蜜，双手恭敬奉给佛陀。佛陀接受后，又把它分施给众僧，令猿猴多得福报。陶文鼎题白云山郑仙寺联："山猿借钵藏新果，野鹿衔筐送早茶。"

⑧谈经：讲说佛教经义。[元]无名氏《沉醉东风·僧犯奸得马裱褙救》："对人前敲禅板谈经说法，背地里跳墙头恋酒贪花。"[明]冯梦龙《古今谭概·鸷忍·凶僧》："僧慧林谈经吴门。"

⑨觉老：即佛印禅师，江西浮梁人，宋代云门宗僧。法名了元，字觉老。

⑩光明炬：佛教人物，因道行高深而为佛祖称道。典出《佛说第一义法胜经》："尔时，世尊赞光明炬大仙人言：善哉大仙！善哉，善哉！汝大仙人，六十劫寿恒常修行。今者如是相以问难。诸仙众中，复有大仙，如是思惟。我常林行，不觉不知此光明炬大仙命量，未有人说，沙门瞿昙云何得知。"

⑪传灯：佛家指传法。佛法犹如明灯，能破除迷暗，故称。[唐]崔颢《赠怀一上人》："传灯遍都邑，杖锡游王公。"[唐]刘禹锡《送僧元暠南游》："传灯已悟无为理，濡露犹怀罔极情。"[五代]李中《贻毗陵正勤禅院奉长老》："愿作传灯者，忘言学净名。"

简析

这首诗一开篇就渲染出宝积寺幽静的环境：寺院里寂静无人，只听得一声声清幽的午钟在松风中回荡。周遭掩映着重重叠叠的翠微山色。空空的庭院中白鹿衔花，龙头滴水，一派安宁、祥和的檀林气氛。诗人与寺中的高僧谈经论道，直到天色已暮，才踏着晚霞归去。这次探访让诗人深深感受到当年佛印禅师的宗风禅韵必将在宝积寺永久地流传下去。

宝积寺

汪　源

作者简介

汪源，明代浮梁人，生平事迹不详。

瘦竹①扶衰②到上方③，迢迢沙路任徜徉④。

云归洞去山光晓，风过溪来水气凉。

金像⑤有灵怜我老，衲僧⑥无语笑人忙。

焚香⑦未了逃禅⑧话，满树蝉声又夕阳。

注释

①瘦竹：这里指竹制的拐杖。[宋]苏轼《晚眺》："长亭短景无人画，老大横拖瘦竹筇。回首断云斜日暮，曲江倒蘸侧山峰。"

②扶衰：意思是（用竹杖）扶助我衰弱的身体。

③上方：住持僧居住的内室。亦借指佛寺。［唐］解琬《奉和九月九日登慈恩寺浮图应制》："瑞塔临初期，金舆幸上方。"［宋］孔武仲《清凉寺》："白寺荒湾略舣舟，携筇来作上方游。"［明］何景明《自山家归寺》："暝色延归路，云中见上方。"

④徜徉：安闲自得。［唐］韩愈《送李愿归盘谷序》："膏吾车兮秣吾马，从子于盘兮，终吾生以徜徉。"［明］孔贞运《明兵部尚书节寰袁公墓志铭》："公（袁可立）莳竹种松，分兰薙菊。日与诸耆旧徜徉于诗坛酒社，陶然有隐处之乐焉。"［明］张羽《秋日苕溪·道中》："闲行无物役，洄沿自徜徉。"

⑤金像：金身佛像。［北魏］杨衒之《洛阳伽蓝记·永宁寺》："初掘基至黄泉下，得金象三十躯。"［唐］孟浩然《腊月八日于剡县石城寺礼拜》："石壁开金像，香山倚铁围。"［明］何景明《再至寺》："古壁栖金象，花宫出梵音。"

⑥衲僧：和尚，僧人。［唐］黄滔《上李补阙》："谏草封山药，朝衣施衲僧。"［元］萨都剌《江城玩雪》："舟子迷归寒浦外，衲僧疑在白云间。"

⑦焚香：点燃檀香等香料。［北周］庾信《三月三日华林园马射赋》："属车酾酒，复道焚香。"［宋］王谠《唐语林·政事上》："〔狄惟谦〕遂令设席焚香，端笏立于其上。"如：焚香静坐；焚香操琴。

⑧逃禅：指遁世而参禅。［唐］牟融《题寺壁》："闻道此中堪遁迹，肯容一榻学逃禅。"［明］无名氏《四贤记·邂逅》："端恐路途未稳，学逃禅云外，觅个亲人。"胡怀琛《送亚子归梨里》："商量偕隐谋非错，检点逃禅事

亦难。"

简析

　　这也是一首描写探访宝积寺的诗作。诗人年事已高，拄着瘦竹筇，一早就在迢迢沙路上安闲自得地慢慢走着，来寺院访僧问道。此时薄雾刚刚散去，山色渐渐显露出来；清风吹过溪流，带来微微的凉气。来到寺中，瞻拜庄严的佛像，与僧人焚香话禅，十分投机，不知不觉一天就过去了。耳边蝉声满树，眼前夕阳衔山。诗人心中沐浴着佛光，充满着法喜，恋恋不舍地归去。

宝积寺

方　楫

作者简介

　　方楫，明代浮梁人，生平事迹不详。

　　　　精蓝①楼阁倚山阿②，石磴③萦纡④出薜萝⑤。

　　　　鹫岭⑥僧来明月上，虎溪⑦客散暮云多。

　　　　风调⑧绿绮⑨鸣松嶂，月布金沙⑩绕竹坡。

　　　　雪壁笼纱⑪应有待，行看车马重相过⑫。

注释

　　①精蓝：佛寺；僧舍。精，精舍；蓝，阿蓝若。[宋]高翥《常熟县破山

寺》：“古县沧浪外，精蓝缥缈间。”［元］戴表元《题东玉师府所藏〈潇湘图〉》：“今日精蓝方丈地，倚窗眼看洞庭山。”［清］吴伟业《代具师答赠》：“早得此贤开讲席，便图作佛住精蓝。”

②阿：泛指山陵。《诗经·大雅·皇矣》：“我陵我阿。”［汉］张衡《思玄赋》：“流自眺夫衡阿兮。”

③石磴：石级；石台阶。［南朝·梁］萧统《开善寺法会》：“牵萝下石磴，攀桂陟松梁。”《初刻拍案惊奇》卷四：“约有十数里，方得石磴，磴有百来级，级尽方是平地。”［清］钱谦益《香山寺》：“云从石磴中间出，月向香台下界生。”

④萦纡：盘旋环绕。［汉］班固《西都赋》：“步甬道以萦纡，又杳窱而不见阳。”［唐］白居易《长恨歌》：“黄埃散漫风萧索，云栈萦纡登剑阁。”［宋］范成大《惜交赋》：“玉宛转而不断兮，茧萦纡而连缕。”

⑤薜萝：薜荔和女萝。两者皆野生植物，常攀缘于山野林木或屋壁之上。《楚辞·九歌·山鬼》：“若有人兮山之阿，被薜荔兮带女萝。”这里借指隐者或高僧的住所。［南朝·梁］吴均《与顾章书》：“仆去月谢病，还觅薜萝。”［唐］韩偓《雪中过重湖信笔偶题》：“道方时险拟如何，谪去甘心隐薜萝。”［清］黄遵宪《岁暮怀人诗》之二：“十年冷署付蹉跎，归去空山卧薜萝。”

⑥鹫岭：即灵鹫山，位于中印度摩羯陀国首都王舍城之东北侧，为著名的佛陀说法之地。其山名之由来，一说以山顶形状类于鹫鸟，另说因山顶栖有众多鹫鸟，故称之。这里借指佛寺。［宋］苏轼《海会殿上梁文》：“庶几鹫岭之雄，岂特鹅湖之冠。”［明］夏完淳《题昆山水月殿》：“鹫岭岧峣谷

水阴，昆山迢递快登临。"[清]纳兰性德《桂》："露铸鸾钗色，风薰鹫岭香。"

⑦虎溪：溪名。在江西省九江市南庐山东林寺前。相传晋慧远法师居此，送客不过溪，过此，虎辄号鸣，故名虎溪。[唐]李白《庐山东林寺夜怀》："霜清东林钟，水白虎溪月。"[唐]王维《过感化寺昙兴上人山院》："暮持筇竹杖，相待虎溪头。"

⑧调：调节音高或使之入调。[金]董解元《西厢记诸宫调》："何处调琴，惺惺地把醉魂呼醒？"

⑨绿绮：古琴名。这里泛指琴。[晋]傅玄《琴赋》序："齐桓公有鸣琴曰号钟，楚庄有鸣琴曰绕梁，中世司马相如有绿绮，蔡邕有焦尾，皆名器也。"[唐]李白《听蜀僧濬弹琴》："蜀僧抱绿绮，西下峨眉峰。"[宋]贺铸《小梅花》："愁无已，奏绿绮，历历高山与流水。"[明]王玉峰《焚香记·辞婚》："数归期，旧情新叙在何时，欲将绿绮舒心曲，流水高山付与谁。"

⑩金沙：这里比喻金色的月光。

⑪雪壁笼纱：意思是在粉墙上题诗，然后用薄纱罩着。[元]吴镇《题山居图》："当时抗脏梅花叟，能将笼纱雪壁看。"[清]李振钧《九日同人邀游龙门寺》："挥洒霜毫题雪壁，笼纱留待再来看。"

⑫相过：拜访、探望。《战国策·齐策四》："于是乘其车，揭其剑，过其友。"《史记·魏公子列传》："自迎嬴于众人广坐之中，不宜有所过，今公子故过之。"

简析

诗篇一开始就描写出了宝积寺优美的自然环境。寺院的亭台楼阁倚山而建，一条弯弯曲曲的石砌山路在葱郁的薜萝林木之间蜿蜒盘旋。寺中僧来客往，香火鼎盛。山间泠泠的松风声犹如古琴在鸣奏；金色的月光笼罩着长满翠竹的山坡。诗人临行前恋恋不舍，在寺院粉墙上题诗一首，期盼着以后还来宝积寺再度重游。

宝积寺

陈一鲸

作者简介

陈一鲸，明代浮梁人，生平事迹不详。

山上行云①阁太虚②，山腰稠木③枕④僧居⑤。

一身卧病⑥因何事，万里移舟⑦合著书。

清世几人便吏隐⑧，幽栖⑨还我爱匡庐⑩。

近年已入金沙界，日课⑪楞严⑫敲木鱼⑬。

注释

①行云：流动的云。[三国·魏]曹植《王仲宣诔》："哀风兴感，行云徘徊，游鱼失浪，归鸟忘栖。"[唐]卢照邻《长安古意》："片片行云著蝉鬓，纤纤初月上鸦黄。"

②太虚：指天，天空。《文选·孙绰〈游天台山赋〉》："太虚辽廓而无阂，运自然之妙有。"李善注："太虚，谓天也。"［清］黄鹫来《咏史》之二："壮志弥激烈，气欲凌太虚。"

③稠木：稠密的树林。

④枕：靠近，临近。《汉书·严助传》："会稽东接于海，南近诸越，北枕大江。"这里意思是掩映。

⑤僧居：僧舍；佛寺。［元］王实甫《西厢记》第五本第四折："身荣难忘借僧居，愁来犹记题诗处。"

⑥卧病：因病卧床。［唐］孟浩然《晚春卧病寄张八子容》："南陌春将晚，北窗犹卧病。"［宋］李清照《〈金石录〉后序》："至行在，病疮。七月末，书报卧病。"

⑦移舟：船在水面上行驶。［唐］孟浩然《宿建德江》："移舟泊烟渚，日暮客愁新。野旷天低树，江清月近人。"

⑧吏隐：不以利禄萦心，虽居官而犹如隐者。［唐］宋之问《蓝田山庄》："宦游非吏隐，心事好幽偏。"［唐］白居易《江州司马厅记》："江州左匡庐，右江湖，土高气清，富有佳境……苟有志于吏隐者，舍此官何求焉？"［宋］王禹偁《游虎丘》："我今方吏隐，心在云水间。"

⑨幽栖：隐居。《宋书·隐逸传·宗炳》："南阳宗炳、雁门周续之，并植操幽栖，无闷巾褐，可下辟召，以礼屈之。"［唐］白居易《与僧智如夜话》："懒钝尤知命，幽栖渐得朋。"

⑩匡庐：江西庐山。相传殷周之际有匡俗兄弟七人结庐于此，故称。《后汉书·郡国志四·庐江郡》："寻阳南有九江，东合为大江。"［唐］白居易

《草堂记》:"匡庐奇秀,甲天下山。"

⑪日课:每天的功课。[唐]元稹《叙事寄乐天书》:"与诗人杨巨源友善,日课为诗。"[宋]陆游《闷极有作》:"老人无日课,有兴即题诗。"

⑫楞严:即《楞严经》,是佛教上的一部极重要的大经,可说是一部佛教修行大全。因为此经在内容上,包含了显密性相各方面重要的道理;在宗派上则横跨禅净密律,均衡发挥,各得其所;在修行的次第上,则更是充实、圆满:举凡发心、解、行、证、悟,皆详尽剖析。古人说:"欲知佛境界,当读华严;欲知佛智慧,要读楞严。"又说:"欲想佛法兴,当讲楞严经;欲与外道斗,要诵楞严咒。"

⑬木鱼:佛教法器。相传佛家谓鱼昼夜不合目,故刻木像鱼形,用以警戒僧众应昼夜忘寐而思道。有两种:一为圆状鱼形,诵经礼佛时扣之以调音节;一为挺直鱼形,粥饭或集会众僧时用之,俗称梆。[唐]司空图《上陌梯寺怀旧僧》:"松日明金像,山风响木鱼。"[清]曹雪芹《红楼梦》第二十五回:"忽听见空中隐隐有木鱼声。"

简析

诗人或许是心中久已厌倦了仕途的烦忧,于是逃离官场,来到宝积寺中,想"吏隐"于这红尘之外的清静之地。此地山上白云飘浮,山腰林木葱郁,正是养疴、著书、幽栖的理想之所。近年来诗人已一心向佛,每天敲着木鱼,诵读楞严经,心中感受到了一种从未有过的清静与愉悦。

宝积寺观音堂

戴世清

作者简介

戴世清，明代浮梁人，生平事迹不详。

千年兰若①看云连，别②启经坛③水月④天。

宝座庄严趺⑤大士⑥，芳邻⑦潇洒傍三贤⑧。

风铃⑨殿阁轩前韵，野菊篱根槛后禅。

先志⑩欲成何所事，寒山片石待予⑪镌⑫。

注释

①兰若：指寺院。梵语"阿兰若"的省称。意为寂净无苦恼烦乱之处。[唐]杜甫《谒真谛寺禅师》："兰若山高处，烟霞嶂几重。"[宋]王安石《次韵张子野〈竹林寺〉》之一："青鸳几世开兰若，黄鹤当年瑞卵金。"[清]孙枝蔚《登赤城山》："下岩地势稍宽平，无数松竹绕兰若。"

②别：另外。[宋]严羽《沧浪诗话》："诗有别趣，非关理也。"[明]《徐霞客游记》："再眺山下，则日光晶晶，别一区宇也。"

③经坛：寺院中僧人讲经布法的场所。

④水月：水中月影。常形容明净的境界。[唐]李世民《大唐三藏圣教序》："松风水月，未足比其清华；仙露明珠，讵能方其朗润！"[唐]李白《赠宣州灵源寺仲濬公》："观心同水月，解领得明珠。"

⑤跏：佛教中修禅者的坐法，两足交叠而坐。

⑥大士：佛教对菩萨的通称。[唐]湛然《法华文句记》卷二："大士者，《大论》称菩萨为大士，亦曰开士。"这里特指观世音菩萨。[清]曹雪芹《红楼梦》第五十回："不求大士瓶中露，为乞嫦娥槛外梅。"

⑦芳邻：对邻居的美称。[唐]王勃《秋日登洪府滕王阁饯别序》："非谢家之宝树，接孟氏之芳邻。"[清]蒲松龄《聊斋志异·莲花公主》："忝近芳邻，缘即至深。便当畅怀，勿致疑畏。"

⑧三贤：宝积寺观音堂紧邻三贤堂。三贤堂为纪念宋代苏轼、黄庭坚、佛印三位贤者相聚于宝积寺而修建。

⑨风铃：殿阁塔檐的悬铃，风吹发出响声，故称。[唐]元稹《神曲酒》："遥城传漏箭，乡寺响风铃。"[清]李渔《慎鸾交·心归》："最奇的是横阶塔影，在平地上振响风铃。"

⑩先志：先人的遗志。《魏书·高祖纪上》："朕猥承前绪，篡戎洪烈，思隆先志，缉熙政道。"[唐]白居易《大唐泗州开元寺临坛律德明远大师塔碑铭》："道俗众万辈恭敬悲泣，备涅槃威仪，迁全身归于湖西砖塔，遵本教而奉先志也。"[明]胡应麟《诗薮·唐上》："〔伯禽二女〕以厥祖遗言，俾卜葬青山，以成先志。"

⑪予：我。[宋]周敦颐《爱莲说》："予独爱莲之出淤泥而不染。"[清]袁枚《祭妹文》："然而累汝至此者，未尝非予之过也。"

⑫镌：本义为在金石器物上雕刻。这里意思是在石上题字并刻写出来。

简析

这首诗写的是宝积寺观音堂。观音堂坐落在千年古刹之中，水月空明，极为清静。观音大士庄严跌坐在宝座之上，与近旁的三贤堂中的苏轼、黄庭坚与佛印结为芳邻。殿阁轩前的风铃飘送着悦耳的清韵；篱根槛后的野菊也散发着幽深的禅意。诗人沉吟：先人当初想做成的事情是什么呢？或许是想在这里留下诗文吟咏。就让我题写并镌刻在片石上使之得以流传吧。

宝积寺

闵文振

作者简介

闵文振，浮梁人。明代嘉靖年间岁贡出身，有士行。综博百家，工文词，尤长于诗，曾任严州府（今浙江建德东北）教授，后到福建，先后参加征修《福宁州志》和《宁德县志》。著述甚丰。

<blockquote>
遥路生芳草，迢迢①是寺门。
老僧曾此起②，今古有声闻③。
</blockquote>

注释

①迢迢：道路遥远。[晋]潘岳《内顾诗》之一："漫漫三千里，迢迢远行客。"[宋]姜夔《除夜自石湖归苕溪》："细草穿沙雪半销，吴宫烟冷水迢迢。"

②曾此起：意思是在曾经这里修行得道。

③声闻：梵文意译。佛家称闻佛之言教，证四谛之理的得道者。《大乘义章》卷十七："观察四谛而得道者，悉名声闻。"《大乘义章》卷十七："从佛声闻而得道者，悉名声闻。"《敦煌变文集·维摩经押座文》："五百声闻皆被诃，住相法空分取证。"

简析

此诗前一联描写宝积寺的优美环境：通往寺院的山路边长满了芬芳的花草，远远地一直连接到寺门。后一联则着笔寺院的历史：这里当年曾是云门宗高僧佛印禅师住锡的地方。他的声名与影响流传今古，堪称不朽。这首诗言简意赅，颇耐人吟味。

水洛含烟

祝　祥

作者简介

祝祥，字廷瑞，别号鹤臞。北直武功中卫籍，江西浮梁人。《静宁州志》说他"饶文学，襟怀潇洒，由乡举历官广西道监察御史"。明清设都察院，通长弹劾及建言，设都御史、副都御史、监察御史。监察御史分道负责，祝祥就是分管广西道官吏纠劾考察的言官。他"因言事"，被"谪知山西沁水"，寻知济宁（今山东济宁市）。"会丁内艰"，即遭逢母丧，回家奔丧守孝。守孝期满，明成化十一年（1475），补知（静宁）州事。

山绕孤村水绕川，满城炊火起晴烟。
弥漫禾黍①西风外，掩映楼台夕照边。
四野有谣歌圣化②，三边③无报乐尧天。
太平官府征科④少，里巷家家共醉眠。

注释

①禾黍：禾与黍。泛指黍稷稻麦等粮食作物。《史记·宋微子世家》：

"麦秀渐渐兮，禾黍油油。"《后汉书·承宫传》："后与妻子之蒙阴山，肆力耕种，禾黍将孰，人有认之者，宫不与计，推之而去，由是显名。"［宋］曾巩《送程公辟使江西》："袴襦优足徧里巷，禾黍丰穰罄郊野。"

②圣化：圣人的教化。《汉书龚遂传》："遂对曰：海濒遐远，不沾圣化，其民困于饥寒而吏不恤。"

③三边：古称幽州、并州、凉州为三边，后泛指边疆。

④征科：征收赋税。［唐］韩愈《顺宗实录四》："上考功第，城（阳城）自署第曰：'抚字心劳，征科政拙，考下下。'"明李东阳《与顾天锡夜话和留别韵》："征科亦是公家事，民力江南恐未禁。"

简析

这首诗描写的是陇右水洛城的美好情景：城之外，山绕孤村水绕川；城之内，满城炊火起晴烟。西风外，禾稼遍地；夕照边，楼台掩映。前两联写的是主要是自然风光；后两联转写社会生活：民谣歌圣化，四境乐安宁。因为天下太平，官府征科少，老百姓家家户户都过着安乐的日子。诗中所呈现出的俨然是一派桃花源里的生活情景。

过景德镇

蒋启敭

作者简介

蒋启敭（1795—1856），字明叔，号玉峰，广西全州人。清嘉庆丙子年（1816）中举，道光二年（1822）中进士。历任江西德兴、会昌知县、永丰知州、南昌同知、江西盐法道。在任知县、知州、道员期间有政绩，后擢升河南彰（德）、卫（辉）、怀（庆）兵备道。蒋氏生前曾主修《德兴县志》《会昌县志》，著有《问梅轩诗草》《宦海一蠡》《教士敭论》《李杜韩三家摘句》《见闻偶笔》《课艺》等作品。可惜散失无存。

青山无色水无光，一溪瓦砾烟苍苍。
连云阛阓①十万户，生涯仰给②埏埴③场。
天子仁圣躬节俭，硎羹土簋④师前皇。
新奇淫巧⑤胥⑥所戒，惟兹岁额供上方⑦。
御窑厂，岁发帑金，贡器有例额，有定式。
咄咄俗子见何陋，名瓷异式⑧纷夸张。

中人⑨之产食方丈⑩，称此奇器罗芬芳。

扁舟过此增太息，徒手入市空仿徨。

滩边纷纷多明月⑪，一钱不用收盈筐。

归来试取发新墨⑫，毛端⑬拂拂生古香。

水中有白瓷片，圆洁如月。窑户烧器物者以无用弃之。沉浸日久，研墨板润，过镇他物无所市，惟拾此数十片而已。

注释

①阛阓：街市；街道。《文选·左思〈魏都赋〉》："班列肆以兼罗，设阛阓以襟带。"吕向注："阛阓，市中巷绕市，如衣之襟带然。"《宋书·后废帝纪》："趋步阛阓，酣歌垆肆。"[宋]沈括《江州揽秀亭记》："江湖山水，阛阓之趣，不能兼有也。"

②仰给：仰，仰仗，依靠。给，供给。

③埏埴：和泥制作陶器。《老子》："埏埴以为器，当其无，有器之用。"河上公注："埏，和也；埴，土也。谓和土以为器也。"[汉]桓宽《盐铁论·通有》："铸金为锄，埏埴为器。"这里指烧制瓷器。

④土簋：盛饭的瓦器。《韩非子·十过》："臣闻昔者尧有天下，饭于土簋，饮于土铏。"《史记·太史公自序》："食土簋，啜土刑。"裴骃集解引服虔曰："土簋，用土作此器。"[清]唐甄《潜书·抑尊》："是以尧舜之为君，茅茨不剪，饭以土簋，饮以土杯。"亦作"土刑""土硎""土型"。古代一种盛汤羹的瓦器。

⑤淫巧：谓过于精巧而无益的技艺与制品。[汉]桓宽《盐铁论·本议》："有山海之货而民不足于财者，不务民用而淫巧众也。"《明史·孟一脉传》：

"东南财赋之区，靡于淫巧，民力竭矣。"

⑥胥：古代的小官。[明]董其昌《节寰袁公行状》："府吏胥徒之属善阴阳，上官百相欺骗也，即座师陆公为公（袁可立）虑之。"

⑦上方：同"尚方"。汉代官署名，主管制造、储藏、供应帝王及皇宫中所用刀剑、衣食及日用玩好器物。《汉书·佞幸传·董贤》："下至贤家僮仆皆受上赐，及武库禁兵，上方珍宝。"

⑧异式：奇特的式样。

⑨中人：中等收入的人家。《汉书·文帝纪赞》曰："百金，中人十家之产也。"[唐]白居易《秦中吟》："一丛深色花，十户中人赋。"

⑩食方丈：语出《孟子·尽心下》："食前方丈，侍妾数百人，我得志弗为也。"方丈：一丈见方。吃饭时面前一丈见方的地方摆满了食物，形容吃得阔气。[元]王实甫《西厢记》第一本楔子："我想先夫在日，食前方丈，从者数百；今日至亲则这三四口儿，好生伤感人也呵！"[明]沈自徵《鞭歌妓》："老夫衰迈无能，食前方丈，侍妾数十人，当之有愧。"[清]洪升《长生殿·献饭》："寻常，进御大官，馔玉炊金，食前方丈，珍羞百味，犹兀自嫌他调和无当。"

⑪明月：这里喻指白瓷片。参见诗后作者自注："水中有白瓷片，圆洁如月。"

⑫新墨：刚刚研磨出的墨。

⑬毛端：毛笔笔端。

简析

诗人曾历任江西德兴、会昌知县、永丰知州、南昌同知、江西盐法道等官职。这首诗似为他乘舟昌江，路过景德镇时写的。由于沿河窑烟蔽空，故在诗人眼中显得"青山无色水无光"，连"一溪瓦砾"也笼罩在苍苍烟中。镇上"连云阛阓十万户，生涯仰给埏埴场"，百姓全依靠制陶以维持生计。虽然"天子仁圣躬节俭"，力戒新奇淫巧，崇尚简朴，但仍然有"咄咄俗子"奢侈淫逸，多方搜罗异式名瓷供一家之挥霍享乐。诗人见此徒增太息。他入城而"空手无所市"，彷徨归舟。忽见河滩上散落着许多犹如明月般光泽温润的瓷片，便"归来试取发新墨"，那笔端也仿佛散发出拂拂古雅的芬芳。诗中流露出诗人崇朴尚简的精神操守与民胞物与的深挚情怀。

昌江杂咏

凌汝绵

作者简介

凌汝绵，号兰皋，江西彭泽人，清乾隆十五年（1750）举人。曾任广西柳城知县，后以教谕补浮梁县训导，乾隆四十七年（1782）主持重新编纂《浮梁县志》。

其一

风景悠悠缅①古初，村村杉竹护精庐②。

篮舆③悄向门前过，十户人家九读书。

注释

①缅：遥远。《国语·楚语》：“缅然引领南望。”

②精庐：学舍，读书讲学之所。《后汉书·姜肱传》：“盗闻而感悔，后乃就精庐，求见徽君。”《魏书·儒林传·平恒》：“乃别构精庐，并置经籍于其中。”

③篮舆：古代供人乘坐的交通工具，形制不一，一般以人力抬着行走，类似后世的轿子。《晋书·孝友传·孙晷》：“富春车道既少，动经江川，父难于风波，每行乘篮舆，晷躬自扶持。”《宋书·隐逸传·陶潜》：“潜有脚疾，

使一门生二儿舁篮舆。"[清]方文《赠孙子谷》诗："寒予脚疾愁归路,直遣篮舆送到家。"

译文

此地风物清嘉,历史悠久,村村都有学舍,掩映于杉竹的绿荫之中。这里十户人家中就有九户人家送孩子入学读书,乘篮舆的人每当从学舍门前经过,都会静悄悄地尽可能不发出声响,以免影响孩子们读书学习。

其二

昌江自古毓①宁馨②,接武③童科④旧典型。

礼节初娴⑤胆气壮,髫龄⑥请背十三经⑦。

注释

①毓:同"育"。哺育、培育。

②宁馨:即宁馨儿,本意是指这样的孩子,后常用来赞美孩子或子弟。《晋书·王衍传》:"何物老妪,生宁馨儿!"梁启超《论中国学术思想变迁之大势》:"以行亲迎之大典,彼西方美人,必将为我家育宁馨儿以亢吾宗也。"

③接武:步履相接。比喻前后相接,继承。《旧唐书·尹思贞李杰等传论》:"有唐之兴,绵历年所,骨鲠清廉之士,怀忠抱义之臣,台省之间,驾肩接武。"

④童科:在唐朝实行科举考试,特设"童科",年龄在十岁以下的,只要

读通一本儒家经典著作，经过考试合格的，就给予"出身"——不再是平民了。虽名为"官"，但因年龄小，实际上是不让他们去治民的。宋朝一度废除"童科"，但后来又恢复了。

⑤娴：娴熟。

⑥髫龄：幼年。［唐］王勃《四分律宗记序》："筠抱显于髫龄，兰芳凝于卝齿。"［清］钮琇《觚剩·酒芝》："梅村甫髫龄，亦随课王氏塾中。"

⑦十三经：经书在南宋后通常包括十三部儒家著作，称为十三经，分别是《诗经》《尚书》《礼记》《周易》《左传》《公羊传》《穀梁传》《周礼》《仪礼》《论语》《孝经》《尔雅》《孟子》。十三经是从先秦到南宋，经书逐渐增删的结果，历代研究十三经的学问称为经学。

译文

自古以来，悠悠昌江水哺育了许多有出息的孩子，前朝考中童科的人前后相接，代不乏人。年幼的孩子们刚熟悉礼仪，便胸胆开张，自信满满，在人前主动请求背诵《十三经》。

其三

山自悠悠水自长，总教马鬣①莫荒凉。
百年乔木秋风老，残碣②摩挲③认宋唐。

注释

①马鬣：坟墓封土的一种形状。亦指坟墓。［唐］李白《上留田行》："蓬科马鬣今已平，昔之弟死兄不葬。"［宋］刘克庄《沁园春》词："叹苕溪

渔艇，幽人孤往；雁山马鬣，吊客谁径。"

②残碣：残碑。[清]江藩《汉学师承记·阎若璩》："雅好金石文字，遇荒村野寺古碑残碣，埋没榛莽之中者，靡不椎拓。"

③摩挲：用手抚摩。[唐]韩愈《石鼓歌》："牧童敲火牛砺角，谁复著手为摩挲。"[清]刘鹗《老残游记》第十四回："亏得个老王妈在老奶奶身上尽自摩挲。"

译文

青山自悠悠，江水自泱泱，总不能让前人的丘墓埋没于荒凉的草莱中。百年乔木已在萧瑟的秋风中渐渐老去，用手轻轻抚摸那残碑断碣，细心辨读那唐宋年间遗存的已经漫漶的碑文。

其四

重重水碓①夹江开，未雨殷②传数里雷。

春得泥稠米更凿，祁船③未到镇船回。

原注

米运祁门上水，不下景镇下水，故迟速不同。不，敦上声。

注释

①水碓：利用水力舂米的农用器械，景德镇旧时制瓷常用来舂瓷石。

②殷：雷声；震动声。《诗经·国风·召南·殷其雷》："殷其雷，在南山之阳。"

③祁船：来往祁门运米的船只。

译文

重重水碓夹着昌江两岸排列着，碓声隆隆，此起彼伏，晴天里也仿佛传来阵阵的雷声,好把瓷土舂得稠稠的，米舂得白白的。运米的祁船还未到，运瓷的镇船已经回来了。

其五

百种佳瓷不胜①挑，霏红霁翠②比琼瑶③。

故家盆盎无奇品，不羡哥窑④与定窑⑤。

原注

邑产瓷器，而土绅所用者不尚精工，犹见风俗淳古。

注释

①不胜：（胜，古音读shēng）不尽。《晏子春秋·外篇上三》："赋敛无厌，使民如将不胜，万民恐怨。"《史记·项羽本纪》："夫秦王有虎狼之心，杀人如不能举，刑人如恐不胜，天下皆叛之。"

②霏红霁翠：两种颜色釉，这里泛指色釉瓷。

③琼瑶：美玉。语出《诗经·木瓜》："投我以木桃，报之以琼瑶。"

④哥窑：为宋代名窑之一。窑名最早见于明初宣德年间的《宣德鼎彝谱》一书。相传南宋时有章生一、章生二弟兄各主一窑，生一所陶者为哥窑，生二所陶者为龙泉窑。

⑤定窑：宋代六大窑系之一，是继唐代的邢窑白瓷之后兴起的一大瓷窑体系。主要产地在今河北省保定市曲阳县的涧磁村及东燕川村、西燕川村

一带,因该地区唐宋时期属定州管辖,故名定窑。定窑原为民窑,北宋中后期开始烧造宫廷用瓷。创烧于唐,极盛于北宋及金,终于元,以产白瓷著称,兼烧黑釉、酱釉和釉瓷,文献分别称其为"黑定""紫定"和"绿定"。

译文

景德镇烧制的精美瓷器品种多样,让人眼花缭乱,挑不胜挑。各种色釉瓷可与美玉相媲美。而本地人使用的大都是粗瓷,并不羡慕那各地名窑出产的瓷品。

其六

青绕烟岚绿绕川,新平①堪谱画图传。

倚山屋角皆栽竹,临水桥边总系船。

注释

①新平:景德镇旧称,新平镇是在东晋时期设置的。清代《浮梁县志》记载:"新平冶陶,始于汉世。"

译文

景德镇山青水碧,烟岚缥缈。那山边屋角,处处栽着青翠的竹林;那水边桥下,时时停泊着来往的船只。这般优美的景色值得绘成画卷广为流传。

简析

这组诗描写的是浮梁优美的地域风情。浮梁的风光是那样的秀美:"青绕烟岚绿绕川","村村杉竹护精庐";浮梁的历史是那样悠久："山自悠悠水自长"，"残碣摩挲认宋唐"；浮梁的瓷业是那样兴盛："重重水碓夹江开"，"百种佳瓷不胜挑"；浮梁的文风是那样鼎盛："十户人家九读书"，"髫龄请背十三经"。吟诵之余不禁让人悠然神往。

升平乐

金梦文

作者简介

金梦文，字季兰，清代浮梁人。县邑庠生，早擅文誉，长于诗，品望端重，清康熙年间被荐举掌乡饮酒礼。

其一

而今方享读书乐，村墅①无闻犬吠声。

夜对银缸②敲叶③细，朝研④玉露点珠清。

闲庭草色凭阑看，茂树禽声检韵⑤迎。

珥笔⑥清华应纪绩⑦，许多桃李荷⑧春荣。

注释

①村墅：乡村房舍。泛指村庄、乡村。［唐］祖咏《渡淮河寄平一》："天色混波涛，岸阴匝村墅。"［宋］张道洽《咏梅》："村墅苔为径，茅檐竹作篱。"

②银缸：银白色的灯盏、烛台。［南朝］梁元帝《草名》："金钱买含笑，银缸影梳头。"［宋］晏几道《鹧鸪天》词："今宵剩把银缸照，犹恐相逢是

梦中。"

③叶：通"页"。宋元印书，已在外口印有一、二、三等数字，但都称为"叶"。因为"叶"有正反两面，这与当时折起来装订的书籍正相吻合。许多"叶"合装成册，称为"叶子册"（见《邵氏闻见后录》）。宋人徐度说王彦朝每每得到好书，"必以鄂州蒲圻县纸为册，以其紧慢、厚薄得中也，每册不过三四十叶"；僧文莹的《玉堂嘉话》记载宋初杜镐博闻强记，"公凡戒检书吏曰：'某事，在某书某卷几叶几行'，覆之未尝有差"。

④研：研磨。[北魏]贾思勰《齐民要术》："打取杏仁，以汤脱去黄皮，熟研，以水和之，绢滤取汁。"

⑤检韵：检，翻阅，查阅；韵，诗韵。

⑥珥笔：古时官吏、谏官入朝，或近臣侍从，把笔插在帽子上，以便随时记录、撰述。[魏]曹植《求通亲亲表》："安宅京室，执鞭珥笔，出从华盖，入侍辇毂。"这里指在朝为官。

⑦纪绩：记载功绩。

⑧荷：承载、承受、承蒙。[汉]张衡《东京赋》："荷天下之重任。"

译文

而今正享受着读书的乐趣，村庄里静悄悄的，连狗叫声都听不见。晚上，在灯下轻轻地翻开书页刻苦攻读；清晨，以露水研成墨汁书写清新的文字。凭着栏杆闲看庭中的花光草色，那枝叶茂密的树上，鸟鸣声像吟诗般的悦耳动听。日后定将身居高位，建功立业，许多门生弟子都将会蒙受恩荣。

其二

而今方享田家乐，四境无闻击柝^①声。

遍野豚蹄^②期岁稔^③，盈箱^④谷实庆秋成。

烹葵剥枣^⑤邀邻酌，墐户^⑥诛茅^⑦备来耕。

总赖公侯奸草寇^⑧，嬉游卒岁乐升平。

注释

①击柝：敲梆子巡夜。亦喻战事、战乱。《易经·系辞下》："重门击柝，以待暴客，盖取诸豫。"[明]冯梦龙《东周列国志》第五十五回："遇巡军击柝而来，华元问曰：主帅在上乎？"

②豚蹄：本意是小猪的蹄印。这里代指猪、羊之类的家畜。

③岁稔：年成丰熟。唐白居易《泛渭赋》序："上乐时和岁稔，万物得其宜。"《旧五代史·唐书·明宗纪四》："盖逢岁稔，共乐时康。"

④箱：盛放谷物的仓廪。

⑤烹葵剥枣：语出《诗经·七月》："……七月亨烹葵及菽。八月剥枣，十月获稻。"葵，蔬菜名。我国古代重要蔬菜之一。东汉·许慎《说文》："葵，葵菜也。"剥，通"扑"。

⑥墐户：涂塞门窗孔隙。《诗·豳风·七月》："穹窒熏鼠，塞向墐户。"孔颖达疏："墐户，明是用泥涂之，故以墐为涂也。"宋苏轼《秋阳赋》："居不墐户，出不仰笠，暑不言病，以无忘秋阳之德。"

⑦诛茅：芟除茅草。[南朝·梁]沈约《郊居赋》："或诛茅而剪棘，或既西而复东。"[明]汪廷讷《狮吼记·谈禅》："他风流慷慨世间稀，选胜诛茅堂构美。"引申为结庐安居。庞树松《檗子书来约游》："到此倘嫌山水浅，

人间何地可诛茅。"

⑧草寇：指出没于山地的强盗。语出《旧唐书·僖宗纪》："如乡村有干勇才略，而能率合义徒，驱除草寇者，本处以闻，亦与重赏。"[明]冯梦龙《东周列国志》第五十五回："彼草寇何能为？来日弟当见阵，管取胜之。"

译文

而今正享受着田园生活的乐趣，四方边境都很安宁，没有战乱。牲畜遍布村野，粮食堆满谷仓，预示着今岁又是个好年成。烹煮好葵菜，扑打下枣实，邀请邻居们一起把酒话桑麻；修葺好门窗，整治好居所，为来年的春耕做好准备。仰仗着公侯歼灭了草寇，又可以过着一年到头升平快乐的生活。

其三

而今方享渔家乐，细雨斜风日日宜。

岂必苍鳌①连钓铒，且看赤鲤上纶丝②。

卖鱼入市沽春酒，冒雪操竿刺水湄③。

天籁④时从芦苇发，几声欸乃⑤和歌辞。

注释

①苍鳌：传说中海里的大龟或大鳖。《淮南子·览里》："于是女娲炼五色石以补苍天，断鳌足以立四极。"

②纶丝：亦写作"丝纶"，钓鱼用的线。[唐]无名氏《渔父》："料理丝纶欲放船，江头明月向人圆。"[宋]张先《满庭芳》："金钩细，丝纶慢卷，牵动一潭星。"

③水湄：水边、水岸、水跟岸之间的亦水亦岸亦草的地方。语出《诗经·秦风·蒹葭》："蒹葭凄凄，白露未晞。所谓伊人，在水之湄。"［清］周灿《使交趾诗》："沧江岸上有荒祠，桫叶棉枝近水湄。"

④天籁：自然界的声音，物自然而然发出的声音。如风声、鸟声、流水声等。［唐］刘禹锡《武陵北亭记》："林风天籁，与金奏合。"［清］方文《宋遗民咏·吴子昭雯》："尤喜诗与歌，声出似天籁。"

⑤欸乃：象声词。开船的摇橹声。［唐］柳宗元《渔翁》："烟销日出不见人，欸乃一声山水绿。"［元］郑光祖《倩女离魂·第二折》："听长笛一声何处发，歌欸乃，橹咿哑。"

译文

而今正享受着渔家生活的乐趣，无论细雨还是斜风，天天都适宜从事劳作。不必指望能钓上苍鳌，且看那一条条红鲤鱼已挂上我的钓钩。到集市上卖掉打来的鲜鱼，然后沽上一壶春酒；冬天冒着漫天雪花坐在水边握着鱼竿垂钓，大自然各种美妙的声响从芦苇丛中发出，咿哑的橹声与渔歌相互唱和着，让人陶醉。

其四

而今方享樵夫乐，绣谷丁丁①伐木声。

信步高低芒底②便，随缘③雉兔④担头横。

息肩坐石猜奇偶⑤，厉斧⑥瞻云计雨晴。

榾柮⑦烧残团妇子，炉煨橡栗⑧笑深更。

注释

①丁丁：象声词。形容伐木、下棋、弹琴等声音。《诗经·小雅·伐木》："伐木丁丁，鸟鸣嘤嘤。出自幽谷，迁于乔木。"

②芒底：芒鞋底。芒鞋，用草编织的鞋子。[宋]苏轼《定风波》："竹杖芒鞋轻胜马，谁怕！一蓑风雨任平生。"[清]吴敬梓《儒林外史》第三十七回："腰系丝绦，脚下芒鞋。"

③随缘：宗教术语。缘，指身心对外界的感触。这里意思是指顺应机缘，顺其自然。

④雉兔：野鸡和兔子。亦指猎取野鸡和兔子。《孟子·梁惠王下》："文王之囿方七十里，刍荛者往焉，雉兔者往焉，与民同之。"

⑤猜奇偶：古人的一种游戏方式。奇，单数；偶，双数。

⑥厉斧：厉，通"砺"，磨砺。厉斧，意思是在磨刀石上磨利斧头。[唐]储光羲《樵夫词》："山北饶朽木，山南多枯枝。枯枝作采薪，爨室私自知。诘朝砺斧寻，视暮行歌归。"

⑦榾柮：木柴块，树根疙瘩。可代炭用。[前蜀]贯休《深山逢老僧》："衲衣线粗心似月，自把短锄锄榾柮。"[宋]陆游《霜夜》："榾柮烧残地炉冷，喔咿声断天窗明。"

⑧橡栗：也叫橡子、橡果，是栎树的果实。《庄子·盗跖》："昼拾橡栗，暮栖木上，故命之曰有巢氏之民。"[唐]杜甫《北征》诗："山果多琐细，罗生杂橡栗。"[清]赵翼《静观》："食不如橡栗，衣不如纻麻。"

译文

而今正享受着打柴生活的乐趣，鲜花盛开的山谷中，不时传来

"丁丁"的伐木声。脚下穿着草鞋，无论爬高走低都很便利；打柴时捎带着抓来的野鸡与野兔就挂在担头上。放下肩上的担子，坐在石头上歇息，与同伴们猜奇偶以取乐；磨好斧头，望望天上的云彩，盼着雨过天晴。夜晚，与老婆孩子围坐在烧着树根疙瘩的火炉边，一边煨烤着橡栗，一边说笑着，不知不觉已是夜静更深了。

简析

这一组诗分别从耕、读、渔、樵等四个方面生动地描写了"遍野豚蹄""盈箱谷实"的丰收之年，在"四境无闻击柝声"的安宁环境中，浮梁田家人共享升平之乐的美好情景。耕者"烹葵剥枣邀邻酌，墐户诛茅备来耕"；读者"夜对银缸敲叶细，朝研玉露点珠清"；渔者"卖鱼入市沽春酒，冒雪操竿刺水湄"；樵者"榾柮烧残团妇子，炉煨橡栗笑深更"。既勤于劳作，安于贫贱，又能在平凡的日子里感受到生活中的点滴美好，这种朴实的情怀让人读后深受感染。

浮梁竹枝词

郑凤仪

作者简介

郑凤仪，号蓉裳，浮梁人。清代廪生出身。幼承父训，性颖敏，日诵数千言。曾主持并任教浮梁绍文书院，平生喜奖掖后进，多有成就。

其一

山里江城树里村，人家花里筑花樊^①。

四时花向楼头见，行到花边香隔门^②。

注释

①筑花樊：樊，篱笆。筑花樊意思是用花树编成篱笆。

②香隔门：花的香气透过院门散发出来。

译文

青山环抱着江城，绿树掩映着村庄，鲜花簇拥着户户人家。登上楼头一看，全城一年四季时时处处都是鲜花。行人路过门前，便能闻到从院门内散发出来的阵阵花香。

其二

鸳鸯五览水^①潺潺，穿过城中锦绣街^②。

只少笙歌迎画舫^③，也应呼作小秦淮^④。

注释

①鸳鸯五览水：原作鸳鸯览五水，浮梁城内水流的名称。

②锦绣街：浮梁城内街名。《浮梁县志》："旧志：……（县）治据高阜，内则五马渚水迤庐剌坑而左朝，鸳鸯览五水历锦绣街而顺趋。外则永济、阴砂湾如环带。"

③画舫：装饰漂亮、美丽的游船。［唐］刘希夷《江南曲》："画舫烟中浅，青阳日际微。"［清］孙枝蔚《重游徐幼长园林》："门前增画舫，墙外落红梅。"

④秦淮：河流名，发源于江苏溧水东北，西流经南京入长江。相传为秦时所开，凿钟山以通淮水，故称秦淮。两岸多青楼酒肆，是历代著名的游览胜地。

译文

鸳鸯览五水从锦绣街潺潺地流过，景色十分优美。美中不足的是这里少了些歌舞音乐与华美的游船，否则也能像南京的秦淮河那样令人流连忘返。

其三

千里清溪五里滩，竹篙剪水^①上滩难。

人声争共滩声急，闲坐滩头把钓竿^②。

注释

①剪水：指竹篙的篙尖划破水面泛起涟漪。[唐]陆畅《惊雪》："天人宁许巧，剪水作飞花。"

②把钓竿：指手握着鱼竿垂钓。

译文

蜿蜒千里的清溪边有一处五里滩，这里水急滩险。船工们过滩时用竹篙竭尽全力地往上撑，极其艰难，那激越的号子声与湍急的水流声争相共鸣。也有的人坐在滩头悠闲地把竿垂钓。

其四

雾锁云连见几层，桥门双塔^①耸觚棱^②。

游人竞上金鳌^③背，谁向鳌头^④独自登。

注释

①双塔：坐落在凤凰嘴上的震方塔与巽方塔，建于明代万历年间，与学宫遥相映对。

②觚棱：宫阙上转角处的瓦脊成方角棱瓣之形。[宋]王观国《学林·觚角》："所谓觚棱者，屋角瓦脊成方角棱瓣之形，故谓之觚棱。"《文选·班固》："设璧门之凤阙，上觚棱而栖金爵。"

③金鳌：即金鳌背稳，古昌江八景之一。在旧城学宫前，震方山如鳌背涌出。明万历间建塔其上，以映学宫。

④鳌头：鳌，本义为海中大鳖。俗称状元及第为独占鳌头。因为在殿试中，选出状元、榜眼、探花三甲后，就宣旨唱名，谓之胪传。胪传毕，赞礼官引东班状元、西班榜眼二人，向前行至殿中之殿下（天子座前的阶梯）迎接殿试榜，到达殿前则状元稍前进，站在中殿石上。这中殿石上雕刻着一条龙和一只大鳌。由于状元一人独占殿中的大鳌，所以就说他独占鳌头。

译文

学宫门前遥对着两座在云雾中时隐时现的高塔。游人们兴致冲冲，竞相登上那鳌背般的震方山。但又有谁能真正地蟾宫折桂，独占鳌头呢！

其五

碓①厂和云春绿野，贾船②带雨泊乌篷。

夜阑③惊起还乡梦，窑火通明两岸红。

注释

①碓：原指木石制成的舂米器具，这里指舂捣瓷石的水碓。［清］何琲《癸酉孟冬过洞壶偶题》夹注："循洞壶窑里西南合昌江大河数十里内，两岸水碓百余处，皆舂瓷不为业。"

②贾船：商船。这里指装运瓷土或瓷器的船只。乌篷，即乌篷船。［清］赵庆熺《步步娇·泖湖访旧图》："澹疏疏秋芦着花，小乌篷半横溪汊。"

[清]龚自珍《暗香·姑苏小泊》:"琐窗朱户,一夜乌篷梦飞去。"

③夜阑:夜将尽;夜深。[汉]蔡琰《胡笳十八拍》:"更深夜阑兮,梦汝来期。"[唐]杜甫《羌村》:"夜阑更秉烛,相对成梦寐。"

译文

如云一般的碓厂遍布于浮梁四境,一排排装运瓷土或瓷器的乌篷船带雨停泊在江边。夜深时,两岸那映红天空的窑火常常将旅人们从还乡好梦中惊醒。

其六

斑鸠①呼妇②踏春泥,挑菜人来日欲低。

一带红云照茜袖③,桃花多半在城西。

注释

①斑鸠:鸟名。

②呼妇:相传每逢阴雨天,雄鹁鸠就把雌鹁鸠撵出窝,雨过天晴又呼喊雌鹁鸠回来。谚语说:"天将雨,鸠逐妇。"[三国]陆玑《毛诗草木鸟兽虫鱼疏》卷下:"鹁鸠,一名班鸠,似鹁鸠而大。鹁鸠灰色无绣项,阴则屏逐其匹,晴则呼之。"[宋]欧阳修《鸣鸠诗》:"鸠呼妇归鸣且喜,妇不亟归鸣不已。"这里的意思是活用为"(斑鸠)呼唤着妇女"。

③茜袖:红袖。[唐]李商隐《和郑愚赠汝阳王孙家筝妓二十韵》:"茜袖捧琼姿,皎日丹霞起。"

译文

春天来了，田野上斑鸠一声声啼唤着，好像在呼叫妇女们去野外去采摘野菜。傍晚太阳落山时，那火红的晚霞与妇女们的红裳相辉映。城西边，一大片绚丽的桃花正竞相绽放。

其七

毛竹编篱松径①遮，雨前②同出摘山茶。

采茶歌罢茶将老，鬓边斜插野茶花。

注释

①松径：松树掩映的小路。

②雨前：这里特指谷雨前。

译文

在毛竹编织的篱笆旁，在松树掩映的小路上，妇女们一同出门去采摘山茶。她们鬓边插着美丽的野茶花，边唱歌边采茶。整个采茶季节茶园里歌声不断。伴随着那优美的采茶歌声，茶叶也渐渐变老。

其八

桑阴最少稻田多，霉雨①薰风②节候③和。

女不承筐④男秉耒⑤，山坳水曲唱栽禾。

注释

①霉雨：一般写作"梅雨"，是初夏季节经常出现的一段持续时间较长

的阴沉多雨天气。主要分布于中国江淮流域，经朝鲜半岛南端到日本南部等地。每年6月中下旬至7月上半月之间持续。由于梅雨发生的时段，正是中国江南梅子的成熟期，故称为"梅雨"。梅雨季节里，空气湿度大、气温高，衣物等容易发霉，所以也有人把梅雨称为同音的"霉雨"。

②薰风：和暖的风。指初夏时的东南风。《吕氏春秋·有始》："东南曰薰风。"［唐］白居易《首夏南池独酌》："薰风自南至，吹我池上林。"

③节候：时令气候。［唐］刘商《重阳日寄上饶李明府》："重阳秋雁未衔芦，始觉他乡节候殊。"

④承筐：典出《周易·归妹》："女承筐，无实；士刲羊，无血。"这里是指提着竹筐去采桑。

⑤秉耒：典出《礼记·祭义》："是故昔者天子为藉千亩，冕而朱纮躬秉耒。"秉：拿着。耒：音lěi，古代耕地用的农具。

译文

浮梁一带很少种桑养蚕，多以种稻田为主。每年一到和风送暖的梅雨季节，妇女们不去提篮采桑，而是与拿着农具的男人一起，在山坳或水边的农田里唱着山歌插秧。

其九

家住莲塘①水树饶②，采莲何用荡兰桡③。

莲花不见见菱叶，空伴采莲人过桥。

注释

①莲塘：莲荷塘。在原浮梁县治东北，为宋代范仲淹任饶州刺史时修建。

②饶：丰美茂密。

③兰桡：桡，本义是船桨，这里代指船。兰桡，船的美称。

译文

我家就住在莲荷塘边，碧波映门，草树茂美。采莲哪里用得着划船去水中呢？如今塘里已看不到莲花，满塘都是菱叶，再也看不见那些采莲人在桥上来来往往了。

其十

三潭①倒印湖心月，此地双溪夜月②寒。

爱月谁人多得月，一般偏作二般看③。

注释

①三潭：三潭印月，在杭州西湖中，为西湖十景之一，被誉为"西湖第一胜境"。

②双溪夜月：位于旧城东北两河交汇处，俗名道观嘴。每到月夜，圆朗互映，溪光四出。为浮梁古"昌江八景"之一。

③一般偏作二般看：因为此处两条溪水交汇，所以每到月圆之夜，立在溪边能观赏到两轮明月分别倒映于双溪中。[清]蔡继祖《双溪夜月》诗中"彻底两轮悬玉镜""影娥无匹偏成匹"等诗句就极为生动地描写出这种

奇景。

译文

杭州西湖有秀美的"三潭印月",而此地却有奇特的"双溪夜月"。人们都喜爱观赏月亮,但又有谁能看到比平常更多的月亮呢?然而在这双溪里,人们却可以同时观赏到两轮明月。

简析

竹枝词,以吟咏风土为其主要特色,"志土风而详习尚",故与地域文化结下了不解之缘。它常于状摹世态民情中,洋溢着鲜活的文化个性和浓厚的乡土气息,这对于许多学科特别是社会文化史和历史人文地理等领域的研究,具有极为重要的史料价值。作者郑凤仪出于对家园故土的无比热爱,创作了这十首充满浮梁地域风情的竹枝词。在他笔下,浮梁山水风光是美的:"山里江城树里村,人家花里筑花樊。""三潭倒印湖心月,此地双溪夜月寒。"城乡风情是美的:"只少笙歌迎画舫,也应呼作小秦淮。""家住莲塘水树饶,采莲何用荡兰桡。"劳作生活也是美的:"女不承筐男秉耒,山坳水曲唱栽禾。""毛竹编篱松径遮,雨前同出摘山茶。"字里行间洋溢着对浮梁无比深厚的真挚情感,令人读罢油然而生出无限向往之情。

景德镇竹枝词

张宿煌

作者简介

张宿煌（1844—1904），字碧垣，号伯罗，别号种松子。江西湖口
酬山人。清代文学家。1862年中举人，后三次赴京会试落第，1888年
出任清江县（今江西樟树）教谕。著有《退思堂文钞》《五柳乡谈》
等。

其一

十万人烟背枕河①，火龙②盘踞起窑窝。

人工近日坯房③贵，半为亡多半病多。

注释

①枕河：临河。[北周]庾信《咏画屏风》之十四："半城斜出树，长林直
枕河。"[唐]杜荀鹤《送人游吴》诗："君到姑苏见，人家尽枕河。"

②火龙：烧制瓷器的窑囱里喷射出的火舌就像龙在飞腾。

③坯房：制作瓷坯的作坊。[清]郑庭桂《陶阳竹枝词》："坯房挑得白
釉去，匣厂装将黄土来。"

译文

陶阳十三里上下有十万人家倚河而居,窑窝的烟囱里喷射出一条条火龙。近些日子坯房里的人工费用变得更贵了,因为原先的坯工大多或死亡或生病了。

其二

杂地①居民易有无②,上通徽浙下都湖。

冬来打点输官③费,去岁抽收到屋租。

注释

①杂地:外来人口杂居之地。

②易有无:从事商业贸易活动。

③输官:向官府缴纳钱物。[清]赵翼《瓯北诗话·吴梅村诗》:"世祖章皇帝特诏:免此加派,其已输官者,准抵次年钱粮。"

译文

杂居景德镇的外乡人大多从事商业贸易经营,他们的货运上通徽州、浙江,下达都昌、鄱阳湖。每年一到冬季都要打点好交付给官府的费用,去年竟然连屋租也要抽收捐税。

其三

一线昌江控要津①,西洋通贩②近来频。

东来贾客轻瞒卡③,昨罚毛茶④五百银。

注释

①要津：要，重要；津，渡口。重要渡口，泛指水陆交通要道。比喻显要的地位。《古诗十九首》："何不策高足，先据要路津。"

②通贩：通商贩卖。

③卡：关卡，这里指官府设置的征收捐税的关卡。

④毛茶：也称毛条，鲜叶经过初制后的产品称为毛茶，其品质特征已基本形成，可以饮用。

译文

昌江沿岸分布着许多重要的渡口与码头，近年来西洋的商贩频繁地来景德镇经营瓷茶贸易。昨日有位从东方来此贩毛茶的商人在过关卡时瞒报偷税，发现后被罚款五百两白银。

简析

"景镇产佳瓷，产器不产手。工匠来八方，器成天下走。"

[清]沈嘉徵《窑民行》

景德镇自古以来就是一个四方杂处的移民城市，外来人口居多。其中从事陶业生产的工人大多来自景德镇附近的都昌、鄱阳等地农村。正如[清]郑凤仪《浮梁竹枝词》中所说的："而今尽是都鄱籍，本地窑帮有几家？"尽管这些来自四面八方的陶工们用自己的智慧与汗水制作出无数"白如玉、明如镜、薄如纸、声如磬"的精美瓷器，为景德镇赢得世界瓷都的美名，但他们自身却过着极为艰辛困苦的生活。窑户老板的盘剥，官府的压榨，往往使他们陷于贫病交加的悲惨境地，生老病死得不到一点保障。这些在张宿煌的《景德镇竹枝词》中得到了生动的呈现。"十万人烟背枕河，火龙盘踞起窑窝。"这写的是当时景德镇陶瓷生产的繁荣兴盛景象，但这繁荣兴盛的背后却饱含着陶工们的辛酸血泪。为什么近日坯房会出现人工贵的现象呢？诗人答案是令人触目惊心的："半为亡多半病多。"

景德镇的"杂地居民"有的来自安徽、浙江，有的来自鄱阳湖边的县乡，其中绝大多数都是从事瓷业生产的陶工。除了深受老板的剥削，还得"打点输官费"，苛捐杂税甚至"抽收到屋租"。以上这些诗句的字里行间不仅充满着对陶工苦难生活的深切同情，更饱含着对造成这种贫富悬殊的社会的有力控诉。

陶阳竹枝词

郑廷桂

作者简介

郑廷桂，浮梁人，清嘉庆二十二年（1817）得副贡出身，曾与其师蓝浦合著《景德镇陶录》十卷。

原序

竹枝词，咏土风也。吾昌南镇自唐宋来以其为陶家而有事也，故曰陶阳。近时风土古迹多改替湮失，因就所知者作《陶阳竹枝词》三十首存之，以俟采择。

其一

观音阁①又焕衰题②，新起文昌更整齐。

不作江南雄镇③辨，侬家④世籍隶江西。

原注

石埭山观音、文昌二阁近时新修，其下通衢，旧有江南雄镇坊，人多疑镇向隶江南，有欲作文辨之者，吾族自宋初即世居镇南门。

补注

①观音阁：位于昌江东畔石埭山的层崖间，与晹府山下的晹府滩村隔江相望。景德镇的别称"陶阳十三里"就是以这里为起点。此处背山临江，山上茂林修竹、鸟语花香，江中水秀如碧、青山倒映。历来是文人墨客吟咏流连的佳境。

②衰题：应为"榱题"之误。榱题，本义是屋橡的端头，这里代指房屋建筑。

③江南雄镇：观音阁下有一小石桥，过桥即建有一石坊，上镌"江南雄镇"四个大字，今已不存。

④侬家：我家。[五代]王延彬《春日寓感》："也解为诗也为政，侬家何似谢宣城。"[清]吴伟业《画兰曲》："珍惜沉吟取格时，看人只道侬家媚。"

译文

石埭山间的观音阁、文昌阁近来都已重新修葺，面貌焕然一新。有些人曾对景德镇以前是不是江南雄镇产生怀疑，对此我不想作争辩，因为我们家族世世代代就隶属于江西。

其二

御窑①榷理②属江关③，派役④常川⑤一例删。

呈样运瓷仍照旧，半年厂课⑥两回颁。

原注

国朝崇尚节俭,乾隆初年裁去驻厂官员以九江关使榷陶务并革向派差役,悉照市价采买,分两季发给工食银两。

补注

①御窑:明清两代专为皇帝烧造瓷器的御用瓷厂,明代洪武二年正式设立御器厂,清代康熙年间改称御窑厂。

②榷理:榷,专营专卖;理,管理。

③江关:九江关。清乾隆初,朝廷下旨裁去驻御窑厂官员,以九江关使榷理陶务。

④派役:征派劳役。

⑤常川:经常;连续不断。[明]汤显祖《邯郸记·勒功》:"守定着天山这条,休卖了卢龙一道。少则少千里之遥,须则要号头明,烽了远,常川看好。"[明]张居正《议处史职疏》:"每人专管一曹,俱常川在馆供事。

⑥厂课:御窑厂采买瓷器的银两与陶工服役的工钱。

译文

由于当今圣朝崇尚节俭,已裁去驻御窑厂的官员,陶务改由九江关榷理,原先征派的各种差役也全都废除。呈献样品、运送御瓷依然照旧,御窑厂采买瓷器的银两与陶工服役的工钱分两次发放。

其三

蚁垤①蜂窠②巷曲斜,坯工日夜画青花③。

而今尽是都鄱籍④，本地窑帮有几家？

原注

镇坯房皆矮屋，工作多都昌、鄱阳并客籍人，本地近少业陶者。

补注

①蚁垤：蚂蚁挖洞作窝时堆放在洞边的小土堆。

②蜂窠：蜜蜂的窝巢。

③青花：景德镇出产的四大名瓷之一，又称白地青花瓷器。它是用含氧化钴的钴矿为原料，在瓷器胎体上描绘纹饰，再罩上一层透明釉，经高温还原焰一次烧成。钴料烧成后呈蓝色，具有着色力强、发色鲜艳、烧成率高、呈色稳定的特点。

④都鄱籍：都昌、鄱阳籍的人。清代以后，在景德镇从事陶瓷制作的大多是附近的都昌人与鄱阳人。

译文

景德镇弯弯曲曲的小巷中，遍布着许多蚁穴、蜂窠一般矮小的瓷器作坊，画坯的工匠们在这里面夜以继日地画青花瓷。而今在景德镇从事陶瓷制作的绝大多数是都昌籍与鄱阳籍的人，本地人开设的窑户又有几家呢？

其四

坯房挑得白釉去，匣厂①装将黄土来。

上下纷争中渡口②，柴船才拢槎船③开。

原注

中渡过河西多有坯房匣厂,又为柴槎码头,争渡者日夜不息。

补注

①匣厂:制作匣钵的工场。匣,即匣钵,用以盛装瓷坯入窑烧造的耐火容器,用黄土等耐火材料制成。

②中渡口:古代景德镇重要的渡口码头,如今在原址已建有浮桥。

③柴船、槎船:柴船,装运松柴的船只;槎船,装运槎柴的船只。松柴的火力均匀持久,适宜烧制大件和质地精美的瓷器;槎柴指的是蕨类狼萁柴、松树枝丫与茅柴之类的,火力不能均匀持久,一般用于烧制下脚瓷土做成的粗瓷。

译文

中渡口码头十分的繁忙,上下往返的船只全都聚集在这里争渡。坯房的白釉要从这里挑去,匣厂的黄土也要从这里装来。装运松柴与槎柴的船只往往一艘才刚刚拢岸,另一艘又离岸开走了。

其五

天宝桥①边水碓舂,麻村②老土③胜提红④。
安仁船载余干不⑤,同府同帮货不同。

原注

提红,不名。麻村,在邑东,产老土,向胜提红。今多用余干提红,每以安仁小船载来货卖。

补注

①天宝桥：地名，在景德镇南河边，古时这一带上下"数十里内，两岸水碓百余处，皆舂瓷不为业"。

②麻村：地名，又名麻仓，在景德镇东面瑶里附近，明万历以前是景德镇瓷土的主要产地。

③老土：麻仓出产的一种制瓷黏土。万历初，麻仓老土日渐枯竭，后来才大量开采鹅湖高岭土以代之。

④提红：一种制作精细瓷器的瓷土原料，多产于余干。

⑤不：音dǔn，景德镇方言中特有的瓷业术语，一般指制成砖块状的制瓷原料。［清］蓝浦《景德镇陶录》曰："陶用泥，皆须采石制炼。土人设厂采取，藉溪流为水碓舂之，澄细淘净，制如砖式，曰'白不'。"

译文

天宝桥一带沿江数十里分布着一百多处舂瓷土的水碓，浮梁麻村出产的瓷土一向要胜过余干出产的提红。而如今制瓷多用余干的提红为原料，通常用安仁的小船装运来贩卖。往往同一个饶州府，同一个行帮出产的瓷不质量性能却各不相同。

其六

修模①手法最明公②，旋转车盘较③紧松。

大小一般千万个，家家样子不相同。

原注

凡做坯必先修定模子，另有修模工，模子定则无大小参差之异，做坯修模皆用车盘旋转挖捏。

补注

①修模：修正用于制作碗盘之类圆器的模具。

②明公：明净、均匀、平整。

③较：调节、调整。

译文

做坯必须首先修正模具，修模的手法讲究匀净平整，车盘旋转时要注意调节好松紧。制作好的瓷坯成千上万大小都是一样，但每家作坊制作的造型式样却各不相同。

其七

码头柴槎各分堆，伙计收筹①记数来。

窑位②客行催更紧，后先三日一回开。

原注

烧窑多以三日为度，柴槎两帮各有挑柴码头。客行把庄催讨瓷器谓之催窑位。

补注

①筹：本义是竹制或木制的可反复使用的计数器具，后来也用作领取物品的凭证。

②窑位：本义是窑内安放坯件的位置，这里代指烧成的瓷器。(参见原注)

译文

码头上的松柴与槎柴各自分开堆放，伙计们忙着收筹记数。瓷行的把庄师傅催货催得很紧，往往先后三天的货单一次开出。

其八

巧样瓷名尚脱胎①，金边细彩②暗炉③开。

寿溪④不是侬家卖，昨日新窑试照⑤来。

原注

近年瓷器尚脱胎细彩。寿溪不，细瓷所用。陶家买不釉，必以少许先烧，谓之试照。

补注

①脱胎：是圆器中一种薄胎细白瓷的制作工艺。这种瓷器的胎体薄到几乎看不到的程度，似乎脱去胎体，仅剩釉层。

②细彩：精细的彩绘。

③暗炉：烤花炉。[清]唐英《陶冶图编次·明炉暗炉》："白胎瓷器于窑内烧成始施采画，采画后烧炼以固颜色。爰有明、暗炉之设。"

④寿溪：浮梁地名，今属臧湾乡。古时出产制作精细瓷器的瓷土。

⑤试照：在瓷不（包括釉不、瓷石不、高岭不）上敲下一小块，放进窑里试烧，以测验其白度与软硬度、韧度等是否符合要求，这一过程叫试照。

译文

近年来崇尚制作精巧的薄胎细白瓷，在烧成的白胎上绘制精美的图案，并饰以金边，然后用暗炉焙烤。我家出售制作细瓷的寿溪不，昨日已在新窑进行了试照。

其九

青窑①烧出好龙缸②，夸示同行新老帮。

陶庆陶成③齐上会，酬神④包日唱单腔⑤。

原注

大龙缸最难烧，满窑人亦都鄱两帮，每岁陶成窑户多演包日戏酬神。

补注

①青窑：原为明代景德镇御器厂六窑之一，这里指民间烧造御器和民窑器的包青窑。

②龙缸：绘有云龙图案的青花大缸，为朝廷定制的御器。

③陶庆陶成：景德镇窑户行会的名称。陶庆为烧窑户行会，陶成为做窑户行会。

④酬神：酬谢神灵护佑。

⑤单腔：应为弹腔，又称乱弹，是赣剧三大声腔（高腔、昆腔、弹腔）之一。

译文

青窑若烧造出好的龙缸，窑户老板免不了要向同行的新老窑户夸耀展示。这时陶庆陶成这些行帮也会一齐举行聚会，庆贺龙缸烧成并酬谢神灵护佑。

其十

鸡缸①花草九秋描，仿古时将圆琢②烧。

一自③包青④充贡御，无人知有燠爤窑⑤。

原注

圆琢，总名。厂制旧六窑一曰燠爤，坯上釉漏再上釉入窑，今搭烧民间包青窑。

补注

①鸡缸：鸡缸杯，明代成化年间生产的一种斗彩瓷杯，以其绘有雌鸡雄鸡领着鸡雏在山石、花间觅食的图案而得名。[清]朱彝尊《感旧集序》："瓷碗多宣德成化款识；酒杯则画芳草斗鸡其上，谓之鸡缸。"

②圆琢：圆器与琢器的统称。圆器是指能在车盘上旋转加工成圆形并没有附加物的瓷器，如杯、盘、碗、碟之类；琢器是指不能完全依靠车盘镟削加工，需要用模型或手捏、刀雕、镶嵌、黏合而成的，如人物、花鸟以及有附加物如瓶耳、杯把之类的瓷器。既有圆形的，如缸、坛、罐之类，也有异形的。

③一自：自从。[唐]杜甫《复愁》："一自风尘起，犹嗟行路难。"

④包青：指包青窑。原指御器厂瓷器搭烧于民间的瓷窑，后来民户也有搭烧的。这种搭烧方式要求保证产品质量，如有损坏要赔偿。

⑤熿㷧窑：景德镇御器厂原有的六窑之一。

译文

在金风送爽的清秋时节，画工们精心描画着鸡缸杯上的花草图案。御器厂常常仿制烧造古代的瓷器精品，自从出现了官搭民烧的包青窑，御器厂原有的熿㷧窑也就无人知晓了。

其十一

九域^①瓷商上镇来，牙行^②花色照单开。

要知至宝^③通洋外，国使安南^④答贡^⑤回。

原注

御厂所制瓷器，大半备以回贡。故大内颁样烧造，然镇瓷通商天下，迄今来镇返者络绎不绝。

补注

①九域：即九州，相传古代大禹治水时，把天下分为九州。《晋书·孙惠传》："今明公明著天下，声振九域。"［晋］陶潜《赠羊长史》："九域甫已一，逝将理舟舆。"

②牙行：古代市场中为买卖双方介绍交易，评定商品质量、价格的居间行商。这里指瓷行。

③至宝：极其珍贵的宝物。至：极，最。［明］王铎《跋袁枢藏潇湘图》："袁君收藏如此至宝，葵邱城堕家失，有此数帧不宜郁宜快也。"《后汉书·陈元传》："至宝不同众好，故卞和泣血。"

④安南：今越南。

⑤答贡：古代封建朝廷把别的国家所赠礼品称为"进贡"，把自己回赠的礼品称为"答贡"。

译文

世界各国的瓷商纷纷上景德镇来采买瓷器，瓷行按照他们所要求的花色品种开出货单向客户订货。要知道如今景德镇的瓷器已经成了极其珍贵的宝物，远销海外，朝廷曾把它作为回赠安南国贡品的礼物。

其十二

轻灵手段①补油灰②，估得明堆又暗堆③。

好约提篮小伙伴，黄家洲④上走洲⑤来。

原注

镇小本生理有油灰行，估堆行，并提篮卖零瓷者，谓之走洲人。

补注

①轻灵手段：轻巧灵活的技艺。

②补油灰：用油灰修补瓷器的罅隙裂缝。

③估堆：亦称打估堆，将零散的残次品瓷器成堆估价出售。明堆数量少，瓷器的成色可以看得清楚；暗堆数量较多，瓷器的成色优次混杂，难以看清。

④黄家洲：景德镇地名，在原市埠渡码头东岸附近，这里原先曾是残次瓷器修补与零散瓷器销售的集散地。

⑤走洲：提着瓷篮在洲上一边走一边叫卖被称为"走洲"。

译文

油灰行里，工匠们凭着轻巧灵活的技艺修补瓷器的罅隙裂缝；黄家洲上，到处是出售残次瓷器的摊贩。他们有的是成堆估价出售，有的是提着瓷篮在洲上沿路叫卖。

其十三

鹅颈滩①头水一湾，驳船②禾杆积如山。

瓷器茭③成船载去，愿郎迟去莫迟还。

原注

客商贩瓷，细者装桶，粗者茭草，故船车运藉以免破损。

补注

①鹅颈滩：地名，在昌江与南河交汇处的上端，因形如鹅颈而得名。这里是当时瓷器水路外运进行包装的主要场地，也是重要的渡口。

②驳船：本身无自航能力，需拖船或顶推船拖带的货船。其特点为设备简单、吃水浅、载货量大，适合内河各港口之间的货物运输。

③茭：即茭草。用茭草等捆扎瓷器，使之在运输时不易破损。

译文

在昌江与南河交汇处的鹅颈滩头，江水蜿蜒流向远方。渡口码头停泊的驳船上装载的禾杆堆积如山。瓷器用禾杆捆扎好后用船运往那遥远的地方，船工的妻子们都盼望丈夫迟迟离去，快快归来。

其十四

土物^①音操土俗^②余，官窑^③原起大观初。

漫言^④须辨瓷磁^⑤字，不釉何从考字书^⑥。

原注

镇俗操土音，登写器物多俗字，如不釉字，皆不见于字书，又不独瓷磁官观之当考辨。

补注

①土物：当地的物产。《红楼梦》第六七回："他看见是他家乡的土物，不免对景伤情。"

②土俗：当地的习俗。《后汉书·窦融传》："累世在河西，知其土俗。"

③官窑：官府出资创办的瓷窑称为官窑，有据可考的官窑起于北宋大观年间，亦称大观窑。

④漫言：莫言、别说。[清]魏源《寰海后十章》："漫言孤注投壶易，万古澶渊几寇莱。"

⑤辨瓷磁：在景德镇方言土语中，瓷、磁二字常常因同音而混用。

⑥不釉何从考字书：景德镇陶瓷行业俗语中常用的不、釉二字在字书中也无从考辨。

译文

景德镇人常常习惯用方言俗字来表达当地的风俗、物产。官窑之名起于大观初年，本应为"观窑"。且不用说"瓷"与"磁"二字的用法须加以考辨，就连"不""釉"之类的俗字在字书中也无从查考。

其十五

秋寻野寺闲题石①，春看桃花晓进城。

羡煞②风流唐榷使③，一篇心语④署陶名。

原注

乾隆间唐隽公观察为榷陶使，巡视之暇游览山水多留题咏，所书碑额名重一时，著有《陶人心语》。

补注

①题石：在石碑或石头上题字。

②羡煞：非常地羡慕。

③唐榷使：唐英，乾隆年间在景德镇御器厂任督陶官，亦称榷陶使。

④心语：唐英著有诗文集，名《陶人心语》。在《自叙》中他曾说道："人各有心，心各有语。……或陶人而语陶，固陶人之本色；即陶人而不语陶，亦未始不本陶人之心，化陶人之语而出之也。……此陶人心语义也。"

译文

唐英在景德镇督陶期间，春秋季节于巡视陶务之暇常常游览山水，或访寺题石，或进城赏花，其风流文采真让人羡慕极了。他还将自己多年来创作的诗文结集，并题之为《陶人心语》。

其十六

环翠亭①碑碧藓荒，隽公②去后少商量。

难得鲸波③老词客④，重兴香火祀文昌⑤。

原注

厂内珠山环翠亭，唐公重修书碑，后渐次荒颓。嘉庆间道幕吴鲸波新葺门槛，移唐公所制文昌像祀之。

补注

①环翠亭：在景德镇御器厂所在地珠山之上，唐英在景德镇督陶期间常常流连于亭边，或吟诗作文，或品茗会友。《陶人心语》中有多处写到环翠亭。

②隽公：唐英字隽公。

③鲸波：吴鲸波，清嘉庆年间曾任浮梁县衙幕僚。

④词客：擅长文词的人。[唐]王维《偶然作》："宿世谬词客，前身应画师。"

⑤文昌：本星名，亦称文曲星，或文星。古时认为是主持文运功名的星宿。

译文

自从唐英离开之后，珠山上的环翠亭渐渐也无人问津，后来此地便碧藓丛生，一片荒芜了。难得的是，嘉庆年间在浮梁县衙任幕府的吴鲸波老词客对此重新加以修葺，并移来唐英所制作的文昌君塑像供奉于此，供读书人祭祀，于是这里的香火又渐渐重新兴盛起来了。

其十七

五月节迎师主①会，六月还拜风火仙②。

龙缸曾读唐公记③，成器成人总靠天。

原注

师主庙为晋赵万硕，风火仙姓童名宾，本地人，皆陶神也。龙缸在佑陶祠中，唐公有记。

补注

①师主：赵慨，又名万硕，字叔朋，晋朝人。相传他曾在福建、浙江、江西等地任过官，因生性刚直，终为奸佞所忌，遂退隐于景德镇。他带来福建、浙江等地烧造陶瓷的先进技术，并进行推广，为景德镇瓷业的发展作出了重要贡献，被历代陶工尊为师主。

②风火仙：又名风火仙师，指的是童宾。童宾（1567—1599），字定新，明代浮梁里村人。幼年读书，秉性刚直，因父母早丧，遂投师学艺，执役窑业。万历二十七年，太监潘相任江西矿使兼理景德镇窑务，督造大器青龙缸，久不成功。潘相便对窑户进行"例外苛索"，派役于民并对瓷工进行鞭笞以至捕杀。瓷工衣食不得温饱，还要受到迫害，处境十分凄惨。童宾目睹同役瓷工的苦况，非常愤慨，竟以自己身体为烧瓷的窑柴，纵身火内以示抗议。据说次日开窑一看，所烧炼的龙缸果然成功了。童宾之死，激起了工匠们的义愤，全镇起来暴动，焚烧税署和官窑厂房，潘相只身逃走。事后，封建官府为了缓和人心，在瓷工和镇民的强烈要求下，不得不为那因大众利益而牺牲自己生命的童宾立祠在御器厂的东侧，并号之为"风火仙"，祠名"佑陶灵祠"。

③唐公记：唐英在任督陶官期间曾写有《龙缸记》《火神传》等文章记

载并缅怀童宾的事迹。

译文

端午节陶工们在师主庙举行敬迎师主的祭祀活动；六月又要在佑陶灵寺祭祀风火仙童宾。我曾经读过唐英所写的《龙缸记》，深深感到无论是成器还是成人，往往还得仰仗天意。

其十八

机关不露云垂地，心境无瑕月在天①。

闲诵岳王楹帖②句，阳山寺废几何年③。

原注

阳阜山旧有寺，岳武穆公过此，留题楹柱，今寺废，山下虽有僧人募建小庵，已非故址矣。

补注

①机关不露云垂地，心境无瑕月在天：相传南宋时岳飞带兵经过浮梁曾驻扎在阳府寺（即旸府寺），并应住持老僧日朗祈请，为该寺题写了"机关不露云垂地，心境无瑕月在天"的楹联。

②楹帖：即楹联。

③几何年：不知多少年。

译文

"机关不露云垂地，心境无瑕月在天"，相传这是南宋时岳飞路过浮梁时应阳府寺住持老僧祈请所题写的楹联。如今吟诵着这文辞优美的联句，心中不禁感叹阳府寺已经不知荒废多少年了。

其十九

横田古庙祀华光^①，改替^②官衙事不常。

到底五王灵应显，龙灯^③日夜闹朝阳。

原注

横田社朝阳门有华光祠，即今五王庙，明夺为官署，后以神异还民祠。今龙灯极盛，能祈雨救旱，每岁元夕出灯，街市施放火爆，彻数日夜。

补注

①华光：俗称"五王"，又称灵官马元帅、华光天王、马天君等，相传他神通广大，系道教护法四圣之一。

②改替：改变、替换。

③龙灯：也叫"龙舞"。身长二十米左右，直径六七十厘米，内用铁丝做成圆形，并安放点燃的蜡烛，外用纱布包裹涂色而成。舞龙者由数十人组成。一人在前用绣球斗龙，其余全部举龙，表演"二龙戏珠""双龙出水""火龙腾飞""蟠龙闹海"等动作。龙灯是汉族和部分少数民族节日传统灯彩。相传龙是吉祥的象征，因此民间每逢春节、元宵节、灯会、庙会及丰收年，都举行舞龙灯的活动。

译文

朝阳门附近有一座祀奉华光神的古庙，明代时曾被强行改为官署，后来又返归民间仍作庙宇。这到底还应是五王菩萨显灵的结果。

每逢元宵节，朝阳门前街市上数个日夜放鞭炮，舞龙灯，热闹非凡。

其二十

寺名景德①几朝经，长对南山不改青。

试问陶阳十三里②，谁寻两个兀然亭③。

原注

镇兀然亭一在马鞍山，一在肇家建，为今东岳庙，朝山，即缪宗周题诗处，然亭久废。景德寺在落马桥下。

补注

①寺名景德：景德寺，原在镇西南落马桥下，今已不存。

②陶阳十三里：景德镇历史上沿河置窑，沿窑成市，所以街市的走向和昌江的流向一致，由北向南，纵列式地发展。北面起自观音阁、江南雄镇坊，经前街后街，至小港咀，直抵南河口。南北长六七公里，故有"陶阳十三里"之称。据［清］蓝浦《景德镇陶录》记载："自观音阁江南雄镇坊至小港咀前后街计十三里。"

③兀然亭：参见原注。

译文

落马桥下的景德寺经历了几个朝代，如今仍然面对着万古长青的南山。试问还有谁能在陶阳十三里的长街上寻找出两个兀然亭呢？

其二十一

里淳街^①上画眉啼，三月灰窑利市^②齐。

拾翠^③人来翠云寺^④，酒旗斜指石亭西。

原注

里淳街民多业石灰窑，春窑开市，各乡船纷集，每以翠云寺为游玩所。

补注

①里淳街：即里村，位于景德镇东南部，古时居住在里村的居民，有不少是以烧石灰为业。

②利市：本义是买卖所得的正当利润，也含运气好、吉利之意。每逢三月，正是里村春季石灰窑开市之际，前来购买石灰的人更是云集于此。

③拾翠：本意是拾取翠鸟羽毛以为首饰。后多指妇女游春。[魏]曹植《洛神赋》："或采明珠，或拾翠羽。"[清]纳兰性德《踏莎美人·清明》："拾翠归迟，踏青期近，香笺小迭邻姬讯。"

④翠云寺：景德镇寺名，位于里村，今已不存。

译文

每年农历三月，里淳街上的画眉鸟又开始啼叫了，这时也正是春季石灰窑开窑大发利市的好时节。四乡的人都坐船赶来云集在这里。翠云寺里，游春踏青的妇女们在尽情地游乐；石亭西畔的酒店里，男人们在高兴地推杯换盏，一醉方休。春风里，那一面面酒旗在半空中轻轻地飘荡。

其二十二

晏族琉璃①世业窑，新平②逸事③记唐朝。

行人④疏免家人役⑤，从此烟清市埠桥⑥。

原注

唐有晏鸿者，市埠桥人，其族向业琉璃窑，以供应获罪。鸿官行人，不欲其族承匠籍，力疏罢免。

补注

①晏族琉璃：唐代有个叫晏鸿的，其家族世代以经营琉璃窑为业。

②新平：景德镇旧称，始称于东晋咸和五年（330）。

③逸事：散失沦没而为世人所不甚知的事迹。多指未经史书正式记载者。[唐]刘知几《史通·杂述》："逸事者，皆前史所遗，后人所记，求诸异说，为益实多。"[元]大圭《次韵王季鸿游九日山》："逸事传海甸，史氏阙光显。"

④行人：官名。《周礼·秋官》有行人。春秋、战国时各国都有设置。汉代大鸿胪属官有行人，后改称大行令。《周礼·秋官·讶士》："邦有宾客，则与行人送逆之。"

⑤疏免家人役：晏氏进贡的琉璃常因不符合朝廷的要求而获罪，晏鸿不忍心看到族人为此而屡受责罚，于是上疏请求免除晏家人匠籍，不再做烧造琉璃的苦役，终于获得朝廷的恩准。

⑥市埠桥：地名，为当年晏氏家族居住并烧造琉璃之处。

译文

晏氏家族世代以经营琉璃窑为业。浮梁的地方史料中曾记载过有关他们家族的逸事。据说晏氏进贡的琉璃常因不符合朝廷的要求而获罪，晏鸿不忍心看到族人为此而屡受责罚，于是上疏请求免除晏家人匠籍，不再做烧造琉璃的苦役，终于获得朝廷的恩准。市阜桥一带原来烧造琉璃的窑烟从此也就消失了，天空又变得清朗澄澈。

其二十三

东岳殿^①前铜佛移，古楼千佛^②葺何时。

拾遗^③谁补昌南志，空向江头唱竹枝^④。

原注

阳阜寺铜佛移祀东岳庙，镇市都千佛楼近毁于火，镇人尚未修葺。乡先辈有吴姓者，忘其名，著有《昌南志》。今其书不传，是为里闬逸事，尚待采风者搜罗订正之云。

补注

①东岳殿：东岳庙，景德镇古寺名，位于昌江东岸，建有兀然亭。[明]缪宗周《兀然亭》："陶舍重重倚岸开，舟帆日日蔽江来；工人莫献天机巧，此器能输郡国材。"

②千佛：即千佛楼，位于景德镇市区西南，清代毁于火，今仅存地名。

③拾遗：本义为拾取旁人遗失的东西，据为己有。也常用来比喻补充，采录遗逸事迹。此处用的是比喻义。

④竹枝：即竹枝词，是由古代巴蜀间的民歌演变过来的一种诗体。唐代刘禹锡把民歌变成文人的诗体，对后代影响很大。竹枝词在漫长的历史发展中，由于社会历史变迁及作者个人思想情调的影响，其作品大体可分为三种类型：一类是由文人搜集整理保存下来的民间歌谣；二类是由文人吸收、融会竹枝词歌谣的精华而创作出有浓郁民歌色彩的诗歌；三类是借竹枝词格调而写出的七言绝句，这一类文人气较浓，仍冠以"竹枝词"。

译文

原先阳府寺中的铜佛如今已移到东岳庙大殿前祀奉，千佛楼也已毁于大火，不知何时才得以重新修葺。那位吴姓前辈乡贤所著的《昌南志》如今还有谁能为之续补呢？而此时的我，正在昌江边空自吟唱着描写陶阳古镇风土人情、传闻逸事的竹枝词。

其二十四

衙门观察①改同知②，三炮还同开府③仪。

更有巡厅管窑务，移来桃墅④驻防司。

原注

巡道行署改饶州府同知衙门，景德分司本桃墅市司，改移驻镇，兼管窑务。

补注

①观察：官名。唐代于不设节度使的区域设观察使，省称"观察"，为州以上的长官。宋代观察使实为虚衔。清代作为对道员的尊称。这里代指巡道

行署的官员。

②同知：明清时期官名。常见为知府的副职，正五品，因事而设，每府设一二人，无定员。

③开府：指开设府第，设置官吏。

④桃墅：浮梁地名，明清时曾设置巡检司。

译文

巡道行署如今改为饶州府同知衙门，鸣放礼炮，开设府第，设置官吏，仪典如常。还有原先驻防桃墅的巡检司现在也移驻景德镇，并兼管窑务。

其二十五

箭楼^①风景近何如，牛背驮鸦下夕墟^②。

云影天光^③遗迹在，此间犹有晦翁^④书。

原注

里仁四图箭楼口有天光云影四大字石刻，相传为朱子书，今虽寥落字犹在。

补注

①箭楼：古代城门上的楼。辟有洞户，供瞭望和射箭之用。

②夕墟：夕阳映照下的村墟。

③云影天光：即"天光云影"，语出［宋］朱熹《观书有感》："半亩方塘一鉴开，天光云影共徘徊。问渠那得清如许，为有源头活水来。"

④晦翁：即朱熹。朱熹字元晦，号晦庵，晚称晦翁，又称紫阳先生。祖籍江西婺源，出生于福建尤溪。南宋著名的理学家、教育家、诗人、闽学派的代表人物，世称朱子，是孔子、孟子以来最杰出的弘扬儒学的大师。

译文

四图里箭楼一带的风景近来怎样了呢？只见那背上驮着乌鸦的耕牛，在夕阳映照下的村墟间缓缓地行走。箭楼如今虽然已经破败，但镌有"天光云影"的石制碑额依稀还在，相传这四个大字是当年朱熹题写的。

其二十六

灵隐庵①前洗心②水，借读人常傍佛龛③。

种菜种瓜园一片，午钟④何处问和南⑤。

原注

灵隐庵向常借读，今废为菜园，廿年之间，圮废若此者甚多。

补注

①灵隐庵：景德镇古寺名，今已不存。

②洗心：洗涤心胸。比喻除去恶念或杂念。《易·系辞上》："圣人以此洗心。"《艺文类聚》卷三十引[汉]董仲舒《士不遇赋》："退洗心而内讼，固亦未知其所从。"[唐]徐浩《宝林寺作》诗："洗心听经论，礼足蹋凶灾。"

③佛龛：供奉佛像、神位等的小阁子，如佛龛、神龛等。

④午钟：寺庙正午时敲响的钟声。［宋］苏轼《僧惠勒初罢僧职》："霜髭茁病骨，饥坐听午钟。"［明］高恒懋《同友过华藏庵》："长夏萧疏倦倚楼，相将兰若慰沈浮。午钟敲醒十年梦，溪水流残半世愁。"

⑤和南：佛教语。佛门称稽首、敬礼为和南。［梁］沈约《为文惠太子礼佛愿疏》："皇太子某稽首和南，十方诸佛，一切贤圣。"［唐］白居易《六赞偈·赞僧偈》："故我稽首，和南僧宝。"

译文

灵隐庵前洗心池中的水依然荡漾着清波，过去常常有人借住在寺庙里读书。如今这里已是一大片种满了蔬菜瓜果的菜园，哪里还能听到寺院午时的钟声与僧人稽首问讯的声音呢？

其二十七

沈玉塘①无水半弓②，菱花菱角缅③清风。

伤心旧日尚书第，鬼哭秋坟叶落红。

原注

沈玉塘在薛家坞，为薛尚书女尽节处，今惟野坟荆棘而已。

补注

①沈玉塘：景德镇地名，在镇西北薛家坞。

②半弓：半弓之地。形容面积很小。弓，旧时丈量地亩的计算单位。一弓等于五尺。［宋］杨万里《闲居初夏午睡起》诗："松阴一架半弓苔，偶欲看书又懒开。"

③缅：缅怀。

译文

沈玉塘如今的水面已没有多大了，塘中生长的菱花菱角仿佛还在秋风中静静地缅怀着逝去的岁月。令人伤感的是这里曾是当年薛尚书女儿投水尽节的地方，如今耳边只能听到坟冢间传来啾啾的鬼哭声，眼前只能看到半空中那一片片萧萧坠落的红叶。

其二十八

静夜①王修②咏素瓷，鲁公③唱和至今疑。

残阳古木荒凉甚，待向云门④访断碑。

原注

马鞍山，唐有云门教院，颜鲁公作郡，尝来游览，与陆士修唱和，陆有素瓷传静夜句。事载云门碑记。今考之全唐集，实王修诗，未知孰是。

补注

①静夜：语出［唐］颜真卿《五言月夜啜茶联句》："素瓷传静夜，芳气满闲轩。"意思是在这静静的月夜里，朋友们品着白瓷盏中的茶汤，那缕缕茶香在亭轩中飘散着。

②王修：唐代诗人，生平事迹不详。

③鲁公：唐代大书法家颜真卿，历官吏部尚书、太子太师，封鲁郡公，人称"颜鲁公"。建中年间曾以饶州刺史身份视察新平。

④云门：云门教院，位于镇东北马鞍山麓，相传颜真卿曾与朋友一起在

此品茗联句。

译文

相传颜真卿视察新平时，曾在一个静静的月夜与朋友一起在马鞍山麓的云门教院品茗唱和，吟诵出"素瓷传静夜，芳气满闲轩"的佳句。但这件事至今让人心存疑惑，因为查考《全唐诗》，这首题为《五言月夜啜茶联句》的诗作实为唐代诗人王修的作品。眼前的云门教院只剩下残阳古木，一片荒凉景象，要考证这件事还得去当年的遗址寻访残存的碑文。

其二十九

杨梅墩①上古樟春，白马茶庵②旧迹新。

妙有刘侯③起高阁，水星未拜拜财神。

原注

杨梅墩、白马茶庵久废，嘉庆辛未邑侯刘克斋先生倡建水星阁，外建财神殿，构茶亭，以存茶庵旧迹。

补注

①杨梅墩：景德镇地名，位于镇北昌江东岸。

②白马茶庵：即白马庵，景德镇古寺名，在杨梅墩，今已不存。

③刘侯：刘克斋，清嘉庆年间曾任浮梁县令。他在白马茶庵旧址修建了水星阁、财神殿并茶亭。

译文

春天来了，杨梅墩上的古樟又显得生机盎然，白马茶庵遗留的痕迹依然清晰可辨。值得称道的是嘉庆年间县令刘克斋先生曾在白马庵旧址上倡建水星阁，并在水星阁外又建起了财神殿与茶亭。到这里来的游人往往还未拜水星就先拜了财神爷。

其三十

病起宫嫔①瘦影婷，泥金②亲手写磁青③。

祗陀林④古僧人死，谁晒淮王⑤赛愿⑥经。

原注

祗陀林有金书磁青纸经册一匣，为明王妃酬愿者。寺僧芳如年八十余，常珍藏之，今已物故。

补注

①宫嫔：帝王的侍妾。[五代]王定保《唐摭言·敏捷》："上（唐武宗）常怒一宫嫔久之，既而复召。"[清]袁枚《随园诗话》卷一："南宋宫嫔墓在越中者甚多。"

②泥金：用金粉和胶水制成的金色颜料。用于书画、涂饰笺纸，或调和在油漆里涂饰器物。[金]元好问《续夷坚志·金狮猛》："得一石，作狮形，色如泥金所涂。"

③磁青：纸名。磁青纸始造于宣德年间，系用靛蓝染料染成。其色与当时所流行的青花瓷相似，因之得名。纸色呈蓝黑，美如缎素，金银其上，经

久不褪，溢彩流光、古朴典雅。

④祇陀林：景德镇古寺名，今已不存。

⑤淮王：明代淮靖王朱瞻墺，永乐二十二年封。宣德四年就藩韶州府，正统元年移饶州府，十一年薨。

⑥赛愿：谓酬神还愿。[宋]洪迈《容斋三笔·夫兄为公》："予顷使金国时，辟景孙弟辅行，弟妇在家，许斋醮及还家赛愿。"[清]潘荣陛《帝京岁时纪胜·东岳庙》："进香赛愿者络绎不绝。"

译文

当年淮王宫中有一位王妃生了病，瘦影伶俜的她亲手用泥金在磁青纸上抄写佛经，并供奉到寺庙中酬神还愿。如今祇陀林古寺里的僧人已经圆寂了，还有谁在晴朗的日子里晾晒这些酬神还愿的佛经呢？

简析

景德镇自古为浮梁县所辖，这组竹枝词作者郑廷桂为浮梁人，他对景德镇社会生活与瓷业生产有着深入的了解，曾与其师蓝浦合著《景德镇陶录》十卷。在这三十首诗中，作者全方位地展示了清代景德镇的山川名胜、社会生活与地域民俗。组诗犹如一幅丰富多彩的景德镇清代风情画卷展现于读者眼前。通过这些朴实生动的诗句，我们可以想象到当年景德镇瓷业的繁荣："蚁垤蜂窠巷曲斜，坯工日夜画青花。""九域瓷商上镇来，牙行花色照单开。"可以领略到景德镇历代文化遗存的丰富："闲诵岳王楹帖句，阳山寺废几何年。""云影天光遗迹在，此间犹有晦翁书。"可以感受到百姓生活的忧乐：

"拾翠人来翠云寺，酒旗斜指石亭西。""瓷器荄成船载去，愿郎迟去莫迟还。"可以触摸到社会生活的变迁："衙门观察改同知，三炮还同开府仪。""观音阁又焕衰题，新起文昌更整齐。"这些都有助于我们更好地认识过去，把握现在，以实现复兴千年古镇，重振瓷都雄风的宏伟目标。

附录

浮梁古代诗歌中的生态美

浮梁历史悠久，山川秀美，民风淳朴，风物清嘉。自古以来，浮梁人对于自己家园的生态环境就具有一种朴素而又自觉的保护意识。他们以田园为家，以草木为友，以鱼鸟为邻，千百年来与大自然和谐相处。至今浮梁许多古村落中依然存留的《禁渔》碑、《禁伐》碑与郁郁葱葱的水口林就是鲜明的例证。这种注重生态美的理念在历代有关歌咏浮梁的诗歌中有着生动的体现。本文拟从三方面对此进行一些粗浅的例析。

一、山川花鸟——自然环境的生态美

浮梁位于江西东北部，气候温暖，水源充沛，有着得天独厚的良好生态环境。优美的自然风光曾引发许多诗人的创作灵感与激情。在他们笔下，浮梁的山是那样的挺拔青翠——"嶻立南中山特起"（［宋］程晖《珠山晚眺》），"溪上青峰翠插天"（［明］王澂《青峰脚圆》），"四面山屏绵绣围"（［清］唐英《丙寅闰春巡视窑工山行口占》）；浮梁的水是那样的明净清澈——"一潭秋水不到底"（［宋］张景修《浮碧亭》），"潦净寒潭玉作流"（［明］

王澄《双溪夜月》），"千里清溪五里滩"，"三潭倒印湖心月"
（［清］郑凤仪《浮梁竹枝词》）；浮梁的树是那样的高大茂盛——
"大松十里几多围"（［宋］彭汝砺《屏山聚仙洞》），"山里江
城树里村"（［清］郑凤仪《浮梁竹枝词》），"宰树连山谷"
（［宋］苏轼《思成堂》）；浮梁的花是那样的处处盛开——"四
时花向楼头见"，"行到花边香隔门"（［清］（凌汝绵《昌江杂
咏》），"竹扉花径总相连"（［清］张景苍《过上芦田》；浮梁的
云是那样的轻盈洁白——"磬声松色白云中"（［宋］彭汝砺《屏山
聚仙洞》），"芳云尽入怀"（［明］唐顺之《引秀亭》），"峦
光涛色相沦涟"（［明］舒芬《双溪夜月》）；浮梁的鱼鸟是那样
的生机勃勃——"鱼将妻妾游溪面，鹤引儿孙过渡头"（［清］王
临元《双溪夜月》），"茂树禽声检韵迎"（［清］金梦文《升平
乐》），"奇峰时见鹤双飞"；浮梁的空气是那样的清新洁净——
"红尘上下飞不到"（［宋］白玉蟾《双溪夜月》），"满空灏气浑
如洗"（［明］王澄《双溪夜月》），"洗出青天碧月新"（［清］
汪天寀《三溪绕碧》）。这些诗句在我们眼前呈现的是一幅幅优美的
生态风情画卷：山青水碧，云白风清，花繁树绿，鸟飞鱼翔，空气清
新。这既是大自然赐予诗人们无穷无尽的创作源泉，也是祖先留给当
代浮梁人极为宝贵的自然遗产，值得我们竭尽心力去加以保护。

二、乡土田园——人文风情的生态美

浮梁地处江南丘陵地区，自唐代建县以来，很少受到战乱的破

坏；同时良好的气候条件与丰富的自然资源也有利于老百姓休养生息，安居乐业。古代勤劳智慧的浮梁人在农耕之余还从事多种经营，他们"伐木为楮，摘叶为茗，坯土为器"，努力发展经济，使浮梁成为一个风光秀丽，物产丰富，人文荟萃，民风淳朴的美好家园。这在历代歌咏浮梁的诗歌中也有充分的描写。清代浮梁县令沈嘉徵在他的《劝息讼诗》的开篇就称颂："浮邑称淳朴，人文山水清。农桑饶旧业，诗礼起群英。"对浮梁的山水、人文与民风都作了高度的评价；明代诗人闵文振在《胜集亭》中也赞美浮梁："春风随处长桑麻，犹说浮梁八万家。胜集亭前尘不断，向人浑说小京华。"唐代督陶官唐英来到浮梁乡间也禁不住吟唱道："漠漠平畴千顷绿，熙熙秋社万家烟。"如果说以上诗人是从整体的角度对浮梁的园田风情作了概括性的描写，那么下面一些诗人则是通过描绘具体的生活情境来展示浮梁乡土家园的温馨与美好。如：

升平乐

[清]金梦文

其一

而今方享读书乐，村墅无闻犬吠声。

夜对银缸敲叶细，朝研玉露点珠清。

闲庭草色凭阑看，茂树禽声检韵迎。

珥笔清华应纪绩，许多桃李荷春荣。

其二

而今方享田家乐，四境无闻击柝声。

遍野豚蹄期岁稔，盈箱谷实庆秋成。

烹葵剥枣邀邻酌，墐户诛茅备来耕。

总赖公侯歼草寇，嬉游卒岁乐升平。

其三

而今方享渔家乐，细雨斜风日日宜。

岂必苍鳌连钓饵，且看赤鲤上纶丝。

卖鱼入市沽春酒，冒雪操竿刺水湄。

天籁时从芦苇发，几声欸乃和歌辞。

其四

而今方享樵夫乐，绣谷丁丁伐木声。

信步高低芒底便，随缘雉兔担头横。

息肩坐石猜奇偶，厉斧瞻云计雨晴。

榾柮烧残团妇子，炉煨橡栗笑深更。

　　这一组诗分别从耕、读、渔、樵等四个方面生动地描写了"遍野豚蹄""盈箱谷实"的丰收之年，在"四境无闻击柝声"的安宁环境中，浮梁田家人共享升平之乐的美好情景，读后能令人产生无比的憧憬。

　　又如：

浮梁竹枝词

〔清〕郑凤仪

其一

山里江城树里村，人家花里筑花樊。

四时花向楼头见，行到花边香隔门。

其六

斑鸠呼妇踏春泥，挑菜人来日欲低。

一带红云照茜袖，桃花多半在城西。

其七

毛竹编篱松径遮，雨前同出摘山茶。

采茶歌罢茶将老，鬓边斜插野茶花。

其八

桑阴最少稻田多，霉雨薰风节候和。

女不承筐男秉耒，山坳水曲唱栽禾。

其九

家住莲塘水树饶，采莲何用荡兰桡。

莲花不见见菱叶，空伴采莲人过桥。

以上这组诗中，《其一》描写了浮梁处处花繁树茂的优美人居环境："山里江城树里村"，"四时花向楼头见"。无论是城里还是乡村，也无论是门外还是楼头，人家就仿佛居住在花丛中。《其六》《其七》《其八》《其九》则如同一幅幅风情画，反映了浮梁农人一年四季从事栽禾、挑菜、采茶、采莲等各项生产劳作的情景，字里行间处处都流露出诗人对浮梁人民安居乐业的田园生活的赞美之情。

在另一些诗作中，诗人还浓墨重彩地描写了浮梁历代重视教化，文风鼎盛的情景，如：

昌江杂咏

〔清〕凌汝绵

其一

风景悠悠缅古初，村村杉竹护精庐。

篮舆悄向门前过，十户人家九读书。

其二

昌江自古毓宁馨，接武童科旧典型。

礼节初娴胆气壮，髫龄请背十三经。

昌江书院

〔清〕沈嘉徵

其一

德教欣看四海敷，党庠术序遍生徒。

曾闻十室有忠信，敢道山城学者无？

其二

昌水阳山毓地灵，草茅千古有穷经。

当年板筑求良弼，伫看图来梦里形。

浮梁自古崇尚文风教化，"士趋诗书、矜名节"，故历代"衣冠人物之盛甲于江右"。"十户人家九读书""党庠术序遍生徒""髫龄请背十三经""草茅千古有穷经"等诗句就是这种文风鼎盛的生动写照。

三、天人合一——和谐共处的生态美

天人合一是我国传统文化的一个重要命题,其核心就是强调人与自然的和谐相处。儒家通过肯定天地万物的内在价值,主张以仁爱之心对待自然,讲究天道人伦化和人伦天道化,正如《中庸》里说:"能尽人之性,则能尽物之性;能尽物之性,则可以赞天地之化育;可以赞天地之化育,则可以与天地参矣。"佛家也主张人与自然关系的和谐。正如宏智正觉禅师有偈云:"来来去去山中人,识得青山便是身。青山是身身是我,更于何处著根尘?"融入青山绿水,人就能得道成佛,否则,无处安身。道家生态美学同样主张道法自然,回归自然,以自然为精神自由的归宿。在浮梁古代诗歌中也常常流露出这种天人合一的理念。如:

云林别墅

[清] 朱瀚

鱼鸟天地物,飞跃亦何营。

物我两忘机,陶镕归性情。

散观悟至道,挥手江山行。

天地之间海阔凭鱼跃,天高任鸟飞往往是一种身心自由的象征。诗人在散观"鱼跃""鸟飞"之时而感到"物我两忘机",并从中"陶镕性情","悟至道",这也是古代许多诗人十分向往的精神境界。

丙寅闰春巡视窑工山行口占

〔清〕唐英

四面山屏绵绣围,一鞭晓日趁晴晖。

花香鸟语寻消息,流水行云淡械机。

春雨人嫌泥路滑,长途我喜洁身归。

皇华于役谁言苦,斗酒双柑兴未违。

"消息"的本义是指事物的消长、盛衰等变化。《易·丰》:"日中则昃,月盈则食,天地盈虚,与时消息,而况于人乎?况于鬼神乎?"高亨注:"消息犹消长也。"诗人春天在巡视窑工山行途中,眼前的"花香鸟语"让他感悟到天地间万事万物的消长变化;"流水行云"仿佛涤净了心中的尘垢,消尽了心中的"械机",让他感到淡泊、宁静与超脱。

还有的诗人常常以拟人的手法来生动地表现人与自然之间的亲密关系。在他们笔下,自然界中的万物都是有灵性的:鸟儿会催耕,蜗牛会勤力("灵鸟知时催布谷,蜗牛勤力出新晴"〔清〕沈嘉徵《劝农》)。牛羊也知向往乐土,鸡犬也会怀抱闲心("牛羊怀乐国,鸡犬抱闲心"〔清〕唐英《山行》)等。这种人与自然之间仿佛心灵相通,亲密无间的和谐关系正是这种天人合一思想的生动体现。

政刑惭化导　冰雪凛寒灰

——浅析沈嘉徵诗中的人文情怀

　　沈嘉徵，字怀清，浙江绍兴人。清雍正四年（1726）任乐平县令，六年后由乐平调补浮梁县令，前后在任十六年，劝农重教，勤政廉明，体恤民瘼，兴利除弊，为浮梁历史上少有的廉吏。后因政绩卓异被朝廷擢任广西象州牧。临行时，百姓以万民伞送别，并立碑于贤侯祠。他的好友景德镇御窑厂督陶官唐英曾赋诗赠别。诗中深情地赞美他"民社贤劳君瘦沈"，"口碑已堕西江泪"，并期许他在象州任上也一定能"肺石行镌百粤功"。在勤政之余，沈嘉徵还爱好诗歌创作，写下了许多"吟咏不唯风雅，具见性情"的诗篇。他的诗作具有一个非常显著的特色，即十分鲜明地体现出"感于哀乐，缘事而发"的现实主义精神，字里行间处处流露出诗人心中造福斯民的从政志向与民胞物与的人文情怀。以下拟从几方面对这些诗作试作探析。

一、劝农重耕——古今治本农为首，莫辍余闲听柳莺

　　中国是农业大国。自古以来，历代有识见的政治家无不大力倡导以农为本的治国理念。古代天子、诸侯每逢春耕前要举行仪式，躬耕籍田，以示对农业的重视。先秦《诗经·豳风·七月》、汉代贾谊

《论积贮疏》、晁错《论贵粟疏》与宋代苏轼《教战守策》等历代文献中，都极力倡导劝农重本的治国思想。作为一个有政治抱负的地方官吏，沈嘉徵的诗作中也常常抒发出这种以农为本的执政理念。

田畯豳诗至喜赓，春风春雨兆丰盈。

歌传五绔惭予政，麦望双歧赖尔耕。

灵鸟知时催布谷，蜗牛勤力出新晴。

古今治本农为首，莫辍余闲听柳莺。

——《劝农》

春耕时节，诗人亲自劝农于田间地头，身上沐浴着一阵阵春风时雨，耳畔传来一声声布谷催耕。这时他的眼前仿佛浮现出《诗经·豳风·七月》中所描绘的春耕农忙情景：农人"举趾""式耜"，劳作于南亩，妻儿一道送饭于田头，田畯（掌田之官）见之至喜。他反思自己没能像汉代蜀郡太守廉范那样为百姓施行善政，同时恳切地劝勉人们"莫辍余闲"，应当像灵鸟般知时，像蜗牛般勤力，通过辛勤的耕耘劳作，从而获得"麦秀双歧"的丰盈年成。

生意仰天泽，闾阎待命赊。

风云千嶂雨，饱暖万人家。

政失官应谴，民蚩罪漫加。

西江堪决水，早沛及桑麻。

——《祈雨》

在科技欠发达的古代，农民耕作在很大程度上是靠天吃饭。如逢旱涝灾害降临，老百姓的"生意"就只能"仰天泽""待命赊"了。在这首诗中，诗人作为代民祈雨的父母官，他一方面反省百姓受灾是缘于自己的政失，应当受到谴责；另方面他虔诚地祈盼千峰降霖雨，让西江水满，好"早沛及桑麻"，从而"饱暖万人家"。其勤政爱民之心流露于诗中的字里行间，极为恳切而深挚。

二、捐俸兴废——菑陌凭人恃，崇墉藉力成

> 保障护山城，年深渐圮倾。
>
> 藩垣心在固，守望势难轻。
>
> 菑陌凭人恃，崇墉藉力成。
>
> 惟将清俸竭，敢拟石头名。
>
> ——《邑城颓圮竭力捐葺工竣口占》

据史料记载，沈嘉徵任浮梁县令的十六年中，曾屡次捐出自己的薪俸葺圮兴废，解民困厄。刚到任时，"甫下车，见文庙倾圮，即捐俸倡修"；"乾隆四年，北隅之莲荷塘蛟起，洪水冲决，堘坑直断……嘉徵捐俸培补，建堤筑坝，居民获安。"这首诗讲的是浮梁邑城城墙因为"年深渐圮倾"，诗人又一次"惟将清俸竭"，带头捐资重葺，从而使得"崇墉藉力成"。一个小小的七品官，能如此廉洁奉公，竭力利民，这种操守品格的确是难能可贵的。

三、兴学重教——昌水阳山毓地灵，草茅千古有穷经

德教欣看四海敷，党庠术序遍生徒。

曾闻十室有忠信，敢道山城学者无。

昌水阳山毓地灵，草茅千古有穷经。

当年板筑求良弼，伫看图来梦里形。

——《昌江书院》

在沈嘉徵到任前浮梁曾有过义学，但久已荒废。沈嘉徵到任后深感兴办学校，培养人才的重要性。为了筹集办学经费，他一次就捐出俸银一百二十两。在他的带领下众乡贤士绅也纷纷解囊捐助。乾隆元年，在县治左畔修建起昌江书院。书院创办后，他又捐俸延请名师开展教学。在诗中他勉励"生徒"们安于贫贱，发愤读书。"草茅"间也同样能出"穷经"之士，当年伊尹便是从"板筑"间被征召，从而成为一代"良弼"的。在他的大力倡导之下，浮梁四乡"一时人文蔚起"，渐渐形成"十户人家九读书"，"髫龄请背十三经"的尚文重教的良好风气。沈嘉徵为"山城"培养"学者"的抱负也终于得到了实现。

四、恤贫济困——不顾余清俸，解此孤贫殃

景镇产佳瓷，产器不产手。

工匠来八方，器成天下走。

陶业活多人，业不与时偶。

富户利生财，穷工身糊口。

食指万家烟，中外贾客薮。

坯房蚁垤多，陶火烛牛斗。

都会罕比雄，浮邑抵一拇。

承乏莅岩疆，才庸惕蚊负。

百务拙补勤，民困引余咎。

区区恫瘝心，暇时历田亩。

马鞍东南山，荒冢叠培塿。

瞥见草中人，偃卧如中酒。

尘淹百结衣，风飏蓬飞首。

形骸半已僵，面目黎以垢。

头上翔饥鸟，脚跟蹲黄狗。

吊客集青蝇，馋吻各趑趄。

呼伻扪其胸，残魂丝一缕。

关启润茶汤，目眙渐运肘。

问伊致此由，泪枯气咽吼。

嗫嚅约略言，身业陶工久。

佣工依主人，窑户都昌叟。

心向主人倾，力不辞抖擞。

粝食充枯肠，不敢问斋韭。

工贱乏赢资，异乡无亲友。

服役二十年，病老逢阳九。

饘粥生谁供，死况思槽车卯。

弃我青山阳，青磷照我傍。

死生不自觉，显晦竟微茫。

狼狈于此极，速愿归冥乡。

我已安命数，君无代彷徨。

我闻泪沾臆，四顾惨以伤。

天乎好生德，人心奚云亡。

邑令虽末吏，舍我其谁当。

与其埋皆骼，何如拯膏肓。

此情堪上达，仁宪皆龚黄。

不顾余清俸，解此孤贫殃。

心长忘力短，聊为仁者倡。

养济斯人始，建院及四方。

——《窑民行》

据清代悔堂老人《越中杂识》记载："（沈嘉徵）调知浮梁，却陶户陋规。窑俗，遇佣夫病，辄弃不治。乃创广济堂，俾病者居之，资以医药，全活无算。"这首《窑民行》诗中所反映的就是当时的现实情形。浮梁县下辖的景德镇是全国"产佳瓷"的中心，"工匠来八方，器成天下走。"但当地的"窑户"却制订出一条极不人道的陋规，即所雇佣的窑工一旦患病不能正常劳作，就弃而不治，任其死亡。诗中描述的那位陶工"服役二十年"，却"工贱乏赢资"，过着

"粝食充枯肠，不敢问庶韭"的贫苦生活。一旦"病老逢阳九"，便落到"弃我青山阳""死生不自觉"的悲惨下场，以至于最终陷于"速愿归冥乡"的绝望境地之中。诗人目睹这一切，热泪沾臆，内心惨伤不已。他决心革除陋规，扶危济困。一方面他创办了多所广济堂、养济院等救助机构以"拯膏肓"，另方面又设置了多处义冢以"埋骴骼"，竭尽一切努力来解脱百姓的困厄。这首长诗场面描写真实，思绪沉郁哀痛，情词真挚恳切，充分表达出诗人内心那种"心长忘力短"，欲"解此孤贫殃"的迫切的主观愿望与那种"邑令虽末吏，舍我其谁当"的强烈的责任意识。

五、息讼平争——巧词拙在理，无讼胜于赢

浮邑称淳朴，人文山水清。

农桑饶旧业，诗礼起群英。

刑措风堪慕，行高品自旌。

蒲鞭难掩辱，木吏亦须惊。

武断轻君子，欺良苦庶氓。

巧词拙在理，无讼胜于赢。

仇以宽和解，财缘贪昧争。

容人消横逆，恕己未平情。

一纸投官判，三时害尔耕。

求人求己处，何待悔方明。

——《劝息讼诗》

　　千百年来，儒家一直倡导"以和为贵"，"以礼治国"，具体体现于治理地方的理念上则崇尚"政平讼简"，"弦歌而治"。沈嘉徵在治理浮梁期间也大力倡导并努力践行这种为政思想。在诗中他一再强调要以宽容求和解，以恕道息讼争。如果兴讼则不仅会"三时害尔耕"，而且在断讼过程中还难免会出现"武断轻君子，欺良苦庶氓"的不良后果；如果息讼"容人"则可"横逆自消"，利人利己。因此他极力呼吁"无讼胜于赢"。其拳拳之心，溢于言表。

　　以上从五个方面对沈嘉徵诗歌中的人文情怀进行了粗略的探析。作为一名封建时期的地方官吏，他"历仕数十年，淡薄自处，宦橐萧然"，他勤政爱民，重视教化，热心公益，救助疾苦，廉洁奉公，践行了自己的为官理念，从而也赢得了百姓的拥戴。他所倡导的以民为本，以和为贵，以教为先，以廉为美的执政理念不仅记载于史册之中，流传于百姓之口；同时也充分体现于他诗作的字里行间。这种执政理念在大力提倡关注民权民生，重视科教兴国，建设和谐社会的今天仍然具有深刻的现实意义。